这人眼所望处

黄孝阳 著

安徽教育出版社
时代出版传媒股份有限公司

图书在版编目(CIP)数据

这人眼所望处 / 黄孝阳著. —合肥:安徽教育出版社,2016
ISBN 978-7-5336-8442-6

Ⅰ.这… Ⅱ.黄… Ⅲ.随笔—作品集—中国—当代 Ⅳ.I267.1

中国版本图书馆CIP数据核字(2016)第289278号

这人眼所望处
ZHEREN YANSUO WANGCHU

出 版 人:郑　可
质量总监:张丹飞
策划编辑:何　客
责任编辑:何换生　魏晓玲
责任校对:刘旭旭
装帧设计:袁　泉
责任印制:何惠菊

出版发行:时代出版传媒股份有限公司　安徽教育出版社
地　　址:合肥市经开区繁华大道西路398号　邮编:230601
网　　址:http://www.ahep.com.cn
营销电话:(0551)63683012,63683013
排　　版:安徽时代华印出版服务有限责任公司
印　　刷:合肥创新印务有限公司

开　　本:880×1230　1/32
印　　张:9.75
字　　数:250千字
版　　次:2017年11月第1版　2017年11月第1次印刷
定　　价:36.00元

(如发现印装质量问题,影响阅读,请与本社营销部联系调换)

目 录

辑一　所望　001

我对天空的感觉
——量子文学观　003

写给我的 70 后同行
——知识社会与我们可能的未来　021

我们不读小说了？　043

小说的现代性
——从斗战胜佛说起　058

文学有什么用？　087

当代中国长篇小说之刍议
——传统与现代性的殊死较量　142

辑二 杂读 159

玫瑰的名字 161

关于塞林格

——不想成为那一条"吃得太胖了的"香蕉鱼 166

一头蛰伏的怪兽

——读《羞耻》 171

王村的影子覆盖大地

——读《我的名字叫王村》 174

时间穹顶下

——读《时间的囚徒》 185

王小波十周年祭 191

辑三 溢出 201

讲故事 203

语感问题 221

我们不幸福的根源 229

辑四　对谈　249

这人眼所望处
——关于文学的一些问题，一些回答　251
《乱世》里的问答　269
关于阅读
——与梁雪波先生聊天　295

辑一 所望

辑一 所望

我对天空的感觉
——量子文学观

传统文学观，讲的是"写什么"与"怎么写"。其框架基本上是以牛顿等物理学家为代表所构建的经典物理大厦。我在《我对小说的一些看法》《小说笔记》等文论中作过一些陈述。它们并非我的发现，而是写作者们谙熟的常识。我不过是用了一些比较好看的手法进行归纳和分析。

物理，格物致知，研究宇宙万物内部结构、相互作用等。物，物质的结构、性质；理，物质的运动、变化规律。它从物出发，讲究观察与实证。它是此岸。文学是彼岸，是梦，承载祝祭。人们以梦为马，在时间的荒涯中想象宇宙的尽头。人从哪里来？是谁？在这里干什么？文学从心灵出发，帮助我们理解人、宇宙以及人与宇宙的关系。在这些最基本、最永恒的问题上，文学与物理相通。这些也还是常识。物理学是发展着的。17世纪以前，是经验物理的萌芽时期。17世纪初至19世纪末，以经典力学、热力学和统计物理学、经典电磁场理论为支柱的经典物理的辉煌殿堂在大地上出现。这是一幢庄严雄伟的建筑物。人们相信"物理学已经终结，所有的问题都可以用这个集大成的体系来解决，而不会再有任何真正激动人心的发现了"。那时的人们,认为自己就要掌握上帝造物的奥秘。到 20 世纪初,相对论与量子理论横空出世。这场由"两朵乌云"带来的暴雨彻底改变了我们对世界的看法。文学亦不例外。它也是这样一棵不断生长着的树。我们来到树上,看见天空。

一

为什么要提量子文学?经典物理主要研究"低速宏观"的物理现象,若所研究的对象接近光速又或违背宏观,其理论基本都不成立。所谓"低速宏观"——也就是时间与空间在人们日常生活经验中所呈现出的为肉眼所感知的现象。传统小说大抵是在这个范畴中起承转合的。"剃头匠李大碗儿来到龙凤镇的第三个年头,一个叫英儿的白脸寡妇在村庄后的大水渠边,生下他的第二个男孩。"时间、空间、人物、职业、可能要发生的故事,在这句话里,都得到了确认与暗示。这里的时空概念是人们共有的、唯一的、不可替代的。时间与空间是任何一部小说都要面对的问题。现代小说对时间的处理非常复杂,比如普鲁斯特的《追忆似水年华》,作者用数十页文字书写他在床上辗转反侧,读者通常需用一天时间才看完他的几分钟,这是时间的膨胀,是对空间的微观。显然,它就不适用于"低速宏观"下的那套传统文学的话语体系,否则结论一定荒谬。

欧兰多夫出版社的主编给普鲁斯特写了一封退稿信:"乖乖,我从颈部以上的部分可能都已经死掉了,所以我绞尽脑汁也想不通一个男子汉怎么会需要用 30 页的篇幅来描写他入睡之前如何在床上辗转反侧。"普鲁斯特本人对在巴尔扎克和托尔斯泰等大师手里登峰造极的现实主义文学不屑,称他们的作品为"一张抄录了粗线条和外表的可怜的清单"。这种相互诋毁的现象在文学史上屡见不鲜。看看那些已被公认为大师的作家们吧，其措辞之恶毒着实令后人汗颜，也大惑不解。为什么会这样？文人相轻？为何并不存在直接利益冲突的大师们也要怒眼相向，甚至不惜把死者从坟墓里扒出鞭挞？大师人品太差吗？这是一种解释。在一部《法国文人相轻史》里，仇恨与情欲、恶毒与下流，都是被苦心经营的。一个女作家对另一个男作家投怀送抱，为的是第二天可以更好地羞辱后者，好让自己成为各个沙龙里谈论的主题。而两个男人之间的决斗，表面看上去是为了一个女人，实质上是因为自己需要一个足够哗众取宠的敌人，以引起众人侧目。贵为大师，要比普通人享有更多特权，道德不是他们首要考虑的问题。公众也服膺这点。莎士比亚是一个种族主义分子。莫泊桑是淫乱之徒，生于放荡，死于梅毒。乔伊斯到处借钱赖账。但这些不是根本原因，不乱搞的大师也是有的，可谈及文学观念时，他们也要跳出来决斗。问题出在哪里？根本原因在于他们忽略了他们所描述的对象根本不是一回事，虽然它们拥有一个共同之名：时间与空间。

我做过一个简单粗暴的分类，把小说分成传统小说、现代小说、当代小说三块。它们的时空观完全不一样。

我们都知道牛顿力学，牛顿把时空比喻成杯子，我们是杯中之物。时空先于物质，为先验之物，且物质不能影响时空，如水不能影响杯子。这是传统小说的时空观。爱因斯坦认为，时空告诉物体如何运动，物体则告诉时空如何弯曲，这是现代小说的时空观。而现在一些前沿物理学家的时空观是：物质运动和时空涌现，两者相互作用，互相依存，彼此生成。这是当代小说的时空观。

某年某月某日，一个男人为了另娶新欢，在某个地铁站把老婆推向驶来的列车。时间与空间非常明确。因果清晰，线性。这是传统小说。很好理解，但是太阳底下无新事。因为这里的时空观是一个封闭的系统，悬浮其中的尘埃布朗运动做得再随机，也终究有规律可循，至少可以通过概率来描述其分布。

一个男人在地铁里看见一个陌生女人，当列车呼啸奔来，他心头一动，在胳膊上使了劲，把女人挤下站台。这个举动也把他自己吓了一跳。他想去寻找"因"，从物理时间进入心理时间，从意识层面进入自己的潜意识。因果不再明确，是非线性方程。这是现代小说。时间在这里有了交错开叉。

传统小说与现代小说的时空观好理解。当代小说呢？

男人在被匆匆赶来的警察抓捕的那一瞬间，清晰地看见自己的一生，待在那间可怕的满是尿骚味的囚室，遭受羞辱；又或者在另一个平行宇宙里，他与这个陌生女人是彼此厌憎的夫妻。这是当代小说。但这样就够了吗？

时间是一个箭头。"子在川上曰：逝者如斯夫。"这种"时间如矢"的感觉是否与宇宙膨胀存在某种隐秘的关系？时间也是一个钟摆，以星期、月份为单位循环往复。这两种互相矛盾的特质同时存在于时间内部。

若从量子层面去看，时间或许会更奇妙，起伏摇晃，时缓时急，不具备一个稳定不变的均质。整个流动过程，存在无数极微小的间隙。（空间自此分娩而出？）这种流动过程或许可逆，我们因此能解决"外祖母悖论"，完成时间旅行。我说的是"或许"。当代小说的时空观，也许就是这种对时间与空间的想象。那里的时间已完全不是日常经验里的，不为理性认知所拘囿。它可能只是人类的发明，而非发现；可能它就是一只奇异生物打出的一记喷嚏；也可能是一种我们目前尚无法理解的客观存在。比如《追忆似水年华》里那个支离破碎的追忆过程，就不是过去文学评论讲的"记忆本身超出实际时间的流程之外"，而就是时间本身。

时间是独裁者，其指纹却乱七八糟。我在《蝴蝶》中写道："时间有无数，空间亦有无数，平行或交错，互为纵横。两者交集，便是此刻的宇宙。若空间发生一点变形，又或时间略微有些扭曲，那此刻或许有你没我，或许有我没你，又或许我们皆不存在，又或许我正是那窘迫的少年，你却是那位正试图靠近他搭讪的红发女人。"

二

　　量子物理是人们认识和理解微观世界的基础。量子物理和相对论的成就使得物理学从经典物理学发展到现代物理学。它们奠定了现代自然科学的主要基础。量子物理究竟提出了哪些革命性的理论，这些理论在文学创作实践与文学理论批评中又有什么样的用处？科学家们在研究原子、分子、原子核、基本粒子时所观察到的关于微观世界的系列特殊的物理现象与人类精神生活中最隐秘、最微妙的部分又有着什么样的奇妙联系？

　　波粒二象性是量子力学中的一个重要概念。光既是波，又是粒子。用一个不恰当的比喻来说，一匹马既是红色的，也是白色的。这可能吗？按照我们通常的想法，最有发言权的是牧人。牧人只会对提出这种愚蠢问题的人翻白眼。但，构成"马"的基本粒子在微观层面的属性确实是这样，而"马"本身却是一个宏观现象，并非微观世界里的一个"整体"。

　　人与光，是这世界上最神奇的。

　　在一个时间节点，人只能在这或者在那，不可能同时出现在此地与彼处，这是粒子特性；而记忆、意识、思维等就是波，能坐地神游十万里，同时出现在"这一边"与"那一边"。这是不是人的波粒二象性？君子顺势而为，是波性，强调人与社会的融合；君子慎独，是粒性，强调个人自由意志，吾与天地独往来。这又是不是人的波粒二象性？

卡尔维诺并不　开始就是卡尔维诺，最早他就是个叫"卡尔维诺"的婴儿。换而言之，一个人是他生命各阶段的积累之和，各阶段的每一天每一时每一分都是粒子，而这些粒子所构成的那个人是波（包括他的过去、现在与对未来的想象）。这又是否能算得上人也是对这种波粒二象性现象的阐释？

一个人既是聪明的，又是愚蠢的；既是善良的，又是狠毒的。我们讲这是人性。人性为什么这样复杂？这是波粒二象性在作怪吗？

而在文学批评上，比如《废都》，季羡林说，这是一部会流传下去的大作。另一些人说，这是一部格调低下的淫秽之作。大家的意见为什么分歧这般大？同样也可能是这个原因。光在人眼里是粒子还是波，很大程度上取决于观察方式。一部作品是好是坏，基本上也是取决于我们的观察方式，即阐释。作品其意义彰显的关键处是被阐释、被如何阐释、被谁阐释！曾几何时，我说《兄弟》是垃圾，说它粗糙，结构畸形。现在反思，相对于它所书写的荒谬时代，它具有某种经典气质。一个文学作品是经典，同时也是一部垃圾。这是传统文学话语体系所无法想象的。但在量子文学的话语体系里却可以成为常识。相对于目前全球的严肃写作者来说，前者过于狭隘。

1927年，海森伯提出测不准原理。它表明一个微观粒子的某些物理量（如位置和动量），不可能同时具有确定的数值，其中一个量越确定，另一个量的不确定程度就越大。尽管这里讨论的是微观粒子的现象，但如果把人类视为一个宏观现象，把每位个体看成是一个个微观粒子（上帝视角），那么，或许可以做如下讨论。第一，当你观察到事物的时候，你已经在不可避免地改变着你的观察对象了。我们阅读某个文本，也就改变着这个文本。个体是有限的。有限是渡江之筏。无数个有限，可能就是无限。尽管我们永远无法抵达无限——这种感觉类似宗教体验，像无法触摸博尔赫斯笔下的南美豹身上的毛纹，但我们能听到这头豹子在乞力马扎罗山巅上传出的吼声。第二，阅读，都是误读，是一种扭曲的幻觉。我们所看见的并非就一定是叙述者曾抵达的某处。不妨说，包括叙述者本人都难以重新回到那个地方。如果人们对一部作品的评价是不可更改的，并在文学史上给出了精确的位置，那么离它所拥有的真实性可能越远。

苏珊·桑塔格写《反对阐释》，指出："阐释指的是从作品整体中抽取一系列的因素。阐释的工作实际上成了转换的工作……阐释于是就在文本清晰的原意与（后来的）读者的要求之间预先假定了某种不一致，而阐释者就是试图去解决这种不一致的。"所有已经完成的文本都是我们站在此岸向彼岸投出的火把。但从某种意义上说，它们都是高于现实世界的神话文本，是客观的、永恒的、超自然的。这是一种绝对的存在，读者只能通过阐释，通过那白昼与黑夜、落日与玫瑰、更迭的四季、语言的宫殿来品咂这个"从诞生到死亡，从顶峰到深渊"的过程。测不准的原理始终贯穿于文学史。时代是观察的门。所谓时代精神，就是一种当下的观测方式。所以今天大红大紫的作家，明日无人问津。反之亦然。

测不准原理在文学创作中可以给我们什么样的启示？比如，叙述越精细，就可能距离世界的"真实"越远。写作者被细节淹没，"眼中只有病人的头与脚"，而缺乏对"人与世界的整体性"把握。这是人们为什么推崇简约主义的根本道理所在。而不仅仅是因为简约有留白的韵。繁复不是不好，我个人就偏好繁复。关键是，繁复要有生气，不能是词与物的堆积，不能弄成五光十色的垃圾场。或者可以这样表述：如果说简洁是一种力量，繁复无疑是一种艺术，缓慢又优雅，晦涩又绮丽，就像一滴石钟乳,从亿万万年的岩层间渗出,其间也不知历经多少缠绵悱恻,终于夺造化之奇。

最好的物理学家是那些试图用一道简明的数学公式表现最复杂的宇宙万象的人,最好的文学家就应该是从一些最简单的关系着手衍生出无数复杂文本的人。混沌生太极,太极化两仪,两仪立三才,三才定四象,四象、五行、六弥、七宿、八卦、九宫……又比如,大多数人在写作过程中总爱做一个训诫者,迫使读者在潜移默化中接受某一种道德,而不是力图呈现那些不可言说的,把种种可能摆在读者面前。世界的真相可能由一系列振动的弦组成。世界是黑的,也是白的;人是善的,也是恶的。这些黑白善恶有时可以清晰地被我们看见,但更多时候,它们是一种灰。再次,过去所谓要全面的看问题,其实就是扯淡。一切看法,都是偏见,不管他是帝王将相,还是贩夫走卒。由于宇宙的无限性,任何人,也都是宇宙的中心。我们的写作,必然是从个体出发。人的精神,在天地间,是一粒粒星星。当这些星星按宇宙的意志,以各自的亮度轮流出现在我们头顶的夜穹时,天空也就有了一种独一无二的广度与深度。

三

再谈"薛定谔的猫"。猫的生死是打开盒子前的"客观存在",又决定于打开盒子后的"观察"。这种"观察"不是发现,而是决定。正像哈姆雷特所说:"是死,还是活,这可真是一个问题。"如何理解盒子里这只既是死的又是活的猫?多宇宙理论认为猫并未叠加,而是"分裂"成了两只,一死一活,它们存在于两个平行的世界中。即一个"意识"一旦开始存在,从它自身的角度来看,它就必定永生!这是一种解释。还有一种量子退相干的理论。由于各种量子退相干的原因，"猫"这样的宏观物体不会稳定地处于一个相干叠加态上。"薛定谔的猫"告诉我们：在没有被观察之前，一切都处在不确定之中。一旦有了某一特定的结果，人们就只能认定它，并对此前任何的可能性都不予考虑。这个佯谬几乎要撼动人类固有的理性大厦。且不去讨论它在道德、法律等社会层面所可能引发的问题，就文学而言，它所具有的内涵很深刻。首先是文学创作。比如，作者叙事，塑造人物，无论词语看上去有多么透明准确，这些词语总是处于一种叠加状态，从总体上来说是一只暧昧不清的猫。猫的命运取决于我们的阅读能力、打开盒子的时间、位置与方式。所以，博尔赫斯说："比喻更能接近事物之本质。"而这些词语也确实能引发我们各自迥然相异的联想。看到玫瑰，有人想到老虎，有人想到河流，有人想到那一块浸透茶水的小甜饼。

又比如说，小说（或者说宇宙）是一座小径分岔的花园，包罗万象。它是那样丰饶，一旦出现在作者脑海，逐渐形成具体某个文本，那些不吻合该文本叙事逻辑的可能性便会一一被剔去。在这个所谓"去芜存菁"的过程中，多少动人心弦的繁花枝叶还未出现便已消失。这也意味着，最好的小说，应该是那些没写出来的小说，是那种同时包括了"死与活"的小说。

这种理论还能够很好地解释作品翻译的问题。再大的学者也无法精通世界上所有的言语。就算懂，也很难有足够的文化背景来理解其间微妙处。翻译是一种再创造。译者对原作的翻译，就是一次"打开箱子"的过程。不同译者"打开箱子"的手法各异，各自决定着猫的生死。川端康成的《雪国》获诺贝尔文学奖，据说很大原因是英文译者的优美笔触。而基于无懈可击的数学方程，由量子力学所导出的多宇宙理论不仅提出作品是独立于我们之外永生的意识体——宇宙是一部页码恒定的无边无际的书，它更为人们的创作提供了更广泛的内容，把具体的个体与抽象的群体作出物理层面上的阐释。"12世纪的波斯人歌唱群鸟寻找其工西木格的艰苦旅程。许多鸟死在海中。最后的生还者发现，它们自己就是西木格。西木格是它们每一只鸟，也是所有的鸟。"三千世界，并非是佛之诳语。一切都是真实的，小说世界与现实世界。我们通过参与而选择出自己的道路。

从某种意义上来说，小说大抵可分为两种：一是，撷取时空的某段，再现历史与当下的真实。这是目前小说的主流。"文以载道""小说来源于生活，又高丁生活"等理论皆是其相应的衍生物。他们以叙事为核心，以语言为神圣的乐园。二是，从根本上置疑真实。把现实世界视作小说世界的衍生物。无论在什么名义之下，呈现于殿堂里的我们所熟知的"真正的现实"都是不可靠的。它们所具有的容不得半点怀疑和猜测的权威性也让人厌倦。作为小说家，他就有必要创造出比现实更值得个体信赖或者说感兴趣的文本。这种文本，通过种种类似建筑奇观的结构，对历史资料、知识掌故的大量占用，以及未来的想象所实现。换句话说，他们重写"现实"，写一个不同于教科书上的"现实"，一个映耀着我们作为个体存在的内心隐秘的"现实"。它是坚定的，也是真诚的，还是真实的（看你如何定义真实）。至少，它包含了构成个人一生的梦想、失落、羞愧、幸福、欢笑、泪水……毫无疑问，它与我们所习惯的那个现实，有着相当大的扭曲以及微妙的变形；兴趣，通过游戏、模仿等解构手法所激发。它可能包含了一些看似恶俗的手法，比如现代侦探推理、格斗和警匪交火，等等。但它们都是构建小说迷宫的元素。我们能在披着侦探小说外衣的《小径交叉的花园》，将在自中世纪顺延而下的西方历史洪流稍稍更变了河道的《傅科摆》等众多文本中窥见这种虚构之力。这种写作方式几乎就是量子退相干的理论在文学创作上的翻版。

就文学批评而言，这只猫的用处就更大了。一部作品若得不到观察，它就始终处于不确定的状态。有可能被时间的火焚为灰烬，也有可能像张爱玲被夏志清发现，重新回到人们的视野中。观察它的人决定着它的命运与价值。《红楼梦》在国内为什么会取得这样高的地位？国外缘何始终不肯买账？这与胡适、蔡元培等人的学术研究分不开。但文学作品不存在一个永恒不变的绝对评论。新的时代一旦来临，新的视野、新的评价体系一旦产生，人们就会对作品重新解读、诠释、修饰、判断。所以，一部最初上映时被评为年度差片的香港无厘头电影《大话西游》，能在五年后咸鱼翻身，通过北大、清华的学生们的推介与传播，获得经典地位。这里，时间是一个双向箭头。

时间是一个伟大的魔术师。不过，"作品经得起时间检验"，这是废话。魔术师并不必然是淘金师。魔术师能将鲜花变成狗屎，也能将狗屎变成鲜花。时间创造历史，但很大程度上，历史就是修辞的结果，是叙事的策略。

什么叫"修辞的结果"？比如我们臧否人物多半采取的是一个含糊不清的审美尺度，而不是其人对社会有多大的推动作用。什么叫"叙事的策略"？比如有些曾被诅咒或赞美过的故事，可能并非是事情本相，而是某种意志的需要，它需要这样一个故事说服公众。而传播机制告诉我们——故事是假的没关系，只要大家信以为真，就能发生真的作用。"观念事实"的影响力，其实一直大过"事实"本身。

四

"熵"。这是我非常喜爱一个词语。这是美国后现代文学家托马斯·品钦所热爱的"一声尖啸刺破天幕"。他以《熵》为名,运用热力学第二定律即熵定律,写下了一篇来隐喻日益混乱的后现代社会的短篇小说。

能量守恒,物质既不能被创造,也不能被消灭。它们只有形式上的改变,没有本质的变化。火焰并非创造之神,也非毁灭之主。所有这些形式的变化都朝向一个方向,就像河水往东流入大海,它们从有序到无序,从有效到无效,朝着不可逆转的耗散转化。我们这个世界,最终是银子一样的。宇宙迟早要热死。时间迟早要消失在未来的某个奇点。我们剩下所能做的,就是使自己努力去适应造物留下的这点时间。

一个熵增的宇宙为什么会出现生命,进化出智慧(负熵)?

熵是无序度的量度。负熵是使得物质系统有序化、组织化、复杂化状态的能量流。熵与负熵,在文学领域有什么用?比如熵,是否可以说,所有的文学作品只有形式的改变,所谓太阳底下无新事,而没有本质的变化——这些变化都朝向一个方向,即荒谬与虚无?"下水道里长大的鳄鱼、秘密邮政系统、V-2火箭、类死人、女忍者、风水先生和会说话的狗;数学和科学的语言、雅文化和俗文化的大杂烩、纷繁混乱的情节和现代神秘主义;政治的黑暗、人的迷惘、荒唐的多疑症、复杂的科技时代里人与人的疏远感……"这是托马斯·品钦所营造的庞杂、荒诞的小说世界。传统文学观要求文本结构清晰明确,但熵现在告诉我们,杂乱无章更可能是宇宙的真相。我们对清晰明确的追求,很可能是在背离我们所梦想的"真实"。熵理论,这个热力学第二定律的衍生是否正确?在我看来,最重要的是它重新连接了人与世界的关系,同时也为文学创作提供了一种新的思维角度,一种可能的写作方法。

更重要的是:生命以负熵为食。写作时所体现的创造力即为负熵。

如果把人类视作一个系统,这种创造力使万象显现,诸事得到命名,使一切简单原始的趋于复杂精密。这个负熵理论可以完美地解释：在靠捡面包屑过日子的当下，全球严肃写作者为何不去媚俗或媚雅，而是近乎绝望地坚持着的内在驱动力的来源。因为这是人类社会对他们的要求，这种要求或许是以某种我们还不能理解的方式直接烙印在这一小撮人的基因层面。

五

再来看量子跃迁。这种概率性过程是量子规律的根本特征（经典概率论是量子概率论的一个特例）。

我们过去讲，万物有始有终，且互为始终。即，只要我们在足够的高度上，这个世界终归是清晰可见，并且可以预知。可量子跃迁告诉我们，在这个微观世界里，根本不是这回事，虽然它也遵从守恒定律。一个粒子在下一刻不知所终，这意味着什么？无中生有是可能的。所谓现实与虚构完全是可以打通的。

在具体文本上，某段突如其来脱离了叙事流程的话，可能是作者苦心孤诣设置的镜像。海森堡告诉我们，在极小的空间和极短的时间里，什么都是有可能发生的。任何文本皆可视作这个"极小的空间和极短的时间"。所以我们说，小说有无限的可能性。量子跃迁完全在人们的日常经验之外，"就像一个高超的魔术师，他在舞台的一端微笑着挥舞着帽子登场，转眼间又出现在舞台的另一边。而在任何时候，它也没有经过舞台的中央部分"！现代小说中，这种挑战读者经验理性的例子很多，但因为缺乏相应的理论体系，我们常用含糊不清的词语打发它们。理性没有终点。大部分读者的大脑基本上为经验惯性、思维定式所操纵，满足于声色耳目上的浅层愉悦。其思维仅止于牛顿力学，倾向于把一切违背日常经验的但可能是对世界更深刻的洞察讥为巫师的呓语。

$a \times b = b \times a$，这是传统现实小说；

$p \times q \neq q \times p$，这是现代主义小说与后现代主义小说。

现代主义小说置疑现实主义小说的客观性。后现代主义小说怀疑和揭穿人本主义的虚妄与理性的有限性。这两者的理论根源就在于量子物理所看见的。我们过去讲先锋，先锋究竟为何物？其合理性在哪？哪些是鱼目混珠的伪先锋？有了量子文学，我们可寻得纷纭万象下的那个真正的泉眼，也能辨别真伪。准确地说，批评家所创造出来的关于现代主义与后现代主义的种种流派之名与技巧之用，皆能在量子理论里找到与之相对应处。

元小说对应粒子，粒子又有三个层次。戏仿、拼贴、黑色幽默对应量子跃迁玩的魔术。波函数与贝尔不等式作为量子文学中评价作品的模型引入，等等。这些奇妙的对应关系让人头晕眼花。上帝真的是无所不在，无所不能！量子跃迁告诉我们，世界的复杂性远在人类想象之外。

一花一世界，一叶一菩提。宇宙在不同的尺度上，有着惊人的重复性结构。把原子放大10～30倍，它的各种力学和结构常数就非常接近于我们观测到的银河系。梦想宇宙，是人类的本能，是个体的权利。我们讲潜意识、讲梦。梦与潜意识到底来自何处？极有可能是这种宇宙信息的投影。作为书写者，要有对复杂性的积极追求。遗憾的是，当下的作者尤其是中国的作者，只要阅读他们写下的第一段，就不难推测出整个文本的意图。这种思维能力何其孱弱！

大衍之数五十，遁一而卦变。岁月流转，若蝉蜕壳。

什么才是那个唯一的真实？也许所谓物质，仍然是空。我们眼中所见，手里所触，都是幻觉。我只是好奇：广义相对论和量子力学是否可以结合到一个自洽的框架里？超弦理论是否可以把世间万象缝合成一个无缝的整体？在某个最基本的原点上，传统文学观与量子文学观是否可以实现一个统一场？这些命题是物理的，是数学的，也是文学的。人类就像一个被精心设计的结果。自然界的一个最大秘密是：所有的现象都遵循着某种规律，大到天体运动，小至花开花落。我们已经知道了众多的公理定律，如万有引力、电磁定律，等等，但不清楚这些定律为什么会是这样，而光速等物理常数，若有一点儿偏差，人类就不会出现。一张"无知之幕"隔绝在人与上帝之间，我对这块幕布的长度及材料属性充满好奇。"物理学从来不具有一种对一切时代都是完美的、完满的形式；而且它也不可能具有完美的、完满的形式，因为它内容的有限性总是和观察量的无限丰富的多样性相对立的。"文学同样如此。我想，物理与文学之间的关系绝对不仅仅是一个和谐对称的原理，一个黄金分割比率，以及"大漠孤烟直，长河落日圆"这种几何意义上的远近透视的对比。它们都是对神的赞颂，互为隐喻，相互启发。

六

一切阅读都是误读；一切杰作都是时间开的玩笑。

对宇宙这部大书来说，所有我们认为伟大的、可笑的、荒唐的、愚蠢的，都是其中不可缺少的一部分。若说宇宙有思想，那么它从来就不想变得更好，也不想避免更坏，当然人类总是渴望更好。它只是呈现，把美的、丑的、好的、恶的，摊在夜穹上。有的是流星，有的是所谓的恒星。就具体的每颗星来说，它们全是昙花一现；但就星辰这个整体来说，是永恒。一个时代的星辰，并不足以照亮所有时代。

文学艺术并非存在着一个确定的永恒不变的形式或图景。人要擅长创造。如果说我们一直在追求真理的路上，那么这个真理只是创造，创造关于人类的种种（这里也包括了对历史的阐述与重构，对当下的洞察与理解），就像上帝创造了人类。换句话说，传统提供了我们的来处，创造提供了未来的维度，那是我们的去处。

我们很多人都把这种创造力所提供的文本视为先锋写作。先锋不是一个一望而知的文本上的怪异扭曲、荒诞变形，这是见山不是山的初级层次。真的先锋是一种精神，它绝不会仅仅停留于传统小说固有的边界里，它必然跨越政治、经济、科技、文化等诸多学科的壁垒，与人类的自我认知、自我进化相同步，在思想上、结构上、语言上，不仅有长河、落日、大漠、孤烟，还能看见那热带雨林一样的城市，继而重塑自我，是谓当代小说（曾几何时，人是自然的艺术品；今天，人是他自己的艺术品。文明史是人类的"弑父"史。人对自然每时每刻的逃离，才是他们崇拜自然根深蒂固的原因所在。现代城市是人类观念的产物，不是自然而然的"造化钟神秀"。它还在进化，终有一天会庞大无比，整个地球都将被"城市"掏空改造——想象一下这个奇景吧，也许很久以后的某一日，亚马孙河只是一座巨大的高耸入云的城市的下水沟）。

亲爱的读者，我无意仅仅与你们谈论常识。常识是陷阱。当然，对于公众来说，常识有普及的必要性与迫切性。对于一个国族来说，再强悍的个体都是微不足道的。对于宇宙来说，一个国族同样是微不足道的，即，天地不仁，以万物为刍狗。但我更想与你们讨论那些隐藏在常识下面的东西。

举个现实点的例子。一个男人找不到工作，养不活妻儿老小，这是不幸。他有理由诅咒。从社会公正的角度来说，要尽量避免发生。而用所谓文学的语言来说，他人的不幸都与我有关。这些是常识。假如上帝显灵了，我是说上帝。这种不幸真的被彻底免除，一个社会不再有人失业，人们是不是真的就来到了理想国？百分之百的就业，意味着流动性的匮乏，劳动力市场无法在事实上存在。没有市场，就没有交易与竞争。这也就意味着一个人很难有热情去改善劳动技能，提高劳动效率。一个社会也随之陷入停滞，随之必然导致更多人的失业，或潜在失业。是否可以说，更多数人的福祉取决于少数人的不幸（失业）？失业率在一个"合理区间"波动，而这个区间值并非固定不变，各国家与地区也并非一律恒定。其合理性很大程度上取决于社会精英的说服力，而不是失业率绝对值的高低。随着科技进步，这种说服力越来越讲究技术含量。我想，当一个人理解了这些后，他就不会那么害怕不幸。而不幸也将因此感到畏惧，一点点远离开他。

世界由两半组成，一半由活人居住，一半由死人居住。那些自以为活着的人每天晚上都在发誓自己并未死去，为此，他们不断地审视内心。"我深信，只有从各个方面全方位地了解世界，从宏观的经典物理和微观的量子物理角度，从数学和诗的角度，通过各种力、场、粒子，通过善与恶，等等，我们才能最终了解文学，了解我们自己，了解我们的家——宇宙背后的意义。"

写完《人间世》后，我一直在恍惚中。我为什么会这样写？究竟是谁在握着我手中的笔？那天晚上，我在南京街头看到一个哀哀哭泣的少女。她双手捧脸，目光好像受惊的雌鹿。仿佛有人轻轻在我耳垂上咬了一口。量子文学。是的，在那一刹那，我感觉到这世上所有的门都朝我打开了。原来百思不得其解的问题一下子清澈见底。人是神奇的。人需要发现这种神奇，需要清晰明确地表达出这种渴望。现在，我打开这扇门。它们不仅仅是文学理论，同样可以成为活着的态度。我的看法或许全错了，但我相信，这种错会为更多人提供某种价值。没有茫茫黑夜，就没有皎皎明月。没有对"我这种谬误"的批判，哪来"属于你的真理"

闪耀？又或者说，若不给出前提与条件，世上道理，皆可从原点导出一个与其完全相悖的概念。"言说是人子唯一的道德"与"对不可说者保持沉默"，这两种截然不同的人生观都是对的，也都是错的。它们互相指责、确认、补充。

写作是一种自我催眠的仪式。词语流动，万物生灭。量子物理与量子文学同样让人困惑。我唯一可确信的是：我所写下的文字是有温度的，是我的肝、我的肺、我灵魂发出的嚎叫。我并不期盼它们在某日化为白鹭飞过青天，更不希望它们会成为众生之门——太多写作者被这种可怕的幻觉扔进深渊。事实上，我所有的书写都是因为我的爱人。我的爱人，所有的人都是你。无数脸庞沿着漫漫水流一直向上，最后凝聚成一张唯一的、无比出众、包含了所有词语的脸。这就是你的脸。我的爱人啊，我在宇宙尽头等着你。我要与你一起，朝那更远的地方刺出惊艳一枪。

过去，我们的文学实际上只有一个批评体系。主要就是与宏观的经典物理所对应的现实主义。现代主义与后现代主义的作品其实是被硬塞入这个框架内的。量子文学理论可以很好地解决这个问题。一是，量子文学并不是什么需要落实的新理论，它只是解释了所谓的先锋，把现代主义与后现代主义在量子层面上统一起来，与宏观的经典物理下的现实主义相对应；二是，它解释了严肃写作者的内在驱动力；三是，它提供了评论的新思维，试图建立一个重新理解文学的新体系，澄清文学、艺术领域中许多混乱的现象；四是，它可以给具体写作提供一些启示。可能是这样吧。

写给我的 70 后同行
——知识社会与我们可能的未来

一

一个文学沙龙,"70 后作家与先锋文学"。

我在门口坐着,听朋友们的发言,看他们严肃的眼,认真的脸。他们激烈的言辞挠着我的耳膜,有点痒,也不仅是痒。体内匿伏的那只野兽,在隐隐咆哮。四肢百骸有细微热流。

我很想站起来说点什么,还是努力把这些话语重新咽下。在这个湍流一样的现实里,我越来越习惯于沉默。我不是那种渴望在舌尖掀起风暴的人,也无意再用这种风暴去说服一个人,尤其是一个写作者——两个写作者之间的差别,基本要大过地球人与火星人。他们之间小心翼翼地恭维,大抵是捍卫自身文学地位与话语利益时,采取的一种不情愿的策略。我了解他们。我常在镜中看见他们其中的一张脸庞。

我把目光投向窗外。

北京初秋的阳光是那么寂静，无边无际，犹如时间的洪流；天幕，湛蓝深邃。我突然觉察到一种让人热泪盈眶的舞台效果。如果把这些蕴含着时空奥秘的阳光，比喻成火，那么我置身的这间屋子，即是火焰中的圆形废墟；屋里坐着的人，便是那些领口佩着古老勋章、身上套着铠甲，手中拿着长剑的骑士——我能真真切切地看见，他们心中对真理的追求，对荣誉的渴望，对公正的尊重，对爱与美的向往。

"人们关注你，神亦如此，骑士。你不可有丝毫懈怠。珍惜并且捍卫你的荣誉吧！"

我喜欢这句话，忘了是在哪部小说里看到的。它出现在脑子里，闪电一样。我祝福他们。但问题马上来了——我为什么坐在这里，为什么我下意识地用了"他们"，我是不是他们中的一员？

我想了想，是，也不是。又或者说，我是那个可笑的堂吉诃德；这样说真是太太太可笑了，我顶多是这位骑士手中握过的、临终前又毫不犹豫掷下的、锈迹斑斑又匪夷所思的长矛。

"长矛"前的定语真长，真拗口。

二

我对 70 后作家感情复杂。

第一，他们中的一小部分，已经写出了无愧于他们命运与这个时代的作品。第二，他们中的一部分是文学期刊的填版面者，是未老先衰者。第三，他们中许多人的写作，就人类精神生活与当代文学已达到的高度来说，基本无效。不过，为什么一定要"有效"呢，相对于个体性灵来说,这种"无效"常比沙漠甘泉还要清凛甜美。从社会学的角度来看,这种大规模的"无效"反而是构建中国人文化基因的主要驱动力,是一个国族的"地底之河,隐秘之火"。第四,他们中的不少人意识到新兴的资本逻辑对传统权力话语体系的颠覆,对文学固有疆域的拓展,对文学秩序的重塑,乃至对文学本质的重新定义。其文本里的市场逻辑日渐清晰……

这是一个极其有趣的景观——繁复、多样、易变。甚至不能用块茎理论来阐释这种众声喧哗(更别提树这种以躯干为中心的符号)。亦从未有哪个代际作家群能像他们一样,蕴有如此多的可能性,50后、60后不行,80后、90后同样不行,民国"三千年未有大变局"时代的那个作家群也不行。

为什么?因为70后承上启下,尤其是这个"下"。

这个"下"不是一个上游到下游的关系,而是突变,是在中国从一个古典农耕社会到一个现代知识社会的大跃迁背景下的地震与海啸。

突变正在进行时,让他们面庞模糊,难以辨识与归类。在古典与现代性的双重挤压下,在国族复兴与全球化浪潮的冲击下,在传统道德体系崩解与技术伦理体系崛起的撕裂下,这个70后肩膀上伸展出带血的羽毛,那个70后已经潜入海底深渊,而另外一个70后已藏身于沙漠里的万千沙粒。

相对于其他代际的作家群,70后作家群同时面对着两大命题:一个是民族秘密、唐诗宋词、新中国文学遗产、风俗与劝诫、日常经验等的总和,是一条经常被命名为"中国故事"波光粼粼的河流——狭义来说,即对国族的叙事;另一个由互联网打开的富有科(魔)幻意味的对未来的诸多想象,是蝴蝶效应、量子理论、大脑上传、人之不死等山峰——狭义来说,因为科技进步所推动的全球化浪潮打开的景深。

河流与山峰加在一起，便是 70 后作家要处理的现实。怎么来理解这句话？

多丽丝·莱辛说：东欧剧变后，那里的作家才发现了真问题。那些问题确实真实不虚，但并非剧变前就不存在。只能说它们是一个被掩盖起来的事实。而那些作家们，没有能力去发现牛奶里的三聚氰胺罢了。他们被日常生活所淹没，不能从另一个维度、另一种高度来审视日常与自身。这是可以理解的，一个封闭的社会结构，必定导致信息匮乏，导致普遍的无知与傲慢。《黑客帝国》是一个很好的隐喻。

不过这些真问题还是与人类什么时候开始群居生活一样古老，属于我刚才说的第一个大命题的范畴内。回答它们固然重要——人是活在对这些问题的回答里，每个国族皆不例外。各时代也因之汹涌澎湃、五彩斑斓，但这不等于唯有它们才是真的。

真很奇妙，真诚的真，真实的真，真理的真。讲真话是困难的，这里有利害关系，更重要的是：人的心智结构与知识经验，在许多情况下都不足以分辨事件真伪是非。我们说，眼见为实，但社会上存在着大量专门针对人的生理与心理设计的视觉欺骗。在这个随机性不断增加的社会里，常识往往也会成为认知的陷阱。更痛苦的是，真话是有欺骗性的。一对男女相亲，媒人说这个男人英俊潇洒有房有车有社会地位，说的都是真话。姑娘心花怒放，等嫁过去后，才知道这个男人性无能……被精心筛选过的真话，极易俘虏人心。在真的力量面前，人们往往会丧失最后一丝警戒之心。但它终究还是欺骗。或者说，一个无可挑剔的对真理的论证过程，同样可能把我们导向灾难的深渊。从某种意义上说，谎言真实不虚，并非只作为真实的对立面出现，它就是真的一部分，是崇山峻岭中的一条山脉。理解了这个，才能理解什么才是真实的生活，才可能理解"无聊"这种普遍的心理状态的生产机制及其根源，才不会被

"活在真实中"这种流行调调诳入死胡同。生活何其宽广啊,鲜花烈火,枯枝败叶。

昨日那个狂踉酷炫的我是真的,今天这个低调谦虚的我也是真的;我是真的,你也是真的,我俩可能是爱人,也可能是敌人;电子与正电子都是真的,有效碰撞后,就会湮灭……随着时代的脚步,我们不难发现这样一个事实:相对于那些亘古之谜,有一些真问题是年轻的,是脑细胞的分裂与生物的变异,是科技对人类社会及人类这个物种的改变,是新伦理与新秩序的诞生,是人类进化的新起点。

三

"我曾经吃过一条鱼,那么我会变成鱼吗?答案是否定的——这是故事,在经验范畴内,是不言而喻的常识;我曾经吃过一条鱼,那么我会变成鱼吗?答案是肯定的——这是小说。不是传统小说。是当代小说。要说服公众接受这些违背了经验与常识的结论,这就需要当代小说家的才华与逻辑。"这是我原来说过的一段话。

之所以重提,就是希望我的同行,在吃完鱼后,不仅会觉得能够变成一条鱼,还可能变成一只啄羽的鹰,一匹鬃毛飞扬的野马,一头笨拙而又自由的熊。

我们已经来到了一个"知识社会"。

知识生产与煤、石油等,是一个国族的政治、经济、文化、科技等各领域不可或缺的资源。一些人说天下书都读完了,抱怨没有好书读。这不是矫情,就是无知,是自身的匮乏。真正的问题是,好书太多,读不过来;还有,它们会打架。不同的知识体系之间会产生冲突,甚至是不可调和的冲突。以赛亚·柏林有句很著名的论断：美不互相兼容。知识与知识也会互相为敌。如何融会贯通，形成一个逻辑自洽的知识体系，这是最困难的事。胡适说，知难，行亦不易。其实，知比行更难。

几千年来，知识生产的效率相对低下，父传子、子传孙，一代代，是一个线性。近百年来，知识生产就跟过去不大一样了，像炽热岩浆一样喷薄涌出，其增长呈指数形式而非线性，这不仅体现在速度上；亦体现在深度上，比如学科的分化与精细；还体现于广度上，比如跨学科的新领域层出不穷。

知识生产机制也日趋复杂。比如江苏人民出版社连续25年引进的"海外中国研究丛书"，在国内学界影响深远。国外学者撰述这些书，是为了了解中国；我们引入这套书，是为了了解"别人对中国的了解"，而不仅仅只是一个学术视野与方法上的启发。这种复杂性犹如湍流。一个个正/负反馈的循环机制，是一个个漩涡。漩涡生出，系统振荡，新的推动力得以诞生。河面浩浩荡荡，不舍昼夜。

整个人类社会在这种指数增长的推动下，其结构、整体性产出，以及人际关系的连接方式，理解世界的维度，都在发生剧烈变化，在事实上被不断重构。这种变化极其复杂。比如，它有一个显而易见的特征，即悖论。比如，我们一天之内所能获得的信息量能超过几百年前一个人一生所获总和。一个高中理科生若穿越到牛顿发现万有引力的时代，他能做伟人。另一方面，已知的圆圈越大，越清楚圆圈外面广袤的未知，越容易对宇宙与自身的奥秘困惑绝望。而作为个人，几乎都不可避免陷身于各自的知识洞穴。一个学科里的常识对另一学科来说可能是天方夜谭。就比如我读过的书算是车载斗量，自认为还算是一个脑子比较清晰的人，结果几堂法学课念完，才发现自己基本算是一个法盲。

知识社会自信息社会中脱胎而出。若说信息社会强调"量的占有"，知识社会更注重对信息的过滤、筛选、加工及再生产的能力,强调人的主体性,这是关于个人前所未有的事件。举个不恰当的比喻,信息社会是一个图书馆,书是第一位,它起源于技术进步;而知识社会,来图书馆的人是第一位。这是根本性的转变,人重新获得他的尊严与价值。信息社会主要由技术精英主导,是一个自上而下的传播,具有很强烈的工具理性特征。知识社会乃是众生的觉醒、扁平、开放、多元,对政治、经济体制有着不言而喻的要求。

大家留心一下,不难发现今日我们面对的五种基本冲突:排在首位的,就是知识体系;其次是资本与权力;再次是国族利益;四是技术与伦理;五是代际。为什么知识体系的冲突排首位?因为它是子宫,是矩阵。

四

简单说一下知识社会产生的大背景,即全球化。

全球化是不可逆的浪潮。在整个全球化浪潮中,受益者何其多也。我们享受着全球化的红利。这是共识。

但在这个被科技日益拉平缩短的地球上。尽管全球化是一个趋势,尽管它的价值体系里明确提出要保护文化的多样性,这个浪潮将不可避免地导致各种文化独特性的丧失,使后者沦为附庸,乃至博物馆里的标本,犹如物理学上的一个名词:熵增。各种文化之间的界线被抹平、同质化、持续的均质化——出没于北京街头与纽约街头的时尚女孩几乎是一样的。

熵增的最后结果是热寂。

全球化的实质是什么？是一个资本主义秩序统治全世界的过程，其核心就是资本主义精神。马克斯·韦伯解释了新教伦理与资本主义精神的关系，把资本主义精神定义为一种追求经济利益的理想，这是上帝授予的"天职"。我们现在基本活在这样一个理想中，一个似乎由清教徒创建的世界里。市场观念开始支配着我们的日常行为逻辑，成为意识中的"理性"。大多数人不假思索地接受了这种理性，把它对世界的部分认知经验命名为"常识"，乃至不言而喻的真理。这可能是荒谬的。我们心里面并没有上帝，没有那个绝对先验的存在。要去拜上帝，很可能就会拜出一个太平天国，因为文化基因不同。

千年暗室，一灯即明。这是理性的胜利。需要注意的是，若移动这盏灯（以及光源性质等），室内万有所呈现出的轮廓等景观便截然不同，不断有新的现象与意义产生。这灯即我们认知的角度，是价值观与方法论的和。而任何一盏灯皆不可能呈现出室内万有的所有维度。所以，要谦卑。要警惕理性的自负与傲慢。非要给梨树做转基因工程，指望它某日结出苹果，我觉得这也是一件很扯淡的事。这个地球上是不是只剩下苹果后就会成为人间天堂？

我不知道最后的结论。随着全球化的浪潮，地球上很可能会只剩下苹果。梨会被视为污秽，只有猪才吃的。甚至可能沦为一个严禁谈及的禁忌。后人听到这个词会本能地心生憎恨。我不希望是这样。

全球化充满陷阱，比如它不是一个普降雨露的过程，在某个时间段里总有些地方要比其他地方降雨量少，乃至点滴皆无。这种不均衡性必然要孕育出激烈的对抗。鲍德里亚写了篇《全球的暴力》，指出全球化过程中暴力的必然性——不是一个短暂的过程。暴力泛滥的新根源，已经从对土地等传统资源的争夺，转为文化上的对抗。又比如先发优势，一个富二代跟一个穷矮矬比赛赚钱，两人站在一条起跑线上，比赛结果大家都懂。国族之间也不存在着罗尔斯的《正义论》，有限的善，向弱者的倾斜。目前，或者说在我们看得见的未来，国族之间所奉行的游戏规则怕只是赤裸裸的社会达尔文主义。

鲍德里亚还厘清了"全球化"与"普世化"的区别及其各自的根源——两者如此相似，以至人们常误以为既然全球化是趋势，那么普世化即是最现实的选择。

"桥已经有了，为什么还要摸着石头过河？"这话听上去很聪明，实际上是历史终结论的唾余，是不费脑子的说法。桥真的在那里吗？一座能应对各种碾压、坚不可摧的桥，真的有吗？真有一个放之四海皆准的真理？

所有人都在摸着石头过河，包括美国。区别只在于风险系数的大小。《国富论》等经典就是河里的石头。石头可以改变河流的流速与方向，但不是河流本身。河流广袤无边，有遮天白浪。美国宪法之所以伟大，根源不是"二百多年前由十个白种男人起草、五十个白种男人签署"的那些具体条文（它们也确实伟大），而在于它确立了一个传统。生活在星条旗下的人们相信它，愿意捍卫它，并不惜付出代价。

近百年来，西学大盛。中，意味着旧，腐朽，是机体组织的毒瘤乃至致癌基因，都想去之而后快。我们的先人就那样不堪？"欲练神功，挥刀自宫；若不自宫，也能成功。"这是玩笑话，也是另一个维度的事实。在我看来，两种文明之间彼此会有竞争与征服，但不存在优劣。优劣是相对性的。更重要的是：这种相对性形成的落差在源源不断地提供势能，使甲与乙有一个交汇融合，从而为作为整体的人类进化史，提供核心动力。所谓"先进文明"与"落后文明"这个提法，与种族主义的傲慢又有多大区别呢？一个文明暂时处于弱势，并非就是"先进征服落后"之类的规律在起作用，而是概率，有时候甚至就是一个"秀才遇到兵"的概率——这个大家可以看下野蛮民族的征服史。

全球化与国族复兴这两个现实正在重新塑造人类社会的结构与每个人的心灵。

全球化根源于资本、科技进步、普世价值、消费主义。它面向未来，是现代性所打开的景深。它在祛魅，去等级化，使社会结构由"树状"趋于"块茎"，流动性加强，人与人之间的关系变得短暂、偶然。人们也因此获得了更多的自由。

国族，这个近代以来被苦心孤诣建构起的意识形态，其根源在于传统，是文化差异、历史记忆、语言与肤色、民族性与地缘等的总和。它通过汲取过去的力量得以凝聚人心，使自身作为一个"共同体"得到生活于其中的同胞们的认同，是"诸神凋敝后人的栖身之所"。

国族为生活在这个"共同体"内的个人提供了安全感、荣誉感与心灵慰藉，等等。

要谈论国族复兴，就必然要涉及这样三个基本问题：我们有什么样的传统？我们想捍卫一个什么样的传统？我们的未来需要一个什么样的传统？

在我个人看来，直面中国问题，需要的不仅是良心与智慧，更重要的恐怕是对中国文化、中国人性情的深刻洞察，梳理出中国文化的基本脉络，找出"修身、齐家、治国、平天下"这条线，展开"内圣外王"的坐标体系，再绘出"格物致知、诚心正意"精神生活的曲线图，讲清楚中国文化的基本心法，又补充以一个"日日新"的态度，使这个传统的面貌清晰可见。

但这还不够，我们还得有对全球化的眺望。

全球化与国族复兴两者间存在着极深的冲突。逻辑上，一个人没法子既爱他的国族，又同时爱这个地球，视所有人的不幸为自身的痛苦。

这里有一个近似于囚徒悖论的困境。以历史为例。对于国族而言,"忘掉历史无异于背叛"。但全球化时刻都渴望遗忘,哪怕是那些最为惨痛的记忆。历史记忆越深,隔阂就越难消除,仇恨自然如影随形,冲突便在所难免。尤其是那些已经沉淀为集体无意识层面的。又或许,相对于全球化这条大江大河来说,国族是岛屿。只有经得起风浪侵蚀的岛屿,才可能会与河流一起成为未来人们所眺望的风景。

五

我们都有一个经验:书到用时方恨少。

如果一个人的知识量足够丰富,知识结构足够有效,我想许多困扰他的纠结自然也就迎刃而解。人之所以纠结,多半是因为自身的无知。我们的纠结,从根本上说来,就是把多项选择题做成了判断题。判断题是要分是非的。但真相与谎言,有时是维度问题,有时是高度问题,有时是广度问题,有时是深度问题。什么是维度、高度、广度和深度?打个比方。盲人摸象就是一个广度问题,我们很容易拿自己的经验来否定别人,认为真相即我所知、我所见;什么是深度问题?比如这头象没有精神,你说是因为它几天没吃食物,但兽医说,它生病了,肠子里有寄生虫;什么是维度问题?一个二维的铁笼子困不住一头三维的大象,尽管你在纸上把这个铁笼子画得非常好;什么是高度问题?大象与人都是哺乳动物。

当然,这个宇宙何其复杂,许多定理公式都互相打架,要导入前提。而前提基本是被忽视的。我们不仅要懂得运用这些定理公式,还要了解这些前置条件。

但一个人的知识结构毕竟还是有限的，不可能在任何一个专业领域都能切中要害，扪虱而谈。博大精深只是一个相对态的形容词。随着这个开放的现代社会的逐渐成形，社会人范围的分工协作，必然会导致越来越多、越来越深乃至老死不相往来的知识洞穴。柏拉图有个洞穴理论。对于某领域的专业者来说，洞穴外面的事物只能根据墙壁上晃动的影子，谈论它们很容易被心中固有的道德律以及他所掌握的知识结构的视角所支配，这非常容易滑人谬误。他只能泛泛而谈。

这里有陈词滥调、常识、思想的闪电（奠定人类知识的几条基本原则是相同的，这也能给其他领域专业者愉快的启发），等等。这是他的权利。但他需要谦卑，需要知道自己所说的，99％以上都是陈词滥调。

我们要发声，是想跟这个世界建立起某种联系。我们要谦卑，我们的确无知。

因为无知，所以世界新鲜如橙。我们对这个世界的好奇与相应的创造力，是对各自栖身的洞穴的刺穿。这是一件多么美好的事啊！好像潜泳已久的人，嘴里含上了一根通向水面的芦苇管，尤其是在这个由科技构建的现实里，它让风吹入了身体里。

我们活在一个西方创造的、由科技力作引擎的世界里。这个即将被大数据及社会化网络彻底颠覆与改造的世界无疑更富有效率。信息流几何级数的增加，会让任何一个领域的知识总量在短时间内即溢出人脑所能承受的极限。

我们都不是博尔赫斯笔下那位博闻强记的富内斯，如何才能不溺死其中，还能下水抓鱼？尽管我不认同人就是自然秩序的延伸，但一些描述自然秩序原理的数学模型（比如石油等矿藏在地壳的集中分布模型）将越来越适合描述人类社会的结构，对个人与个人、个人与群体、群体与群体之间的关系，进行信息的搜索整理，综合分析，计算评估，从而做出计划、控制与预期。

这是一个人获取信息的能力与方式的改变。这也是一个人处理信息的能力与方式的改变。这两个改变无疑会改变一个人的决策。所以有人说美国麻省理工学院的教授彭特兰凭着一本《社会物理学：好的想法是怎样传播的——来自一门新兴科学的经验教训》，赢得了美国国防部搞的一个"红气球挑战竞赛"。

事实真是这样吗？在我看来，真正帮他赢得比赛的是"他对群体心理学的洞若观火，对个体人性幽暗处的深刻了解"。彭特兰才能在信息流以及其他各种各样的"流"中，一眼望见那关键与要害处，找出"好的想法"，数学模型不过是他实现想法的工具。决策是科学加艺术，但归根结底，它是一门艺术。换而言之，不管这个祛魅后的世界如何荒凉，我们都要有对文学艺术的追求。

前些日子有个朋友批评我，说我特别喜欢引用一些自己不懂的领域里的术语，来谈论文学，比如量子文学观。说我首先应该去取得一个高能物理学博士的学位，才能谈得上去做把这两者联系起来的工作。开始，我觉得他说的有道理，现在不这么看了。他是在以一个理论体系构建者的标准要求我。我说的只是比喻，是启发。

我喜欢比喻，比起仅由名词与动词组成的陈述某种事实的句子，这些蕴藏着某种值得尊敬的专业知识结构的"隐喻、代喻、转喻、借喻、暗喻"，更可能接近上帝的嘴唇。

事实是什么？是想象所达到的某个深度，这个深度还可以挖掘更深。或者，通往另一个维度。我喜欢事实，也渴望挣脱事实的束缚。事实有限，是瓶中水。但我们要见水中月。世界这样大，穷极我们所能感知搜集到的事实，也不足以勾勒出其亿万分之一。唯有虚构与想象，才能让世界在某个奇异的时刻就如指甲盖大。

六

怎么获得知识？99％是靠阅读。怎么读？是不是读得越多越好？

书本愚弄人心，多数情况下，它只是风俗与日常经验的呈现。好书从来不少，但人多不愿意去读。因为乏味，至少它与普通人生活没太大关系。再刻薄一点说，阅读，过去算是被特权阶层垄断的权利。为了解某种知识，了解自身与宇宙的奥秘，人们凿壁偷光、囊萤映雪；现在，若说它还存在的话，基本也已堕落至"一种快感的获得"。这种感受是不是今天的人才有？

许多年前德国的叔本华就破口大骂："读者大众的愚蠢和反常是令人难以置信的，因为他们把各个时代、各个民族保存下来的至为高贵和稀罕的各种思想作品放着不读，一门心思地偏要拿起每天都在涌现的、出自平庸头脑的胡编乱造，纯粹只是因为这些文字是今天才印刷的，油墨还没干透。"

这些话是对的，但不够。读者大众阅读今天才印刷的这些文字，并非就只是因为愚蠢与反常，更可能源于他们想了解自己所置身的时代，想找到在现实中行走的路径，想知道未来将怎样扑面而来，更重要的是，渴望摆脱孤独。

社交媒体的蓬勃兴起，似乎更能说明"人对社交的需要大于对知识的需要"。从这些社交媒体上，人很难获得某一领域内相对有效、全面的知识。它犹如一辆疾速的列车，世界是车窗外的浮光掠影。人们挤在车上，各刷存在感；借助于手机屏幕上某条微博（信）的发光，在暗夜中寻找爱与分享，其根源在于孤独以及对孤独的恐惧。

为什么书本上那么多的知识还不够温暖一个热衷于智性与德性的灵魂？因为对智性与德性的追求，光有知识是不够的，还要有情感。情感只能与他人分享某种关系时才能产生，它是玫瑰、茉莉和世间所有的花朵。

为什么"我"需要同一时代人的目光？人是时代的产物，是"传统与当下"的结晶，是社会整个有机系统的一部分。一个不被阅读阐释的"我"实际上并不存在。我们讲蝴蝶效应，这是因为存在气流。在真空环境，蝴蝶的翅膀与风暴不会有任何关系。叔本华所批评的"油墨还没干透的文字"，其实在扮演着气流这个角色。

孤独是人的盐，是必需品。若没有它，人就是一种社会化了的集体怪物；若吃太多，便要得高血压，产生种种不适。然而，由于"个人几乎不可避免陷身于各自的知识洞穴（摩天大楼又何尝不是洞穴的隐喻）"，难免摄入更多量的盐。人啊，带着肉体这件行囊，在这个奇异世界里的旅行者，注定是孤独之子。

孤独不是由理性建构，而"各种思想作品"恰恰是属于人类理性的范畴，两者并没有交集。对后者的阅读或许是标月之指，但不会让灵魂不再孤单。

从严格意义上说，未被消费的知识不能称之为知识。有知识生产，就要有相应消费。相对于绝大多数人的日常生活来说，人类已生产的知识不是匮乏，而是严重过剩。人在匮乏时期与过剩时期的思维与行为逻辑是两回事，甚至可以说这是两个物种。如果说匮乏时期的阅读是"我要知道"，那么过剩时期的阅读即是"你知道我知道"。这是一种姿态的强调，是对阅读这个符号的消费，图书本身的实用价值退居其次。换句话说，读者更愿意读今天才印刷的这些文字，哪怕它们看上去愚蠢又无聊。从另一方面说，我们爱一个人，投身某项事业，或提出一个观点，多数时候是出于自身的无知。问题是，若他一旦意识到无知，并能用哲学家的思维方式尝试进入那事物的内部，他可能就会丧失爱与行动的能力以及捍卫观点时的勇气。"你在做愚蠢的事，这愚蠢将成就你。"也只能这样安慰自己。

我们一直活在一个观念的世界里。这个观念，并不是最聪明的、最深刻的、最具逻辑性的、最具有美学意义的，而是对大多数人观念的一个加权平均值。那些"基因战争的胜利者"，总是会让他的观念及其表达方式，无限地趋近于这个加权平均值。世界就是这样，它或许是一个奇迹，但一定不是一个无懈可击的数理模型。而高贵的思想作品，并不会因为少有人读，就不高贵了，反而因为这种"少有人读"的稀罕性，愈显高贵。

我个人还是倾向读点经典。因为那是来处，是在接地气。一个没有根的国族是失魂的。一个没有经典滋养的人，是彻底孤立无援的。我也认为：一个人的自由，即是他所读过的书的总和；一个人的高度，也就是靠他读过的书码出来的高度。

为什么现在的年轻人普遍不喜欢阅读经典？这是与死者交换灵魂。它会让自己所置身的世界变得滞重、深刻且无趣。一个懵懂少年的荷尔蒙冲动（生命力）总比一个白须智者的深思（极可能无效）更易激动人心。

一味沉溺于经典不一定就是好事。这就譬如山间野虎，自愿坠入牢笼。要想真正亲历自己的一生，就得摆脱对经典的依赖（这是一种类似于吸毒的体验）。自己在生活中所发现的箴言，哪怕最终与圣人大哲在千百年前所说的一字不差，那也是"我的发现"。事实上，它与后者肯定不同。时代，许许多多的时代，会因为这种"发现"隐约显现，犹如星河灿烂，而绝无一颗星星相同。

经典有其法度所在，如同桌子，有四条腿一张平面，非此即不为桌子。经典在大多数时候都是狭窄的，它时刻不忘告诉我们：它才是真理、道路、生命的奥秘。

要阅读经典，但不要被经典所豢养。再经典的作品与作者相遇，皆需要缘。不仅是初见时的缘，还有重逢时的缘。你要有缘进入它的体内，才能感觉到它的心跳与温度。

读经典，是不是一定要读原典？我不是很认同的。读原典这个提法固然很好，但在技术上殊难实现。就不说各语种间那些无法消除的文化隔阂，仅言自家。历史上那些曾真实不虚的原典，早融化分解渗透到历史河流的每个水分子里——虽然我们总是一厢情愿地以为哪天能像打捞沉船一样让它重现。事实上，被误读的原典对社会的影响，总是要大于其真实本义。

该怎样阅读经典？"六经注我"是一种读法，"我注六经"又是一种读法。前者说的是一个悟字，着眼于个体的生命体验。后者讲的是一个懂字，强调经世致用。学人多为后者，以为问道或尊德，比如《左传》《公羊传》《谷梁传》三书对《春秋》奥义的分别发掘。不同的读法，原典的面貌各不相同。

经典也是一个相对含糊的概念。对于同一个命题，西方正典与中国原典的阐释可能完全是两回事。我们当然可以不费脑子地说，对"西方正典与中国原典"两者的共同继承，才能成为时代经典。但善与善有时会互相为敌，更何况两种思维方式截然不同的文明。在一些人脑子里，西方的，才是世界性的；东方的，只要膜拜就可以了，地球就和谐了。现在大家读西方正典多。不是说只有对西方正典的继承，才有资格成为这个新时代的经典。

我个人觉得，在这个舌尖上的中国，把经典当成日常米饭，还是当做偶尔下箸的珍馐佳肴,有时候是胃口问题、技术问题;大多数情况下,这是情商问题。迷失在经典中的人,要比迷失在梦境中的人,至少要多100万倍。他们并未真正亲历自己的一生。

还有就是注意自己的知识结构的塑造。除了自己的专业知识外,我们还要注意到一个国之四维,"政治、经济、文化、科技"。每个人的时间有限且珍贵,一个人的一生应该对四个领域有所了解。分别在四个领域读三四本经典著作,跟踪阅读该领域两三本最受尊敬、最有影响力的杂志,再关注该领域数位顶尖学者与前沿人物的言说,把这些不同形式的话语互相印证启发,尝试打通融合,这里会有无比的快活。

具体哪些书目我就不推荐了。网上有特别多的书单,大家比较一下,找自己能看得下去的读,最后选几本精读。这个精读我建议大家尽量去读纸质书,花不了几块钱。纸质,不仅是一个介质的问题,在这个微博、微信大家习惯一日十行的碎片化时代,它能导引我们进入一个深阅读的奇妙境界,犹如坐禅,这就跟大家去庙里拜菩萨一样,手里得拿着一炷香,这种仪式感非常重要。

读书的心态也很重要。《微物之神》,1997年布克奖获奖作品。在一个不算太长的时间内,我把它读了两次。第一次读,怎么读,都觉得不好;第二次读,怎么读,都觉得好。我一直是这个我,为什么感受差别会这么大?无它,心态而已。事实上有耐心的阅读,会让文学作品本身(那个布满种种纹理,像石头一样坚硬的东西),慢慢有了玉器的形状,成为"更有价值的艺术品"。我的意思是说,是人的阅读在创造作品的价值,就像物理学家们在实验室里阅读一组数据。

七

最后再说几句。

第一,知识是极端危险的。知识是知识分子的发明。这种发明在近代以来,不断地把人类带到濒临灭绝的悬崖。任何一场大屠杀都根源于知识生产体系里的某种学说理论、观念与主义以及宗教。而最令人沮丧的,这些观念之物的出现,也多半基于一个良好的愿望(至少是对于某一部分人来说)。知识是很容易带来傲慢的。而知识的傲慢比权力的傲慢更糟糕。它是原生性的,构成人格,具有一种深信不疑的意味。权力这种东西一向是人走茶凉,不能带进棺材里。

去年在知乎上看到一个问题:如果知识可以通过性传播,那世界会变成什么样?当时我就忍不住脑补了下。据说在不久的将来,人的大脑里可以植入纳米微粒,而"一匙液体包含的纳米微粒可存储1太字节数据,可以存储2000小时音频内容"。也许有一天人类的交流方式就是通过交换这些纳米微粒来实现……纳米微粒进入体液,知识通过性传播,好像也蛮符合逻辑的吧。估计那个时候,白富美都学问渊博。

第二,这些年,因为职业原因,接触到许多中国各领域第一流的人才。他们身上散发的光和热,吸引着我。我如飞蛾。这不是说我是他们的脑残粉。我尊敬他们,但不崇拜。在我看来,在人类进化的历程中,每个人都是一个阶梯（众生①平等。阶梯并不会因为其高低，就不是阶梯）。前辈大师的存在，就是好让后来者踩于其肩上，眺望更深邃处。首先，我要理解他们说什么，他们的价值观与方法论以及他们所代表的专业知识结构——这点很难，几乎是不可能完成的任务，怎么说呢？尽量把握其主旨，先努力了解一些基本概念。其次，我要在对他们的否定之否定中，建构起带有自己生命烙印的思想与文学体系。哪怕我错了，错得一塌糊涂，但我想我这一生是快活的。

我的错也能为他者提供一面镜像。况且，对与错这种二元判断，在人文学科领域，可能深刻，富有道德魅力，但往往失之于粗暴轻率。比如战争本身当然不对，大家都渴望和平；因为战争涌现的科技力量增加了人类整体福祉确实是一个事实。世界犹如蝴蝶的翅翼，在急速的颤动中，有着无与伦比的美与神秘。"急速的颤动"是没有善恶的。

第三，一个人为什么要去高处？因为山顶在诱惑着他。但有一天，等他来到山顶，他会发现那里除了他就没别人了。那些有能力与他对话的，也都蹲在各自的山顶，各种寂寞空虚冷——因为距离，他们基本上听不清楚对方在说什么。好不容易听见那么几句，山谷的回音也会把它变得充满敌意。他只能在山顶自己与自己玩。更糟糕的是，在山脚游玩之人的眼里，他是那样的渺小，甚至并不存在。他只好扯下风暴，用一场大雨，吓他们一跳。

我们在进入一个市场占支配地位的时代，所谓智慧的地球。它的基本特征是分工协作，这就需要沟通。两个已经爬上山顶的人，指望他们

---

① 当所有人朝广场中央挤去，你停下来，便可能获得作为一个人的清醒，还能见众生如蚁以及深情。你真真切切地发现：他们是你的血肉，是你体内真实不虚的各种细胞，有的还是癌细胞。可他们千真万确的都是你。人是何其复杂的呀！一个人年轻时不惜抛头颅洒热血打倒的，可能就是年老的自己；或者相反。人是波，如光照大地；也是粒子，是有阶段性的，在同一具皮囊下。

中的一位屈尊纡贵跑下山去问另一个人"'茴'字有几种写法",基本是不大现实的事——除非他们能有足够的能力在空中架起平台。沟通只能是他们各自追随者的事。在一个契约社会里,沟通固然有技巧,最后必然取决于那块"短的木板"——这是人际与组织之间达成合作所固有的规律。这个时候我们就能看到逆淘汰的身影。但同时我们还可以看到另一个事实:因为"短",能理解它的群体就多(身高一米六的人总比身高两米的要多),而通常来说,人们只购买他们所能理解的。这也是"平庸者胜出"的根源所在。

第四,从个体层面来说,人都渴望生活的目的与意义,追寻、梦想、人生的旅程,等等,都是在描述这种渴望。事实上,大多数人的生活是没有目的,没有丝毫意义可言,就是混吃等死。这是人的悲剧性。但从群体层面来说,恰恰是大多数人毫无意义与无目的的生活,为整个系统提供了势能,犹如水分子的聚合,使"漩涡"这种群体特性得以在人类社会这条河流里涌现,人类也因此得以进化。这种无意义的冗余也保证了人类社会这个系统的稳定可靠,使之不会因为"某个天才的发现",或对效率极端的追求等而崩溃。

这种看似浪费内存的冗余是土壤,它意味着无穷尽的可能性。概率是这块土壤的最高统治者。没有大多数人的无意义,再牛的天才也毫无意义。70年前地球上有20亿人,大家抢的是土地;今天地球上有70多亿人了,大家争的是知识。量变是会引起质变的。当地球上的人口超过500亿,关于人的定义可能会被重新书写。当然,当下的生物革命、信息革命、技术革命等由技术进步所构建的伦理体系已经在开始这个"重新定义"的过程。

第五,前些日子看到一个批评家在感慨现实的枯竭,与相应的文学枯竭。怎么说呢。现实何曾枯竭?反而日趋复杂,越来越具有多重的维度。文学又怎么可能会枯竭呢？只能说老作家们的经验与知识储备跟不上这个剧烈变化的时代，一个开启新的千年文学备忘录的大时代。他还无法理解，或者说是相信这个正在发生的现实，如是而已。我越来越喜欢那些脑洞大开的作品了，不仅是诗歌与小说，还有电影，像《云图》《盗梦空间》，等等。

  这块大地，无非风暴；吾之心灵，亦是星辰。共勉。

我们不读小说了？

先说件事。去年，SOHO中国的CEO张欣，在微博上感慨，说现在不读小说只读传记，因为"人到中年已经无法让小说家的花言巧语蒙住眼睛"。当时我还开玩笑跟帖，说这只能证明张老师老了，老得与日常生活一般模样。几天后，我去朋友处串门。他在清理办公室，各种文学期刊堆了半走廊，不乏名刊，多半连信封也没拆开。张欣不读小说我理解，可他是文学期刊的编辑呀，这就有点匪夷所思了（期刊来源，一是同行寄赠，另外是单位订阅）。我嘲笑他是不是患了阅读恐惧症。他哂笑，拿了卖废品的钱，说请我喝咖啡。在路上，他在邮报亭买了本《财经》。

这是赤裸裸的打脸。我拉长脸问他什么意思。他说，自己在iPad里已经订阅《财经》。我想起他前些日子在微博上开列的人文书单，问他现在是不是有"过尽千帆皆不是"的心态，想跑到外面来看看"小说"。毕竟苏东坡也说："不识庐山真面目，只缘身在此山中。"结果他喷了我一脸唾沫。主要观点大致如下。

第一，今日社会有五种显而易见的基本冲突：一是知识体系；二是资本与权力；三是国族利益；四是技术与伦理；五是代际。这些文学期刊有哪几本能呈现出这个辽阔的现实？基本上都有视野与思想力匮乏的问题。现实每天都在野蛮生长，少有人能找到进入的通道，不是煽情就是矫情，或者说书人的格局，无法对剧变的时代给出一个丰富、深刻的解读。说书人不是不好，而是说还有多少人愿意守候在茶馆里听那声惊堂木响？小说只有摆脱说书人的脸庞，成为真正意义上的现代艺术中的一种，才能向死而生。今天许多小说文本的思想深度甚至要落后于普通公众，除了自以为是的道德感，连起码的逻辑与常识都不具备，这怎么可能让读者对他们的大作感兴趣？小说家要在路上，要有对世界广阔性的追求，在这个奇异旅程中，不断地发现自我与另一个维度的事实，这是"广度"；"深度"是小说家终其一生要与之搏斗的事物。因为"我的任何描述总是打开通往更深远之处的门"。以赛亚·伯林在《浪漫主义的根源》里对"深度"有极精辟的阐释。深度与广度的出发点，都是"我"，不是"我们"，充满不确定性，是自我怀疑的、否定之否定式的。而我们自信的小说家多半热爱上帝的视角，太热衷于扮演道德帝与做价值判断或宏大叙事，通篇陈词滥调，一地鸡毛。时代变了。小说并不比现实拥有更多的特权。小说家也要像诗人那样懂得说，也必须说："我不知道。"

第二，许多小说家的路径依赖，一望即知，毫无新意。写作对于他们来说，就是码字，对一个已知命题的加减乘除以及卖油翁的"手熟耳"。而且越是名家之作，越好推测判断情节、戏剧性、对细节的呈现方式、语言与结构……这很乏味，作者没有更高的抱负，苛刻一点的读者也难在其中觅得发现的乐趣、思维的乐趣。在这些小说家的潜意识里，他们是为读者生产消费品的，就像宝洁公司提供飘柔、潘婷，讲究的是标准化。这是一个智性与想象力不够的问题。小说是人类的精神产品。

对精神产品的消费,与对物质产品的消费,都会遵守经济学的若干基本原则,比如权衡取舍、机会成本、交替关系以及边际效用递减规律等,尤其是这个边际效用递减规律,所谓"李杜诗篇万口传,至今已觉不新鲜"。更讨厌的是,一些人非要说他们弄的这个才叫"文学"。我们说"文学就是文学",不是说文学具有一个固定不变的核,某些只有一小部分人才能心领神会的特别的形式;而是它根源于人类对世界的不断认识,以及基于这个认识基础上的"对激情的赞颂,对美的迷恋,对神秘性的渴望等"。又或者说,它是一个大超市,里面不仅有苹果与梨的不同,还有货架排列组合所形成的迷宫。文学是人类的精神史,人类正在进化时,文学亦不例外。

第三,过于追求叙事的魅力,不愿意吸收当下各学科成果的营养,除了情感就是伦理,无法提供更多知识。这是一个信息量与知识力不够的问题。因为工作原因,我与许多小说家有过交谈,他们的思想深度、思维的模式、对其他学科知识的占用、对信息社会的理解,确实存在极大的问题。他们少有阅读科学的、政治的、经济的、艺术的书。相当一部分小说家,甚至不阅读,并以此为骄傲。写作者需要其他的职业身份,否则他就是个拍惊堂木的说书人。这个职业身份提供着一群人理解世界的观念、视角与经验(他是对他们的概括),一个可以信赖、值得尊重的知识结构。说书人不是不好,也就只能骗骗小孩开心,犹如"读者体"与"知音体",他们说的每个故事,与真正的智性与德性毫无关系。

第四,小说文本的主题与结构千篇一律,尤其是语言。随便在这些期刊中抽出几本,遮蔽作者姓名,便不难发现它们惊人的一致性,如同出自于一人之手,还都是"用机器进行的毛衣编织"的那种,阴柔,纠结。我喜欢糖,但若让我一日三餐都吃,吃的还都是大白兔奶糖,我就觉得这日子没法过了。语言是一个小说家的上岗证。它是对世界的言说方式，就像白话文运动，所承载的是思想，是情怀，是另一种思维方式。少有小说家能找到一个只属于他的语言系统。这是一个语言匮乏与文体自觉性不够的问题。在今天全球化的背景下，在这个蜂巢结构的信息社会里，文学，不仅是中国的文学，都在迎来一场根本性的革命。仍以语言为例。比如一篇批评新浪微博的文章，里面有一句"我才明白了新浪的'险恶用心'的用心良苦"，这个"险恶用心"下有一横，是神来之笔，这是年轻人的写作技巧，我们的文学期刊上能允许这样的"差错"出现吗？

第五，你说这是体制的原因，可你们就是体制。时代变了。不管你们是否纠结，整个人类社会的形态都在发生根本性的改变。比如权力的本质已经从传统的自上而下的法权模式，以及能像商品一样进行交换的"上层建筑"，转为一种分散、不确定、复数的生产要素。说得直接点，一旦国家断奶，期刊怎么办，恐怕难逃关停并转的命运，依附着这些期刊的所谓纯文学的写作者们该怎么办，皮之不存，毛将焉附？这是一个文化生产机制的问题。被放逐是你们无法拒绝的宿命。被放逐后，你们的个人利益会受到极大损害，但对文学本身的繁荣来说反而是好事。开放的市场将取代封闭的权力。你们自诩为文学的守夜人，可你们真的能够理解这个"残酷"的现实吗？即，现实不再是你们经验里的那个树状的"五子登科"，而是呈块茎结构，在土壤表层匐匍衍生，是图式，而非线性的轨迹，与多种维度相关联，被不断地撕裂、颠倒与修改。而基于二元论所建立起的传统文学原则，善与恶、丑与美、肤浅与深刻、高贵与卑贱、无聊与有趣，这些"非此即彼"的词语能够承载得起这个已经逐渐逸出"传统"的现实吗？

第六，不谈体制，也不把"现实"这个词语形而上，说市场，你们真懂吗？郭敬明的《最小说》发行量有几十万册，你们羡慕了，以文学的名义发表他的《临界·爵迹》，杂志实销量有改变吗？没有。势利眼容易有，市场很难有，它首先是一个价值观，其次是一个极其复杂的系统工程，需要大数据，需要用户体验、消费分析，需要产品创新、制度创新、组织创新，等等——它至少不在象牙塔里。你想告诉我《××月报》发行量也不错？是不错，但《故事会》更不错。没少人说《××月报》就是"故事会"。我不是说故事不好，故事是一种魔法，能把人的愿望变成事实；但这种对世界的童稚想象，不能提供更多，比如知识、思维及逻辑框架的建立、类似宗教情感的审美体验。不能因为读者的喜闻乐见就把故事摆在文学殿堂的最高处，日本成人片女优还广受网民的欢迎呢。市场阐释文学的份额会越来越大。这是一个文学话语权的问题。从技术角度来说，决定一部文学作品最关键的外部要素就是阐释与传播，这是一个极富偶然性的浪漫过程，是"历史的误会、时间的玩笑、社会的意志"等因素的总和，是一个社会现实与个人梦想不断碰撞的奇异过程——刹那、永恒、遗失、消亡。每本被置入文学殿堂的作品都有一个只属于它的奇特命运。过去扮演关键先生的是期刊，以后将是出版机构，尤其是民营书商。比如磨铁公司对"中间代"的操盘，金黎组合与刘震云的合作，乃至于《百年孤独》。据说新经典公司推出的这个取得作者授权的版本在两年时间内，销售已过百万册。多想一想，就能知道读者买的是什么，是"经典"两字，是"版权"本身与"营销"这种技术，而非内容——那些对它文学性感兴趣的人早已领略"庐山真面目"。这种巨量销售纯粹是一个消费社会里的符号消费。人的思维方式，在被资本意志重塑。市场这只强有力的手，在改变着所有人对文学的认知——不仅仅是"畅销书才是好书"，它在根本上改变着人体内的那个节奏，对美的认知，对什么是诗歌等，都将产生巨大的变化。现在，某些知名小说家还拥有令人咋舌的首印数与版税率，这是出版社集团化浪潮下"政绩工程"的要求。一旦它们彻底成为经济动物,以及数字化时代的全面来临、民企话语权的增加,这些作品的命运可想而知。大部分的文学刊物将沦为自娱自乐的小圈子,且以几位当家大哥的口味为审美标准。所谓小说将成为一种在博物馆展出的传统手艺活儿。

第七,再说得不客气一点,你有没有注意到这些杂志的同人性?一个小圈子里的吧,又当规则制定者,又当执法裁判,还往往热爱亲自下场当运动员……曾几何时,一个朋友拿来一本茅盾文学奖获奖者的散文,说让我开开眼界。看了几篇。确实,开眼界。这样的水平,也就是高中生的水平。拿纯文学的标签欺诳丁世,是为耻辱。"尔曹身与名俱灭,不废江河万古流。"你说我还有这个必要浪费时间在这些无聊的读物上吗?读一本是必要的,读三本以上就是愚蠢的。

我走在回来的路上,怏怏不乐。我不喜欢朋友的这种批评。他的看法,就如刀;他的言说方式,好像世界上的兵器只有刀。他的思维逻辑有点像"革命者砍下暴君的头颅,自己再一屁股坐在那把椅子上了"。但或许只有这种粗暴的"革命话语"才能推倒朱墙,使小说摆脱"伦理道德的修辞与实践""心灵鸡汤"等固有面貌,进到一个激流汹涌的更高维度。

他批评的是一个封闭结构的耗散与热寂。

传统小说的美学原则再怎么经典高贵,也难以摆脱熵增的宿命。它有过辉煌,当下更臻成熟丰腴。它对唐诗宋词里那个古典中国的传承及叙述,尤其是它在百余年间所贡献的汉字之美——象形、会意,是对人类文明的极大贡献;它所承载着的诸子思想、儒释道等,至今也在塑造着一个中国人最根本的性情;而对五四新文化运动的继承与发扬,是它的最荣耀处。这是一个持续近百年的过程,是古老中国对世界的吃力打开,其间再三反复,有停滞、断裂,也有狂飙突进。从 80 年代开始至今的 30 余年间，中国的小说家把西方同行几百年做的事，用汉语及只属于他们的中国经验再做了一遍。一批值得后来者脱帽敬礼的文学经典涌现。用五号宋体书写，填满一张 A4 纸，没有任何问题。莫言的得奖可视之为这个文学黄金时期所结成的硕果。所以我总是不无偏执地认为，谁说当代中国小说是垃圾，那叫哗众取宠。但问题是，传统虽好，已然匮乏。

以虚构与叙事为主要特征的小说，在中国一直不为主流文学所取，直到民初由于梁启超等大力倡导，才被奉为文学之最上乘——其根子是载道言术，要拿小说去改造国民性，要教化与启蒙。中国的小说一直是作为这个"孔子著《春秋》，乱臣贼子惧"的史学传统之皮相存在。

小说是关于人的艺术，是时空观的具现，是对世界尽头的想象，是一个渺小性灵的生物与庞大滞重的现实互相生成。所谓现实，它总是在不断发生变化。又或者说，在观察这个名叫"现实"的人类历史进程时，我觉得首先要把它大致分成两个时期——"匮乏"与"相对有余"。人吃饱了，与吃不饱时，想的事说的话肯定是两回事。我们在一个新纪元的开始，对"多余品"的追逐将构成人的日常，而以摩尔定律速度涌现的"多余品"将重新开启人的哲学王国与文学王国。

我们在进入一个现代性的社会。一个开放、多元、充满悖论、极其复杂的，且日趋复杂的社会；一个世俗趣味高涨、工具理性蔓延、拜物教横行的社会。

这是我们今天的现实，但我们的文学实践远远落后于这个现实。很多作家处理的还只是一个伪现实，很难理解这个当下，理解它为什么发生，为什么是这种悬崖瀑布似的发生，这种发生还将给我们带来一个怎样波澜壮阔的现实；这种发生与中国人固有的性灵或者说文化基因又有一个怎样的关系，又将在何种层面上重新塑造作为一个中国人的密码？

以茅盾文学奖历届获奖作品为例，有几部作品能够勾勒出当代中国人的形象与性情？今天的中国人，与 30 年前的中国人，以及 300 年前的中国人，简直是地球人、火星人与三体人的区别。不客气地说，这些获奖作品中的大多数还是停留在我刚才说的"史学传统"里，所处理的题材基本还是那个已经离我们远去的古典农耕社会的魂魄，对以机械复制为主要特征的工业社会少有触及，更毋论当下这个结构异常复杂的知识社会。他们所津津乐道的美学风貌，无非是"茶杯里的风景"。

这些年，微博、微信流行，大家喜欢在上面讨论一些公共话题。一个很有意思的现象：很多小说家根本没有能力介入这种公共话题，所言所说不过高中生的水平。为什么会这样？原因很多。比如我们这几代小说家存在极大的知识结构缺陷，学历普遍不高；我认识的一个小说家常自诩他的书架上只有他自己写的书，与他每天煮茗饮茶的名士风度与生活方式，等等。这个话题不展开。我要说的是——

这些公共话题，包括了最起码的理性思维，应该成为人类共识的基本价值观，各学科所取得的最新成果，人类社会当下的形态及可能趋向……它也对作家的思辨能力、逻辑能力等提出更多的要求。作家不去这些正在发生的浪头里打几个滚，沉溺于书桌前的美学，沾沾自喜于那些乏味的叙事圈套，有什么意思？这里还有一个社会责任的意识。更重要的是，公共话题是了解当下社会的敏感点。对公共话题的思维方式及语言系统，会让小说更丰富，会让作家有一双哲人的目光，起码思想与道德不落后于普通人。博尔赫斯算是最典型的书斋作家，他可没少喊叫。在我看来，小说家不介入公共话题，是懦弱与无知的表现。至于怎样从这个每天都在野蛮生长的现实中汲取力量，又不至于被这头凶兽一口吃掉，是个问题。这需要智慧与自我的清醒。

在《工作与时日》一书中，赫西俄德用"神的尺子"把人类社会分成：黄金、白银、青铜、英雄、黑铁五个时代。这是诗意的修辞。若换把尺子，去量农耕社会，工业社会，信息社会以及如今我们的寄身处，或可称之为"知识社会"。这意味着什么？

知识体系是子宫，矩阵。我想这也是朋友把知识体系的冲突列为今日社会五种基本冲突首位的原因所在。今天我们讲的全球化，实际上就是一个西方化，是用西方几千年积淀下来的那套知识体系来改造全人类，所谓"世界改变中国"，这里也存在一个"中国改变世界"的反馈机制。但前者是决定性的，起主导作用。不同的知识体系之间甚至会产生不可调和的冲突，只能是征服与被征服的关系。用亨廷顿的话来说，这叫"文明的冲突"。

亨廷顿把儒家文明列为几大基本文明之一。今天我们似乎是没有儒的。过去的儒，核心是一个"仁"字。仁是爱人，极富道德的魅惑与感召力。把它拆开，"这人有点二"。它具有一种可疑的主动，是在试图输出价值观，可部分纳入"积极自由"的范畴——它就不可避免地成为被国家意志、民族利益等所改造。现在的新儒家着眼处仍然是德性之魅。这还是熟人社会里的经验伦理，不适宜这个正在形成的开放的陌生人的契约社会。儒要有新精神，要注入现代理念。只有真正理解了契约社会的根源，儒学重建才有可能。一是要有儒这个壳，这是中国人的脸庞，是文化基因，社会各阶层易在这个壳上达成共识，在这个框架内导入民主自由原则；二是讲"己所不欲，勿施于人"，这八个字讲的是一种消极自由，它没有政体设计方面的野心，作用于社会风俗。它可以成为中国人伦理重建的核心，而不是"仁"。

再哗众取宠一点，那个"古老中国"在文化上已经濒临灭绝。被征服的，一定是落后的吗？又或者说，狐狸之所以吃兔子，吃得理直气壮、理所当然，是因为兔子是"落后的生产力"的典型代表吗？这又是另外的话题，打住。

回到现实。

我们在拿着手机用微信时，应该意识到：若没有相对论与量子力学，没有那只薛定谔的猫，手机、电脑等这些90后觉得它们是天经地义的东西，根本不会出现在人类社会中，成为民众须臾不能离开的现实。还有什么比这个被人类稀里糊涂地使用的量子力学更神秘魔幻的？马尔克斯获得世界性声誉后，大家说他魔幻。马尔克斯大声分辩："我就是一个现实主义小说家。"现实早不再只是牛顿力学支配的那个宏观世界里的日常经验，也不仅仅是伍尔芙看见的斑点，普鲁斯特想起的小茶饼，卡夫卡在洞穴里的梦呓与孤独……它是更多匪夷所思的建筑结构、吴莫愁古怪的音乐、凤姐的出位、黑天鹅事件、占领华尔街运动、种族冲突、日益激烈的地缘冲突、科技增长、微博微信以及越来越复杂的情感、人际关系，等等。

在这块"现实"土壤里，小说如何发现这个时代独一无二的特点与形式，获得它作为一门艺术"理应得到迄今为止仅仅为音乐、绘画、建筑方面的成功行业所保留着的一切荣誉和报酬"？

如果让我用两个词语来描述我们所置身的这个时代，我会选择"Facebook"与"Google"。前者基于心理学和社会学的理念，联接人与人之间的"瞬间、暗示、碎片、神秘的微光，与执子之手将子拖走"。后者基于数学和逻辑学的理念，通过冰冷、严谨的技术建立。

这是诸多文学大师所未能体验与无法想象的。这也就是小说不死，仍将薪火相传的根源，是我们这些后来者继续书写的价值与意义。我们要有自身作为"人"的光芒。

极端地说，若文学只是对传统的继承，写作者就要有勇气做所谓文学的敌人，乃至于与自己为敌。要想拥有世界文学的高度，就得彻底摆脱乡土中国的经验——从故事模式到叙事技巧。今天的读者已被陷入匮乏的传统美学（小说）败坏了胃口。

小说家要有能力区分小说与当代小说，像区分亡灵与生者的容貌，要有这种愿望去不断探索，充分借鉴电影、摄像、雕塑、音乐、绘画等其他艺术门类的理念与形式以及科技进步带来的众多启迪，用一个《千年文学备忘录》的视野，写出真正属于这个时代的文学，写出IBM广告里那个"智慧的地球"。

真实世界永远比人最夸张的想象还要复杂亿万倍。小说要有这种对复杂性的追求。在我看来，这种愿望即是人最后的自由，是人存在于地球却能以浩瀚星辰为舞台背景的根本理由，是小说及人所创造的任何一种艺术形式至高的美学原则——而不是温暖、悲悯等道德修辞以及对人性有多少悱恻动人、深刻而又痛苦的描写。

那些目前被视作简洁且美的，不过是这只庞然大物表面的一块斑点，并且随着它的飞速膨胀，极可能丧失原本的形状与内涵，譬如曾经塑造过中国人性情的唐诗与宋词。它们的大多数是会形成标本，被保存，提醒着后来人：他们的来龙去脉。

博尔赫斯说"沙之书"。人类文明史上出现的每一本书都是其中一页，犹如蝶之翅翼，值得珍藏与赞叹，但不必五体投地。欣赏完后，年轻人要有这个冲动去翻开新的篇章，要有这个勇气去站在秩序与混沌的边缘，把自己视为"一个最微小的初始条件"，输入这个系统里。世界属于众生，但归根结底是被你注视的。你的目光让它获得了组织结构、声色光影以及未来。要理解"蝴蝶效应"的真正含义。

换句话说，小说有一望而知的好，是好事，但不够，它在公众的经验范畴中，赞美是脱口而出。当代小说要有勇气来审视这些经验范畴，它给人最直观的第一印象，可能是"震惊"，本雅明在《机械复制时代的艺术品》提到的那个词。这里要指出的是：当代小说并不意味着对读者的抛弃，它帮助读者发现那些前所未有的体验与思考，发现一个作为21世纪人类之了存在的"自我"，也像发现iPad一样。

小说家得学会对读者提出要求，不满足于分享经验、情感，会在道德上做出判断与叙事。要有对难度及复杂性的呈现，这才是对读者真正的尊重。今天的读者已摆脱被动阅读的命运。他们不再是砖、螺丝钉，不愿意被规训、被洗脑。启蒙早不再是某种价值观的输出与接受，而是一个自我觉醒的动人旅程。在喜怒哀乐之外，读者渴望更多的智性含量。

阅读可以分为三种，或者说三重境界。第一是倾听别人说话；第二是与自己对话；第三是见万物众生。第一种好理解。在倾听的过程中，读者逐渐地发现"我"与他者的关系。自我意识渐渐萌芽。第二种指六经注"我"，万物皆备于我。随着"我"的茁壮成长，世界因此五彩斑斓，有荒谬虚无、爱恨愁苦。但这还不够，阅读还有更深的指向。第三种其实就是孔夫子讲的"随心所欲而不逾矩"。读者能从他/她/它的角度出发，像男人一样思考，像女人一样思考，像一个自由主义者思考，像一个国家主义者思考，像情人一样思考，像仇人一样思考，甚至是像动植物/无机物一样思考。一句话，一条公理，一篇文章，一个模型，能同时在你心里激起n种不同的，甚至是抵触彼此矛盾的声响。"自我"成为一个真正的内心宇宙，而不是傲慢与偏见的代名词。

李敬泽先生出版了一本《致理想读者》。在我看来，这个"理想读者"其实就是一个理想的自己，是对"自我"的镜中凝眸。另外，在这个每天都在被"全球化、消费社会、技术进步、互联网思维、知识革命"等深刻改变着的社会里，理想读者也不会只有一个固定不变的形象，映雪囊萤、悬梁锥股……一个刚运动完的少年，坐下休憩，顺手拿出手机开始阅读,指尖划过屏幕,突然有那么几句文字犹如闪电一样,照亮了他的心灵世界。那时的他,就是理想读者。

当代小说家也完全不必要有被读者抛弃的顾虑。读者抽象且具体。一方面它犹如星辰,映耀着一间间书写者的陋室与那条隐秘的人类精神河流;另一方面,它本身亦在不断变化。公众文化素质的普遍提高必然会对小说提出新的要求。当代小说家要有一种在阳春白雪的高度去书写的愿望。登上层楼,登上层楼,只有小说家先"会当凌绝顶,一览众山小"了,读者才可能跟着攀缘而上,欣赏到《望岳》这样绝美壮丽的诗句。

许多人说文学在式微。这话对,也不对。式微的,其实是几种文学媒介与形式以及社会对文学的关注度。文学本身并不式微,反而随着知识生产的倍增,呈现出一个极开阔、极复杂的图景,且与教育水平得到普遍提高的公众关系更为密切,呈现出一种从公共空间走向私域的倾向。文学在成为母体,犹如水滋养各种艺术形式。

一个人内心的宽度,只能靠他读过的文字几毫米几毫米地码出来。人们不是不阅读了,只是阅读的介质、模式、主要群体以及阅读的方式、方法等发生了变化;小说不是没有人读,而是传统语境里的那个"小说"少有人读了。

我们吃饭,每天都吃,但不能说活着就是为了吃饭,而是另有追求。对于当代小说而言,传统小说的叙事美学不再是核心。叙事是完成语言与结构,完成一个人自我认知、自我进化、自我溢出的过程。

当代小说的命运将不可避免地转向诗、哲学、人物的脸庞以及虚构之力。当代小说最重要的职责将是启人深思,帮助人们在喧嚣中发现孤独,发现生命的百感交集,在众多一闪即逝的脸庞上瞥见天堂。

一个当代小说文本,是人在键盘上敲下的,"他所想、他所能"敲下的亿万之一,是概率的产物,骰子在"一个激动人心的时刻"停止转动,词语与句子得以显现。在这个"自我闪耀"的奇异旅程,读者与作者成为人的左右脑。或者说,作者与读者这两个词语,还是启蒙语境里的分离,分别扮演传道授业的老师与"程门立雪"的学生形象;随着知识社会的到来,它们构成一个完整的"人"。对于这个"人"来说,阅读与写作是他了解宇宙与自身奥秘的两种手段,是他生命中的学与思,是第一位的;而来自他人的认同感(发表与稿费)退居其次。

当代小说并不等于小说的当代性。当代小说是在"大海停止处,望见另一个自己在眺望大海",它强调深度、广度、维度、高度。深度是说"我的每一次触及都在打开更深远之门"。广度是说"我的履痕及对世界广阔性的赞叹"。维度是说"我看见了银幕这面,也看见了银幕的后面"。高度是说"我在月球上望见地球是圆的这个事实"。

当代小说是有关于"我"的一切,是从"我"出发所看见的一切,世界因为"我"的行动呈现出种种可能性,它是狐疑的,充满不确定性与否定之否定。而当代性是一个正在鼻子底下发生的现实,是对处理这个"正在进行时"经验的概括与分享。比如过去的女人碰到丈夫出轨,找妇联哭诉;现在的女人碰到男人出轨,通过微博、微信声讨。传统小说同样可以具有很好的当代性,比如写拆迁。当代小说来处理同样一个题材,就不会仅局限于道德控诉与戏剧性冲突。也许是邻居的猫,举着一根被顽童浇油点燃的尾巴,窜到屋顶被拧开阀门的钢瓶前……换句话说,相对于传统小说的一条或几条路径,当代小说是一座小径分岔的花园。

世界是复杂的,且日趋复杂。当代小说将帮助我们更好地认识这个事实。

著名艺术家徐冰先生说过一句话:"素描训练不是让你学会画像一个

东西，而是通过这种训练，让你从一个粗糙的人变为一个精致的人，一个训练有素、懂得工作方法的人，懂得在整体与局部的关系中明察秋毫的人。"

我在这里改写一下："对文学的热爱不会让你升官发财，而是通过这种热爱，让你从一个贫乏的人变为一个丰饶的人，一个自我觉醒、懂得爱恨的人，懂得在这个科学建构的世界里发现美与激情的人。"

小说的现代性
——从斗战胜佛说起

一

今天我要说的主题是小说的现代性。要聊现代性,我们可能得先对传统做一个相对模糊的界定。

出走是容易的,十几岁的小孩子都会离家出走。但问题是出走后会怎么样?鲁迅先生在《娜拉走后怎样》中给了两个回答:一是回家,二是堕落。

出走后能不能有其他的可能?我先把这个问题搁在这里。

咱们就不说教科书上的那一套。在我看来,当下文学的传统大抵有三个:

一个是从唐诗宋词明清小说里来,另一个是从五四白话文运动里来,再一个是从延安文艺座谈会里来。

第一个传统，给我们最直观的印象，第一就是汉字①之美——象形、会意，这是一个只属于中国文化的无与伦比的美；其次是诸子思想，儒释道等，这些至今也在塑造着我们作为一个中国人最根本的性情。

第二个传统，是中国向世界的打开（这是一个现代性不断注入的过程）。莫言先生得诺奖，我们都知道它是 80 年代文学黄金时期所结出的硕果，但它的根子其实就在于第二个传统。

第三个传统，大家也知道，前不久百名作家抄写延安文艺座谈会讲话的事。其实从写作技巧上说，这个高大全式的典型环境典型人物的叙事方式，也不是说要一棍子打倒。

传统是什么，在哪里？是《唐诗三百首》，还是《全唐诗》？是诗词歌赋，还是野史笑话？是诸子百家、典章制度，还是开疆拓土、万国来朝？是繁体字，还是简体字，或者是繁体字加简体字……我们要知道它们的区别所在，至少要去想一想这个问题。

严格意义上说，我们其实活在极深的误会中，对自身真正的传统几乎一无所知。既没有继承唐诗宋词里的文学中国，对五四白话文运动的核心是"德先生"与"赛先生"也少有理解。我们被一些东西驱赶，如同被驯服的羊。我们都知道"头羊效应"。更重要的是，当头羊的权威一旦形成，它与群羊就是互相绑架的关系。当头羊失去了敏锐的本能（这是一个不可抗拒的结果，犹如春生冬杀），它又必须给出草原的方向，它

---

① 一个汉字，最早在你尚是婴儿时，对你来说只是一些无意义的画线。你长大了，发现它是完美的。你长久地凝视它，突然某一刻，"完美"开始崩塌、碎裂。这个原来熟悉到极的字会越来越陌生，你简直弄不懂它为什么有这样多古怪而丑陋的笔画。人的这种心理机制，如爱情到最后无一不是"相厌憎"。

只好随便或不那么随便地,做出了选择,并告诉群羊,这就是正确的道路。

当然,这也并不是我说"传统虽好,已然匮乏"的根本原因。

二

这些年我到处都在重复这八个字——传统虽好,已然匮乏。为什么?我先给大家讲个故事。

暑假,女儿给我说了一个关于剩女的笑话,说到圣斗士、必胜客、斗战胜佛、齐天大圣什么的。我问她,你能否用这四个关键词给我讲故事?只能用一句话概括。

她说的第一个故事是:圣斗士听说齐天大圣修炼成斗战胜佛,想请他到必胜客去吃比萨。

我问她,圣斗士为什么要请吃比萨呢?

她眨着眼睛说:圣斗士是必胜客的老板,他想请孙悟空做形象代言人。

我打击她:圣斗士是日本的,必胜客是西方的一个餐饮品牌,他不可能是必胜客的老板啊。

她不服气:80年代的日本曾打算买下美国,还买不下一个必胜客?当然,你若不满意这个,那就换。你嘴巴比我大。比如,圣斗士不服气中国的猴子也能修炼成佛,要向孙悟空挑战,必胜客就是他们打架的地方;或者圣斗士想套套近乎,指望孙悟空在佛陀面前美言几句,也弄一个取经成佛的机会;再或者他觉得孙悟空头上没了金箍圈,帅啊,想与他探讨一下人生与自由的真谛,又或者想研究一下为什么中国的小孩这么喜欢必胜客，看看能否在这里取一部发财的经。又比如，西天发不出工资，当上斗战胜佛的孙悟空只好跑到必胜客打工，心里非常想念原来做齐天大圣的日子，圣斗士听到他的抱怨后，笑惨了。

我女儿噼里啪啦说了一大堆因果。从这些因果中，我们能捋出人物关系，找出 n 个故事的驱动力，倒入酸甜苦辣咸，这就是一个溪流汇入大江大河的过程。

这 n 个故事都是我们日常生活经验里的。还有没有其他的可能？

在我的启发下，我女儿皱着眉头嘀咕道：不是有个真假美猴王吗？六耳猕猴虽然被打死了，六耳猕猴的小弟再次竖起齐天大圣的革命旗帜，向离开革命队伍叛变做了斗战胜佛的孙悟空挑战，在必胜客欲为大哥正名，还邀请圣斗士一旁见证观摩。

好，多了一个人。人物每多一个，故事可能拥有的变化就呈级数增长，相应对写作者所要求的技术难度也增加了。

但这里的故事变化再多，还是在一个我们所熟悉的时空内。

还有没有其他可能性呢？

我女儿不耐烦地说：那就穿越。成了斗战胜佛的孙悟空非常怀念当齐天大圣的日子，就跑到必胜客去（那里其实是一个时空穿梭门），结果发现自己穿越到圣斗士身体里，他哭着喊着说自己是斗战胜佛，结果谁也不信他。

这回变作一个人要演生旦净末丑了。

有没有其他可能呢？

我继续喋喋不休。我都讨厌起我的强迫症了。

我女儿自然也不能容忍，开始批评我的顽固，说为什么必胜客就一定得是地方呢？孙悟空七十二变，不也曾化身为山庙与道观啊？

她说得有道理。但这四个关键词本身都有其属性，有其特定的文化含义。它们就是风筝的线头。在我的潜意识里,是要求女儿去拽着线头玩。这个线头是不是可以扔掉?使叙事成为彻底的酒神狂欢?这个问号我就不回答了,我与人家一起琢磨,也再想想这四个关键词还可能孕育孵化出一个什么样的故事。

三

我说了这个故事,到底想表达什么呢?

首先是价值观。

在我看来,咱们在这里讨论文学或小说,其实就是在说人的生命,我们还可能有什么样的活法,等等。换句话说,不管我们写的什么,首先要有价值观。

我在《文学有什么用?》里论述过小说与故事的区别,这里不再赘述。对于一些基本观念,大家容易达成共识。咱们就从共同的底线出发。比如,故事是从哪里开始的?是像孙悟空一样从石头里蹦出来的吗?那也得有一块每天受日精月华的石头搁在花果山巅。

在我看来,这块石头就是价值观。你想告诉大家什么?圣斗士想请孙悟空做形象代言人是一种价值观;想与孙悟空打架是另一种;孙悟空失业跑到必胜客打工又是另一种。

人生说长,也短,就六个字——"价值观"与"方法论"。

价值观是一个"登上层楼、登上层楼"的过程,并非石头,而是树,它要生长。我常听见一些人说他人近中年,价值观定型了,这是扯淡,纯属忽悠。价值观的生长,在理性层面,是认识上的"否定之否定";在感性层面,是大时代对作为个体血肉的无情冲刷。其间你可能是"白日依山尽",也可能是"天凉好个秋",甚至生不如死。

作为写作者,我要提醒大家的是,你要有一种相对于普罗大众在红尘打滚的"旁观者的精神",要始终保持警惕,不被某一阶段的价值观所裹挟吞噬。要有一种开放的心态及理性精神,去弄明白这众多价值观的眼鼻须发,知道它们的来龙去脉等。比如左与右。为什么作家大多数是左派?经济学家多半偏右?为什么人会有将相王侯、贩夫走卒之分?又为什么平等是构建现代社会的磐石?为什么乌托邦这种道德魅力会让一些人不惜抛头颅洒热血?这不吻合人自私的本性啊!张养浩说:"兴,百姓苦;亡,百姓苦。"为什么人类几千年来有这么多圣人大哲,这个现象仍然存在,并且还将继续存在?难道它真是所谓的客观规律?假设它是,为什么会天地不仁以万物为刍狗?这些事要去想,想不明白也要去想。想多了,楼也就登上去了,你就会比一般人看见更远更辽阔的风景。

价值观不是什么神秘的东西。这两天有人与我交流,都谈到了一个还要不要写的问题。我对其中一位说,你大可以把文学当成早晨必饮的豆浆,这就是价值观;你把文学当成燕窝鱼翅,又是另一种。

当然,吃燕窝与喝豆浆,这是两种不同的生命质量。但你要吃燕窝,就得更努力地赚钱——就文学而言,这就不能指望去嫁一个好老公——这同样也是价值观。

《西游记》里的那个六耳猕猴何等有本事,就是价值观出现了问题,结果被孙悟空一棒打死了。别的妖怪抓唐僧,无非是要吃唐僧肉,或者求交配,他却想去西天取经!取经这种早已内定的的流程,哪能允许有人在其中浑水摸鱼?

而方法论,则是文体与结构的设计、语言风格的千锤百炼、情节的设计与人物关系的组织等各种要素进入其内部的路径。只有这样,你胸中的"块垒"才会"因见风,化作一个石猴。五官具备,四肢皆全。能目运两道金光,射冲斗府"。方法论后文再说。这太重要了,内容若没有技术来体现,那就等于不存在。孙悟空若不是拜菩提老祖学了种种道行,不要说做齐天大圣,就是想在花果山占山为王,恐怕也会被四方妖物早早给剿灭了。

四

其次我要说的是现代性。

马原 20 年前曾说"小说已死"。这不新鲜。不仅是小说,包括人类历史,从 20 世纪 80 年代末始,就有一股"历史终结论"的思潮。

这话又是什么意思呢?

打个不恰当的比方:孙悟空当了斗战胜佛后,人的历史就结束了。就算你再写一次孙悟空造反,把大闹天宫改成大闹灵山,还是在这个窠臼里。西天就是最终的结果。人随着对九九八十一难的经历,他身上的各种可能性逐一消失,最后佛祖说毕,就得按他指派的差使在灵山各守其司——若有逾越,即为堕落。这个在各大宗教里例子很多的。《西游记》里也有。微博上有句话:凡是有后台的妖怪都被接走了,凡是没后台的都被孙悟空乱棍打死了。其实换个角度来看,这些从各路神仙身边偷跑下凡的烧火童子也很可怜,再干一万年、十万年,他还是一个烧火童子。能不憋屈么?

"小说有没有死?"我觉得这个问题有意义,但没多大意思。首先,文学是不会死的。文学是哲学的开始,是科学的开始,是人的开始。我们说科学是事实与规律,即实证加逻辑。但坦率说,事实永无止境,1是一个事实,关于 1 的一切正在不断发生,并将重新阐释世界上所有的词语；至于规律，比如1+1=2，这需要前提，前提是会改变的，前提也只是已知范畴内的，无法从未知中导入前提。没有人不好奇自身的来龙去脉，生死两端都是黑洞，个体生命被严格限定在一个极狭窄的时间尺度内，哪怕是统治了世界的王也没有法子把他的权杖伸入黑洞一窥其间奥秘。我们只能赞美主。主即：不可知。当我们进一步意识到"可知"永远小于"不可知"，科学与宗教不仅将握手言和，还会互为反哺，构成人类理性的一体两面。

当人第一次走出洞穴，世界开始了。"人的命运"高于一切，这句话不仅适合于小说、文史哲，还适合一切印有人之足履的领域。没有脱离人之目光存在的公理定式。在极细小的层面，人的视线、呼吸是敲打着夜幕的闪电与滚滚惊雷；而在那极宏大的层面，人则是构成它的基本粒子；其次，小说是不会死的，尽管作为一种叙事美学，我一再说的八个字就是"传统虽好，已然匮乏"。每个时代都有其特定的艺术表达形式，楚辞、汉赋、唐诗、宋词、元曲，这是古典社会的节奏，但并不是说宋诗就不好，它自有其崇山峻岭。

而在我看来，小说之所以还有理由在这个影像时代保留艺术尊严，有几个很重要的原因。其中一个就在于可以往里面注入现代性，比如时空观。

时空变了，人的本质也随之改变。当然，这种哲学上的思辨太啰嗦，咱们今天先不绕晕自己。时空观的改变，大家都能感受到，一个重要特征是：碎片化。

微博、网页游戏、电梯视频广告、手机短信，我们的目光与注意力基本已沦为碎片，这是"时间上的碎片化"；我们不停地从甲地到乙地到丙地，由一个秩序井然的表盘，走到随机飘动的云朵上，这是"空间上的碎片化"；再次，也就是更重要的"社会结构的碎片化"。

一方面，人可以是没有来历的，你每天见到的100张脸庞或许90张都属于陌生人，他们与你的关系就是擦肩而过。随着"人、事、物"的神秘性、神圣性、魅惑力的冰消雪融，无数激动人心的神话随之逐渐死去。责任与荣誉在迅速沦为愚蠢与落后的代名词。在个人主义至上的时代，自己的一只宠物狗的病痛感冒，要大于成千上万陌生人的不幸；另一方面，随着现代性的"祛魅"，权威主义的冰消瓦解，权力已经被分散到广场上的"众声喧哗"；再有，就是社会分工的不断细化。我想，在20年前，恐怕没有人能够想象这世界上居然会出现一家专门做设计，而把整个生产流程都发包出去，且发包给自己竞争对手的苹果公司吧。还有，就是各类知识的专业化，人都猫在各自的知识洞穴里，相望两不知，学英美文学的不知张恨水是谁，这种哪怕是两个相近领域也"老死不相往来的"事情已非个案。

人，为什么会沦为"碎片化的生存"，这是现代性的馈赠，还是惩罚？（现代性的真正敌人不是古典；相反，它对传统有一个很深的继承，是一个水至冰的改变。现代性的真正敌人，应该是所谓的后现代性，是它自身的投影。一个要构建自我的殿堂，追求深度、难度、高度，另一个只要削平这一切，使众生犹如大规模播种的平原；一个强调历史与距离，慎独自省，另一个则断裂零散，形成洄游的鱼群，酒神狂欢。或许可以这样说，后者是前者罹患的病症。）但不管是什么，这已经是一个不可逆的过程。我们已经不能从"海洋"重返"陆地"。物理世界的连续性在信息社会里已经被肢解，支离破碎。越来越多地与我们心灵息息相关的血肉体验，被支配互联网的数理语言毫不留情地摒弃——再怎样发达的社交网络也无法彻底取代人所需要的"面对面"交流。从这个意义上说，文学怎么可能死呢？知识被强行转译和分割为计算机可识别的信息，整个人类的知识谱系正在被互联网，尤其是移动互联网（它使人从"静止",转向了"移动",这是一个革命性的改变)重新书写。

人类社会已经发生了一个根本性的改变,从一个封闭的古典社会,转型为一个开放的现代性社会。不仅是中国,这是一个全球性的变化。

这是我的一个基本观点,在许多场合也讲过。我以为作为写作者,尤其是年轻人,要能有这种敏感。

五

就文本来说,有没有现成的例子,来演绎这个时空观?

我看过一篇年轻姑娘写的博士论文。她借用托马斯·品钦的《万有引力之虹》,论证着时间之物(历史)的吊诡及其种种修辞手法,指出碎片化的来龙去脉,从另一个维度进入到这个看似由纷乱无序的碎片拼贴而成的文本,帮助读者离开"这一边"的故事层与牛顿力学所提供的日常经验,进入到"那一边"的叙事层,一个由广义相对论和量子力学与现代物理学所建构的秩序里。在云层中往下俯瞰,我们能窥见这个小说文本里埋藏着的"那个犹如湍流一样",令人瞠目结舌的,不属于"三维空间加一维时间里"的全息影像——尽管我们所能窥见的,不过是些雪泥鸿爪而已。

时空观是小说的基本,它决定着日常与艺术的区别,也预言着小说未来的面容。我不知道有多少写作者听说过 M 理论,这个由威滕推测存在的,被霍金在他的著作《大设计》中认为可能是宇宙终极理论的 M 理论。"M 在这里可以代表魔术(magic)、神秘(mystery)或膜(membrane)以及矩阵(matrix)。依你所好而定。"这是谑语,因为我们确实不知道自己在面对着一个什么样的意志,但能清楚地肯定总有什么东西是在我们所能理解的四维之外。用一个不恰当的比方说,我们就是科学家所描述的那只二维平面上的蚂蚁,尽管三维空间存在着,但我们只能向前、向后、向左、向右。不仅如此,我们还一致觉得那个正在赌咒发誓"三维空间不是神话"的蚂蚁一定是疯了,当然,我们是仁慈的蚂蚁,不会送这只可笑又可怜的蚂蚁去精神病院,我们只是在嘴角露出会心的笑容。

我们一直都在时间的洪流里,被问题与主义、集体无意识、记忆与经验所支配摆布了数千年,身不由己,声嘶力竭。我们能否成为一只离开桌面跃向空中的蚂蚁,去看一看另外那个由震动的平面构成的七维空间?也许它是云纹绸样的,也许就是潘多拉盒子的形状,可不管它是什么,总得去看看吧。人世固然有众多欢喜,但皮囊这东西,用用也就旧了;又或者说,再好的皮囊,也就一个LV,摆脱不了被占有的命运。

六

大家可能没听过我早年讲的量子文学观。

前些日子,有13个字突然进入了我的脑海,"小说是四维的,乃至更高维度的",就跟闪电一样。

我觉得就当下而言,这13个字无论怎样强调都不过分。现在是21世纪了,若人的小说观还停留在18世纪斯达夫人给出的界定,简直就是活着的人的耻辱。小说不应该再是"流行的通俗",它得作为一门现代艺术,才能"向死而生",所以我一再说"小说为大"。这个"大",不仅仅是一个体量上的增加,是海纳百川的那个大,是须弥与芥子的何者为大,还是一个维度的高。如果我们对小说的认识能从说书人的脸庞、巴尔扎克的风俗画等层面,进入到我说的"更高维度",那么困扰我们的所谓太阳底下无新事这种四维空间"必然的匮乏"与"必然的终结"就不可怕了。事实上人们说今不如昔,这多半是一种情感上的表达,因为"那逝去的无可挽回",因为"现在的普遍焦虑"。暗夜里的星光并不比千年之前更为黯淡,只要你来到云层之上。在这个被科技丈量的现实中,人,尤其需要这种能力,在一个更高的维度,重新连接自己与世界的关系。

而要认识这个"高",就得重新发现空间。

在一般人的眼里,空间就是一个装东西的杯子。庄子曰:"六合之外,圣人存而不论。"康德把空间概念归结为人类理性的直观知觉,是一种先验存在的观念。前沿物理学家干脆给出了11维空间的假设,认为要描述宇宙,X、Y、Z和T(时间)四个未知数是不够的,要加到11个未知数之后,才能够解释宇宙。

空间曾经是"硬盘",承载着人的肉身,记录着其举手投足、喜怒哀乐,与世界的种种关系;但它现在不仅仅只是"硬盘"。它与时间相伴而生,会湮灭,会蜷曲,会"量子跃迁"。我们的手指尖上可能存在着无数个直径不超过一毫米的高维宇宙。这些空间也都是写出《小径分岔的花园》的博尔赫斯所不曾知道的。

现在,我们知道了。

"如果说宇宙就像一部影片:正在放映的影片是现在,已放映过的构成过去,尚未放映的构成未来——我们是兢兢业业的演员。那么,谁在决定这一切?"人们在时间制造的诸多"真实不虚的幻觉"中已经待了五千余年,若能学会从更高维度的"空间"来看问题,或许他们将来到银幕的后面。

人可以首先是空间意义上的,这种思维方式的改变不仅意味着,人们有可能摆脱四维空间里的"思想的匮乏",从更高的维度获得另一种洞察宇宙之奥的力量,重新理解人与世界的本质,同时也意味着:人是有可能成为"那只跃起的蚂蚁"——不仅是在文学上。

大家都坐过飞机,就个人体验来说,当我在地面行走目光平视时,就不可避免地陷于种种纠结中,被各种乏味的人际关系、自我的贫瘠与激情的躁动反复折磨。但,当飞机跃起,滞重消失了。这个维度上的"高"带来的不仅是"轻盈",更重要的是,那些不断扑入眼帘的包含了种种斑斓图景的云层,以及那让人情不自禁屏住呼吸的光影奇迹与宇宙意志。

光有波粒二象性。人,这种"两足无羽生物"或许也是对这种现象最好的阐释。人与光,是这世界上最神奇的存在。人从地面到空中的一跃,应该是哲学最深刻的表达。或许正是这个原因,《圣经·创世纪》里才会有那句话:"神说,要有光。"

人的这一跃,让我们真正领略了无限。同时,宇宙因为我们的注视获得了"存在"。这彰显了人的意义,使我们有可能克服困扰着无数圣人大哲的虚无与荒诞感——若人是无意义的,又怎么能够看见宇宙的无限性?这不吻合逻辑。荒诞与虚无,是人对自身的狐疑与否定,并不足以让人突破大气层。人类的征程应该是星辰大海,否则宇宙就没有被人看见的必要性了,人类的目光就不应该穿透大气层。既然看见,必有其因,必结其果。相对于这个"看见",地球上的种种博弈、国族冲突、宗教纷争等,即是一个阶段性的历史问题。这些冲突,可能是在为这种"看见"提供未来的动力。在看见"无限宇宙"的背景下,人类自有其光荣未来。否则人这种知道阴阳寒暑的奇妙存在,就不应该出现。文学要有这种"看见"的能力。

佛说:"一个日月所照为一个小世界;一千个小世界形成一个小千世界;一千个小千世界形成一个中千世界;一千个中千世界形成一个大千

世界；而三千个大千世界名为一个佛世界。"有时很好奇与佛陀在一起参禅打坐的场景，很想把脑子里的"暴风骤雨"一古脑儿地全砸向他，看看这个古印度净饭王太子如何应付一个"用三千年时间武装到了牙齿"的无知之徒的辩难。

闲话，在我看来，佛陀讲的是觉悟，是诸行无常，诸法无我，诸般寂灭。但佛教里现广为人知的轮回与果报等，皆与佛陀本义有不可调和的内在冲突。现在讲当和尚要在头顶烧疤，可这不过是元人当时的歧视，就像他们在牛羊身上打上烙印。佛教的传承，所谓衣钵，也是权力因袭，尤其是最具中国特色的禅宗。了解这些故事，再离开它们，来到那个最伟大的思想面前。

想想也觉得有趣。古老东方哲学里的空间观，与在西方近代科学浇灌下发展起来的、量子物理学背景下的空间观，在今天居然以这样一种神秘的方式，不期相遇。

佛陀拈花，迦叶展颜。这话大家都知道，但我想补充的是——据说，这两个动作并没有时间先后之分。

七

话绕得有点远，我们再回来。

现代性还有什么显而易见的特征？

在整个人类历史上，知识从来没有像现在这样容易获得，随着移动互联网的兴起，人们已经习惯于把一所图书馆装进口袋随时备查。知识不再神秘，不再被垄断，不再是少数人的奢侈品，我们每天都活在"海洋"里，层出不穷的新闻、事件、词语等，无时无刻不在重新塑造着每位个体作为"人"的精神[①]——从五脏六腑,到头发梢上的颜色。尽管不是每条信息都能让大家在第一时间意识到它所包含着的深层的道德、心理和哲学的价值。但,人确实在急剧变化着,他们越来越像一个"人",而不是螺丝钉。启蒙不再是少数精英分子居高临下的权力,不再是一小撮人不容分说输出价值观的过程,它变成了个体自我的觉醒。

一个现代性的开放社会正在蓝色星球上逐渐成形。

"人"被重新定义,被阐释,被不断解放。国家与民族等这些有限的组织形式,乃至于肤色、性别等原本不可更改的身份标签,将不再只是束缚,而成了思维出发的起点。个体的人正在全球视野下与整个世界互相生成。这是人类史上从未有过的事件,堪称奇迹。

所有的人都是诗人,又或者说,诗人寥若晨星。两者同时并存于一个时空内。那些寥若晨星的诗人之死,是古典社会魂魄的最后一声喊叫。它所祭奠的是一种已然逝去、不可挽回的田园牧歌式的美学。每个人都是他自己的事件。还有什么比从自己手下流出的句子更具有惊心动魄的意味?在这个从神至英雄至个体的叙事过程中,古典诗人已逐渐丧失他所有的光芒。人,在成为他自己的上帝,他说"要有光",世界便有了光。

这是一个"六经注我"的时代,是一个热情与智力极大丰富的时代,这是一个众声喧哗不惮于"娱乐至死"的时代。人们很快就洞悉了那些所谓的人生导师的伎俩与耍的小把戏。而关于"我"的所有一切都不可避免被遗忘,又或者被极大的偶然眷顾,成为那个大海螺上面的某道可

[①] 追求精神生活所导致的虚妄感,比追求物质生活来得更彻底,更冰寒彻骨,也更有毁灭他人与自毁的倾向。后者尚有彼岸可翘首以盼;而前者脚下已是万丈深渊,就像滞重的地球孤独地悬挂在那无尽虚空。要解决这个问题,应该是把自己的心态调整到"好奇"的频道,而不是一定要发现什么,抓住什么。世界鲜嫩可口。

疑的痕迹，包括我今天说的这些话，我所撰写的众多文本。

它根本的价值只在于出现在"此处此时"，甚至不在于被阅读。它所要回答的是：作为一个人类之子的我，是如何"认识自我"，"认识到自我的贫乏"，继而"摆脱自我"的过程。至于能否成为那条横亘于空、壮丽的人类精神河流里的一颗微不足道的水滴，那是意外，是惊喜，但不重要。河流不会因为缺少某滴水，就不再是河流了。少了张屠夫，不吃混毛猪。从某种意义上说，人类社会最接近"存在"本身，就如同被子弹射击过的天空。不管发生了多少次天一阁之灾、隋炀帝运河沉船之类的"聚天下重宝而毁之"的事件，它自始至终都掌握着自己的命运，不断进化，不断趋于复杂，浩浩荡荡，不舍昼夜。

社会，野蛮生长。它创造了我，我以我的方式回报它。这是我这些年来的一个不无矫情的理念。但只是我的，不是所有人的。

价值判断极其复杂。明辨是非是世上最困难的事。人都不可避免地被某个道德观所绑架。要想获得真正的自由，唯有踏尽千山万水，最后摆脱"自我"，摆脱那个由事件与时间堆积而成的偶然。而在此之前，人必定被他们所睹的片言只语所吸引，犹如扑火的蛾。

作为一只翅翼被火焰撕毁大半的蛾，我还能说什么呢？灰烬在等着我，但我还是很高兴作为蛾存在过，并且在此刻就认为：所谓文学，就是这只蛾或那只蛾翅翼上的一块神秘的图案。

"我"不重要。

"我"，我们，包括我在内，都常把这个第一人称代词，当成了真理、信仰与道路，认为它高过树顶、山坡、星空以及神圣的宇宙律法。我，本义武器。手持大戌，呐喊示威。换句话说，我本凶物。它要杀戮，要流血，要拼死作战。为食物，为财产，为名誉，与许多莫明其妙的理由，比如关于一个字母发音的争执。更令人惊异的是：我们，同样也包括我在内,都会心安理得地,把肉体的自然属性与来自于他者的教唆与规训,视作这个第一人称代词的灵魂(尽管这两部分确实是构成这个第一人称代词的不可缺少、不可避免的一部分),视作尊严、自由与生命的骄傲,这也是可以理解的。毕竟大多数,绝大多数的第一人称代词没有灵魂。这个绝大多数在社会中的比例或许接近 99%。人类社会存在的唯一意义,就是为天才的涌现提供概率。至于道德,那只是一个被不断误解的地理名词。又或者像我的一个朋友说的那样:"人,要么成为天才,要么去繁殖,直至天才出现。任何在这两样之间的事,都是误会。"

假如某天,我们真的可以把"我"从体内揪出来,你会对这个小怪物说点什么?相信我,它会比你所见过的所有白痴加在一起还要白痴几分;当然,它也足够残酷,尤其是当它开始模仿你的举手投足,并重复你说过的那些话的时候。人是怪物。在 500 年前我们祖辈眼里,我们是无法理喻的一群怪物。我们走得越远,就越有可能成为一种连我们自己都无法想象的生物。但若不往前走,试图把人类文明保存在一种我们可以理解掌控的层面,所将导致的,必然是血腥与乏味。但就算我们走得再远,在 500 年后我们的子孙眼里,我们仍然可能是一群不可理喻的原始怪物。

那什么重要?

定睛去看。

一切现有的知识不再具有固定不变的权威属性,皆可修正,犹如"水面"荡漾着的圈圈涟漪。原本被人相信可以无限接近真实的历史已被修正为"叙事的策略、修辞的结果";而质量,这个奠定世间万物的词语,似乎不再是"物质所含粒子数目的多少",而是"移动物体的难度,或者更精确地说,质量是使物体加速的难度"。任何领域,不仅是人文学科,也包括了社会科学与自然科学,都要被切割、被重置、被再度挖掘,这意味着风险、头晕目眩与心乱如麻、更多的可能,以及犹如晨曦的启示。

这里我给大家转述一个有趣的对答,来自最近在豆瓣、微博、人人网等社交网络广受学术青年追捧的"禅师体"。

青年问大师:"四季循环,昼夜更替,为什么会有这种自然规律?"

大师思索道:"你看天上恒河沙数,但它们都有自己既定的运行轨道。但凡我们能够描述的事物,都会有它自己的规律。"

于是,青年在沙地上写出了薛定谔方程——薛定谔方程表明,在量子力学所描述的微观世界里,粒子以概率的方式出现,没有规律。

我到底想说什么?

我阅读过大量的文本,它们是苹果、阳桃、青杏、梨。作为"水果"中的一种,它们几乎是完美的,是上帝借作者之手所行的神迹。但我想找到"水果",找到"水果"后面的上帝——那个同时包括了混乱与有序的湍流。是的,湍流,犹如暴雨将至。

世界的本原或许简单,只是一个上帝粒子,但作为其表象,其溢出,它极其复杂,并且日趋复杂。对复杂性,以及对产生这种复杂性的那个意志的理解,区别着你我。但我们的惶恐与孤独仍然一模一样。

八

世界在不断失去它的整体性,人相对于他者,已沦为"陌生人"。人与人的区别,有时比人与动物的区别还要大。更郁闷的是,人与他体内的那个魂灵,已经不再是几条清晰可见的线性逻辑可以描述,而是"云",几无秩序,难以预测。

不知道大家有什么样的感受，我经常会产生一种幻觉："这里的我"与"那里的我"，"昨天的我"与"今天的我"，就像两个陌生人，而这两者之间唯一的联系，似乎就只剩下昆德拉在《搭车游戏》里那个姑娘嘴里的叫喊，"我还是我啊"的感叹号，以及我们夜深人静独自面对镜子时的狐疑，"我还是我吗"。

为什么现在有这么多人有心理问题？根子就出在这个"整体性丧失"以及相应衍生的身份焦虑、信仰缺失等一系列问题上。这个问题是极其严重的。

我们已经告别了古典家园，脚下是一块块疾速移动的碎片，但我们不是孙悟空，我们翻不起"筋斗云"。所以我们更要沟通交流，它不仅是一种生存能力，更是一种了解自我的艺术。说句政治正确的话，沟通就是生产力。佛陀也只有确信孙悟空彻底脱掉了猴性，才肯施舍出一顶斗战胜佛的帽子。

科技对人心的问题无能为力，不管它们取得怎样的进步。它们只是提供着便利性，并不提供真诚与信任。再好的测试仪，也无法创造出一个心灵宇宙。而文学艺术使我们还拥有互相理解的可能性。这也对小说提出了要求，要向大处走，要把自然科学、社会科学以及文史哲打通，使之具有哲学的质地、理性[①]的光芒，能够从那些波光粼粼的日常经验里再深透下去，在把个人的体验上升成一个更大集合的体验的同时，去探求存在本身，去发现"人，不仅是时间的尺度，同时还是空间的产物，是这些短暂易逝、大小迥异的碎片的总和"等事实。

---

① 在理性大获全胜的今天，写作者尤其要警惕数理语言对大脑的异化。人，始终要放在一个人的层面叙述，而非满足于给他一个"物"的命运。简单说，人，始终是非理性。而构建逻辑可以是存在于现实之中的乌比斯环，也可以是想象中自洽的"不可能的楼梯"——它实际上是一种视觉欺骗。

为什么穿越文现在会这样流行？因为穿越提供了另一块与现实迥异的，发生在另一个时空里的自我镜像。而不能简单地以"意淫"两字敷衍了事。

斗战胜佛与齐天大圣本来是一个完整的叙事过程。当穿越到圣斗士身体里的孙悟空出现，它们就悄然断裂，而"当他哭着喊着说自己是斗战胜佛，结果谁也不信他"的时候，故事也就有了哲学上的意蕴。这是时空变的一个魔法。

有个神交多年的朋友，在微博上说过一句很有趣的话，大意是说：大家现在住的房间里，每扇门各自通向书房、卧室、厨房，但未来的人家，门打开后，或许会通向另一个不同的时空。

幻想一下，那样的人生，会是多么丰饶啊！

九

我要讲的第三点，是方法论。这点我主要是针对想把小说写畅销的作者来说。

先讲讲基本功。我为什么要我女儿用圣斗士、必胜客、斗战胜佛、齐天大圣这四个看似风马牛不相及的关键词去讲故事，而且不是讲一个故事就够了？这就是一个基本功的训练。

写作同绘画、音乐等其他艺术形式一样，真正要写好小说，就得要接受极其严苛的基础训练。大家都知道达·芬奇画鸡蛋以及卖油翁的故事。这是法门所在。写作者在刚习写作时要能够一遍一遍不厌其烦地去描述一样事物，或叙述一件事情。再简单点说：你写一个杯子，写1000字，写5000字，写10000字，写50000字，写100000字，写500000字。

每次对杯子的书写达到一定的字数，你对它（甚至是世界万物）的理解，会呈一个几何级数的放大。你会通过这个杯子看见民族、国家、文化、宗教、社会、政治以及缠绕于这诸多词语之上的故事。说老实话，当你能用500000汉字来叙述一只杯子时，那时，你就是大师。

当然，如同流行音乐与古典音乐的对比，不是所有的小说都需要这种训练，尤其是对畅销书作者来说。最主要与最起码的一个要求是：叙事能力。熟读唐诗三百首，不会作诗也会吟。先找有感觉的作品，不要光看，一要读，二要抄。黎明即起，背诵默写，一直到滚瓜烂熟。你的叙事能力以及语感与节奏自然生出。其次，在表达时要善于用一百种不同的方法去向一个女人求爱，最好是能把自己专业内的各种知识引入以为譬喻。

第二，小说的四要素——立意、语言、情节、人物。立意首重题材。在当下这个大时代，写什么是极其重要的。你要清楚公众需要什么，自己又是否有这种能力来叙述它。官场、职场、战场，这三个"场"是现在最红的。尤其是前两者，这两个的外延都大。比如职场，前天有朋友找我，问我一本书的定位，我读完后，讲了四个字"知本创业"。为何讲知本？为何讲创业？这是根据当下书市的气候来的。现在经济不好，国家提倡大学生创业，大学生有什么？他们没有资产的"资"，只有知识的"知"。从这两个点下去，就行。

立意再重眼光，你的故事区别于别人。很多朋友或许读过"黄丝带"那个故事。丈夫坐牢归来，写信给妻子，若欢迎他，就在村头树上系根黄丝带，不然，他只能坐车黯然离去，结果那天，一树都是黄丝带。这个立意本来是很巧妙的。可模仿的人多了，也就变成陈词滥调。如果把结尾改改呢？妻子其实早已离开，在树上系黄丝带的，只是拆开他来信的一伙顽童。他们只是想开一个玩笑。这篇文章的立意就不再只是庸俗的"爱"。又譬如，妻子其实早已死去，在树上系黄丝带的，是她妹妹，她恨他，他要报复。等到他兴高采烈地下了车，家里老鼠成堆，房梁上还搭着一根绳子。如此等等，起码可以写出108种变化。立意，难，也不难。说它难，是因为在这108种变化中，你得找出只属于你的那种，你不可能在一篇文章中写尽世间所有的变化；说它不难，是因为一个人的眼界见识上去了，自然就比普通人"更上一层楼"。

情节让文章看得下去。它玩的就是蓦然回首，那人在灯火阑珊处。其间过程大开大合大忽悠，放得出去，收得回来，有穿插，有突袭，有遭遇，有迂回，海陆空立体作战，场面之壮观令人叹为观止。它像一部好莱坞大片能充分刺激人的口、鼻、耳、眼、舌等各种感知器官。情节是小说人物脸庞凝聚定型的过程，是读者的命根子，关键在于一个"流"字。水流自然，蹿高伏低，其轻重缓急当按人物性格演变，或"大弦嘈嘈如急雨，小弦切切如私语"。待到人物性格欲崩欲裂欲决眦怒目时，便当是"银瓶乍破，铁骑突出"。

语言是一个风格的问题。朴实、雄健、清淡、绮丽等都好，关键是对这种风格呈现的完成度。许多写作者有行百里者半于九十的毛病，很难把一种风格做到极致。当然，很多的所谓文字好，也就是"娱目"而已，诗有二十四品，分上、中、下。更好的文字应该是深沉博重，有极深的洞察力与同情心。这就与人的秉性一样。飞扬跳脱的聪明是好，毕竟欠了一些。从某种意义上说，对当代小说而言，最难的就是语言，就是"来回的句子"。没有只属于自己的强烈风格，其叙事相对于现实而言，都是拙劣的谎言。写作者要有只属于自己的对世界的言说方式。但不能因为自己的热爱，就说世上只有这种风格才是唯一的好。

从广义来说，一种语言，即是一种文化。文化或许有所谓的先进与落后、落后就要挨打之分，但加在一起，构成一个总的文化生态（多样性保证系统的稳定性),一种对人类自身的了解途径(列维·斯特劳斯对知识自我繁殖的危险、维持知识结构平衡的简单而又令普通人眼花缭乱的专门技巧等抱有颇深的警惕,所以他转向人类学)。语言不仅是表达的方式,任何一种语言,它本身就包含一种价值判断与一种思维模式。又或者说,语言本身即为歧路。歧路无处不在。

语言要创新。一要与时俱进。你还在说着80年代的那些描述语,这就不行。前不久,我看了一本年轻人译的《老人与海》,感觉就比余中先译的更适合我的阅读习惯。读者在不断进化。语言也得相应进化。二是集大成。语言是一个国族的命根子。把这个根挖掉了,也就是一批假洋鬼子。作家是用汉字行走的人,既要会象形,又要会会意。要有渴望去为孕育他的这个文明提供最好的书面表达,要能充分感受到汉字之美及相应的节奏与韵律。有时随手翻阅《古文观止》,看中国文字的传统,真是让人欢喜动容。这里推荐一个人的文字——马慧元。读过她的几本乐评。极好,干净自然;更关键的是有质量感,就像水与卵石,一起构成了河流。女性,很难见到能把感性与理性思辨的平衡,做得如此出色的。这可能与马慧元是理工科出身,自己还做程序员有关。

人物让文章能被人记得住。整个小说最后将浓缩到两三个字符的人名中。塑造人物,简单地说,就是把一种普遍的性格概括起来,加以斧凿,使其立体丰满。

对于类型文学来说,最重要的是情节,没有情节,一切都是枉谈。

还有,不说废话,强调速度。陀思妥耶夫斯基的《白痴》写得好,但现在有几个人有耐心读得下去?凡此种种,可以读他们是如何写,但千万不要模仿。那个深阅读的时代已经过去了。要让读者的肠胃在最短时间内得到最大的满足。你要生产的是麦当劳,不是雕花红木。要把一切与你所要叙述的主线无关的描写一律删去。你谈一桩凶杀案:"我看见那是个穿蓝衣服的男人上了汽车,一下子就拐过街口。"然后,你开始喋喋不休那街口的红绿灯,那对漂亮的在大庭广众下接吻的小男女,那只狗,那个拄拐杖的瞎子……你还赋诗感叹生命的荒凉。这在严肃文学里或许能行得通,但警察只会毫不客气地打断你,那男人多高?多瘦?行为举止有何特征?还有他坐的那辆车的车牌号。读者与警察一样,要的是那男人。他们的时间很宝贵,没有耐心地倾听你对这个世界的思索,哪怕你是尼采,他们也会瞧得眼睛疼。不要把描写放在那些个无关紧要的场景上,一笔带过。而且尽可能从主人公的眼里来描写这些场景。

要在类型文学上取得成功,就得靠一个又一个故事推动。小故事,大故事,椭圆状的故事,方头方脑的故事。故事的起承转合能圆润自然好,不能也没关系,最重要的是这些故事是能让读者有充分的代入感。读者会因为你的故事而宽容你拙劣的文笔。不要在公众理解的范围之外去求新求变,但必须在公众理解的范围之内求新求变,在"预料之外,情理之中"去生产他们喜闻乐见。

再有,就是要学会写故事大纲。很多作者不屑为之,或自以才大懒得为之。故事大纲要写好,不易。真正好的,读起来就是一则好故事。先写一个基本的提纲,列出主要的事件,其文字长度最好能达到或超过你企图写的作品篇幅的百分之一。然后只闷头写第一主角的所有主要事件,所有与之不直接相关的人或事物都根本不理,而且中间坚决不修改。怎么写呢,把第一主角的名字写在纸中央,把其他二流角色写在四周,然后在他们中间画线,并同时赋予一根线两种或两种以上的关系,最好还是对立的关系,比如既是恋人,又各负有杀死对方的师门遗命,却因为偶然,发现两人居然是兄妹……各种关系自其中衍出,便若星汉。把第一主角与二流角色的关系确定好就够了。三流角色是随时拿起,随时放下。

要写好畅销小说，一定要找准读者，做好充分的市场调查，不要坐在书斋里想当然。知己知彼，百战不殆。你的长处在哪？你自己得搞清楚。什么样的人可能买你的书，你也得搞清楚，然后就得一心一意为他们写作。你要做的菜是中国菜，必须颜色好、香味足、味道妙，样子还好看。你不能给中国人端通心粉、半生不熟的牛排以及那些倒满了色拉酱的蔬菜。中国人是有其独特的文化传统的，是有其阅读习惯的。句子不要长，如同劈柴，把事情交代清楚是最起码的底线。那些通感、隐喻以及英语小说中那种严谨的语法结构是要不得的。这对你没半点好处。

十

这些还是基础，是蹲马步。

一个坛子，若无魂灵，即是蠢物。观念决定格局大小。其次是五种杂粮发酵成"五粮液"这个过程，种种技术手段、专业沉淀以及神秘的信仰。光会做加法是不够的，还有减法，以及乘法与除法乃至矩阵运算。对于初学者来说，入门永远是先做加法。

若你觉得自己已来到二层楼，那么我建议你去读一些编剧手册，比如《你的剧本逊毙了》《编剧：步步为营》等——至少你要读一本。写作是一门技术活，不是说你有充沛的情感与深刻的思想就 OK。读前先准备一个自己最满意的故事，再根据他们对"构思、人物、场景、结构等元素"的意见仔细审视自己。这些在金钱江湖打过滚的老江湖的呕血攻略，会成为灯塔。不夸张地说一声：对于一个叙事成熟的小说家而言（这是前提），阅读一本编剧手册的收益，比拿笔抄十遍《百年孤独》的效果还好。现在有一种很深的误区，认为剧本是流水线上的产品，是许多人不得不互相妥协的那个最坏的结果，它扼杀了写作者的灵魂。我以为这是一种极为愚蠢的傲慢，虽然它确实呈现了某种事实。没有人比编剧更了解当下的读者，更清楚这个时代需要什么。一部小说所耗无非是某个人的时间成本，但一部戏却需要数百万乃至上亿元真金白银的投入，与成百上千人的合作。没有几个资本家愿意拿这样一大笔钱去打水漂。

那么第三层楼又是什么？还有没有第四层楼？

我只能说我们活着，都是在攀一座通天塔，塔之高，不知几万万里。你在三四层楼，有的人在十几乃至百十层楼。人皆有其禀赋与际遇，能上几层楼，看那一楼风景即是好事。登上层楼，登上层楼，"却道天凉好个秋"这绝不只是一句眼望山河时的抒情。另外，登高很容易导致自我的虚妄、高估、低看。因为缺乏参照系。这是一个"雄关漫道真如铁"的纵向人生观。再补一个横的。要相对清醒地认识自己的真实水平，看你身边的朋友就够了。他们是啥水平，你也差不多。尤其是不同领域的朋友，他们在各自行业的地位基本能说明你的真实情况。社会是势利的，在这个概率社会里，这种极端的势利基本能界定出一个概率区域，上限与下限的数值。当然，这种理论不适用于天才。任何时候任何理论都不适用于天才。

可能这里会有人问，你刚才说价值观与现代性挺严肃的啊，怎么就扯起如何写好畅销小说呢？这倒不是我精神分裂。

第一，这是基本功。一个人若连线性方程式都理解不了，就妄想去解非线性方程乃至矩阵运算，这叫什么？这叫白痴。当然像卡夫卡这种天赋异禀的人不在其列。这种人若流星划过夜穹，是不可以学的。对于普通人来说，最好对慧能这种靠"悟"的修行法门敬而远之，去把事情弄"懂"来。比如正确，究竟是事实正确，还是义理正确，还是政治正解。

第二，我所说的畅销小说是包括当下中国绝大部分文学期刊在内。请原谅我的坦率，虽然他们多半自我标榜为"纯文学"，所沿袭的大抵还是民国"世情、公案、社会黑幕、鸳鸯蝴蝶"的套路。另外，这个"纯文学"有着一个很深的众所周知的烙印。

所谓的纯文学，其实是一种粗暴的价值判断，隐身于后者，是残酷的话语权的争夺。说你行，你就行，不行也行；说你不行，你就不行，行也不行。当然我并不反对大家去写这样的能够发表的纯文学。要不我刚才也不说那一堆话了。我也不想说什么为稻粱谋之类不得不妥协之类的废话。作为一种几十年积淀下来的审美尺度，它里面有足够的好。

我也一直认为，文学的异端，最好能让自己的一部分作品经得起《收获》《钟山》《花城》等国内享有盛誉的文学期刊的检阅。不要把它们说得一无是处。它们的文学尺度，也许保守，但不无价值。它们或许不足以判断一部小说有多么优秀，但足以判断这部作品有多么差劲。这是对写作基本能力的认可。事实上，我遇到过几位相当优秀的编辑，他们的文学眼光及敬业精神让我肃然起敬。我相信这样的编辑在文学期刊界并不少，他们爱惜自己的名声就如同爱惜自己的眼睛。我以为真正的异端，是在充分了解文学传统后的叛逆，不是为了异端而异端。

他能很随便地写出一篇为期刊编辑认可的小说，只是他厌倦这样的写法不愿意、不屑再写罢了。文学异端将改变部分读者的阅读习惯，也将改变一些作者的写作习惯，这是渐进的过程，比如王小波对当下的影响。他们或许还不能称之为伟大，但一个新时代只可能是从他们那里开始！

而且纯文学作品的出版机会极可能日渐稀少，包括不少传统名家，哪怕其作品就传统的审美原则而言相当不错。现在是短篇集子基本没人出。过不了几年，长篇也会无人问津。除了屈指可数的一些人，其他作家的长篇小说基本是出一本赔一本，能盈亏平衡已算万福。出版社现在还在做这个赔本生意。一旦它们彻底成为经济动物，这些作品的命运可想而知。还有，纯文学从来就不像它所标榜的那样"纯"。在这个泥沙混杂鱼龙皆下的大时代，人可以很严肃地活着，但就没法子很"纯"地活着。严肃是态度、立场以及对自我的认识，现实感与对世界的深情。

严肃文学至少具有这几方面的显而易见的特征：其一，文体，别人盖鸟巢，你能盖水立方，结构上呈现出只属于你的美，哪怕它并不遵守黄金分割率；其二，思想，哲学家的深度、社会学家的广度，能尝试去理解一个国族最普遍的经验，那些正在发生的事能够不断进入他的视野，而他对这一切抱有足够丰富的情感；其三，语言，文字当若子弹出膛，还肯定不是制式的……严肃文学写作者要有一种独与天地往来的精神，要配得起人之骄傲。

第三，我说过一句话，"用户至上，是商业法则，并非艺术的尺度"。老实说，艺术也是商品，为世人所瞩目的艺术品，多半要经过资本洗礼的流程，成为金钱神话的载体——而且，不远的将来，可能就不是"多半"，而是"必须"。

资本在定义一切，就连传统语境里的国家与民族，在它的大浪冲击下也得不断调整着自身，更无须作为有血肉的个体。人的思维方式，正在被资本的意志塑造。市场在逐渐覆盖人的大脑。这只强有力的手，在改变着所有人对文化、对文学的认知——不仅仅是"畅销书才是好书"，而是它在根本上改变着人体内的那个节奏，对美的认知，对什么是诗歌等，都将产生巨大的变化。

更痛苦的是，市场在成为"唯一的真理"，它决定着传播与阐释的机会以及技术手段。而作为写作者，过去是耻于谈钱；现在是，耻于不谈钱。我在这里无意批评资本（其实质就是数字及其增殖）。这是人类进化的一个必然途径，至少看起来是"必然的"。我只是想指出一个事实：阐释文学的权力将更多地转向资本，而非传统的文学圈。更早完成市场化的出版机构，尤其是具有强大营销能力的民营公司将占有越来越大的话语权。换而言之，你的东西卖得好，你就是文学。我想，这对写作者应该是一个福音。不管怎么说，由市场检验作品的含金量，总比由权力与关系来检验要好 1000 倍。

资本的外在形式是货币。人皆在货币的洪流中，不管是黑眼睛还是白皮肤。货币，这种人类最伟大的发明，改造着人（社会）的思维习惯，塑造且决定其行为模式，成为衡量万物的尺度——不再是人。这种对货币的顶礼膜拜，是一个全球范围的事，是理性必然的结果。而公平正义，包含了更多非理性的东西，比如对弱者的关怀。货币的实质即数字，它让人类更理性、精确、规范、可预期，它已经创造出当下这个让所有人都眩晕的财富社会，它是人对自身的自负。可为什么会有"黑天鹅事件"？为什么会发生占领华尔街？资本在席卷一切，但这并不意味着，它就是一切。

我一直好奇：人为什么会是现在这样子？他们本来可以是什么样子？他们的未来还可以是什么样子？现在有两个基本推动力：资本意志下的科技进步与分配问题。前者因为深邃的宇宙背景，暂时还看不到尽头；而分配上的制度设计，则呈现出一种停滞，即没有比公平正义更高的形式。一个无涯，一个有限，这里存在很深的断裂。

三界九天之外，更有浩瀚。祝大家成为孙猴子，不以混上一个斗战胜佛而沾沾自喜。如果以后有机会，我再与大家聊聊传统与现代性的殊死较量——我在这里用了一个形容词，"殊死"，为什么这样说？大家不妨琢磨下。最后，说句极端的话，如果说文学只是对传统的继承，那么写作者就要有勇气做所谓文学的敌人，乃至于与自己为敌。要想拥有世界文学的高度，就得彻底摆脱乡土中国的经验——从故事模式到叙事技巧。

文学有什么用？

一

首先，要有界定。

这里主要讨论的是严肃文学，不是通俗文学，不是商业文学。

雷德菲尔德提出两个概念，把它导入文学范畴。大传统，即由知识分子书写的，与庙堂之上的价值观进行对接的文化；小传统是指处江湖之远，多是口耳相传，由多数农民所代表的文化。曾几何时，我们把由这两种文化分别衍生的文本称为严肃文学与通俗文学。通俗文学在被知识分子改造后（这是中国古典名著"半部杰作"说法的根源所在），就有可能进入严肃文学的殿堂。

而商业文学是什么呢？这就不是这种简单的二元社会结构理论所能解释的。随着以大规模机械复制为特征的工业革命的到来，资本跨国界的加速流动，逐利成为公众日常生活的重心，商业偶像比思维精英、道德精英、权力精英，更容易获得普遍的崇拜。人身上的社会性，更多地体现为经济上的交易行为。市场，这种现实土壤里长出的新秩序，要把殿堂、教堂、祠堂都踩丁脚下。它需要文本彰显其意志，不仅仅是对商业活动的描述——它的胃口显然要大得多，它要把所有的书皆视为商品，并根据其可能盈利的多少进行价值重估。

我并不反对书的商品性。这有两个原因：一是在文学作品取得文学史上经典地位的过程中（严肃文学并不必然地取得经典地位，它成为沉没之鱼的概率并不比通俗文学更小），作品本身所具有的商品性极其重要，它使作品得到有效传播与广泛阐释。所谓时间淘洗出经典。时间是什么，过去我说是"魔术师，虚妄的光影"这是感性认识。还缺乏对时间本质的认识，缺乏对历史这种文化与集体无意识沉淀物的理解。时间，即阐释与传播。阐释是改写与重估，"被谁阐释，怎么阐释"，不断地赋予文本新的伦理，并根据当下的主流价值与其进行对接或批判，使其弘扬之、式微之。传播，基本意思是"与他们建立共同的意识"。传播的广泛性直接提高文本被阐释的可能性。二是对金钱的根本认知。金钱，是人类最有创造力的发明。它让宇宙具有种种斑斓图景。把金钱说成是万恶之源是不对的。按照道德精英的逻辑推论，人才是万恶之源。

菲茨杰拉德的《了不起的盖茨比》改编成电影后引发观影狂潮。这部言说"爵士时代"的小说也被众人异口同声赞誉为"实在是一部了不起的小说"。但美国第一个得诺贝尔文学奖的辛克莱·刘易斯，始终对菲茨杰拉德不感冒。在获奖感言中，夸那个，赞这位，就是不提他。后者那个羡慕嫉妒恨。看看现在的菲茨杰拉德热，再对比刘易斯的无人问津，能说前者就比后者更文学？都在一个浪头与下一个浪头里。

其实不仅是文学，"阐释与传播"还是建构历史的深层逻辑。它所要求的并非事实本身，而是事实与观念的交集呼应。通常说来，事实不可更改，观念应该随着被挖掘的事实不断调整修订。但我们能看到的，无一例外，都是"事实随着观念变化"。

从严格意义上说，我们还没有真正的商业文学。有的是以起点 VIP 模式为代表的网络文学，出版社在盈利冲动驱使下所生产的官场、青春、社会黑幕等种种所谓的类型文学，它们艺术上粗糙，思想上乏善可陈，语言上粗暴雷同，是在流水线上批量制造的。为什么网络文学与类型文学就有市场？这是一个极其复杂的问题。用一句话概括：因为我们的日常生活就是粗糙、乏善可陈、粗暴雷同的，人们需要消费陈词滥调。

我在编写《中国玄幻小说年选》时写过一篇数万字的序言，对网络文学中的玄幻小说进行梳理，谈到网络文学的两个显著特征：意淫与速度感。为什么要意淫？人在当下基本已进入碎片化生存，仅从外部结构来看，人皆处于一个"孤立无援"的状态。尤其是阅读网络文学的年轻人，要想抵抗他们无力改变的滞重现实，意淫是最简单且有效的方式，犹如吸毒。毒品自然值钱。速度感就更是一剂直截了当的致幻药。有哪个飙车少年不曾以为世界就在他的滚滚车轮下？

网络文学与类型文学都是商业文学，是我们这个时代的通俗文本，它同时对接着大传统与小传统。随着人类社会的进化，当"公司的力量"跨越了国家、民族，商业文学必然"引起人类对于审美创造、制作、鉴赏、接受诸等方式与态度的根本转变，从根本上动摇了传统艺术的基本观念"。资本的意志，正在全球试图重新定义文学。这将拓展文学的广度与深度，不仅仅是电子书、APP 等文学载体的改变。

资本正在成为一个全球性的尺度，强行把其他价值体系纳入其框架，并且丈量之。这是傲慢的，是极不道德的。由于资本对媒介的操纵，人们只能听见资本的道德观——谎言重复千遍变成真理。这种洗脑术曾盛行于威权时代（人们心底常有讥诮之声），而在这个消费社会才真正被信赖。开放的市场肯定比等级体系里的权力更好。但它不应该是唯一的。在公共领域，市场还经常失效，不能提供让人称道的社会服务。它也不见其具有自我修复的能力，基本遵循一个劣币逐良币的规律。它最后必然呈现出一个马太效应，穷者越穷，富者越富。更重要的是：当我们谈论市场，其实隐含了一个判断，即，人是理性的。

说老实话，我活了40年，就没见过一个完全理性的人。真正帮助一个人做出决策的，也不是理性所画出的图表，而是直觉、鲁莽、爱与报复——比如股市更是不惮于给那些号称技术派的一记耳光。

资本能否构建起人类的另一个精神高地？肯定是可以的。我们今天的文学艺术已经有许多是资本的文学艺术。但我还是不喜欢它时不时流露出来的蛮横与粗鄙（文人就是矫情）。就不谈写作者对商业逻辑的普遍迎合，有关于作品的版权意识已经深入人心成为文明的象征，并有各种条文法律对此背书。几百年前的世界并不存在版权一说。更不会有哪个诗人因为歌手唱了自己写的字就跑去打官司。我不是说版权意识不好，但不喜欢凡事就只能论一个"钱"理。我们应该视野更宽广一点，这样或许会更有一点作为人的乐趣。

我还是想谈一下严肃文学。我一直在想，严肃文学究竟有什么理由存在？它究竟是一张什么样的脸庞？我已经阅读了太多的自说自话的文学理论，它们不能说服我。

为什么在这个通过互联网联结起来的、熵增的、鼓励过度消费的符号（信息）社会里，还会有那么一小撮人为它执迷不悟？我在《量子文学观》里说了一句话：生命以负熵为食。可为什么是他们成为负熵，而不是别人？再阅读一些已进入文学殿堂的名家访谈，其最初的写作动机很功利世俗，就是希望能靠写作改变自己的命运。为什么通往名利的路会抵达文学的神圣之国？又是什么让严肃文学在当下与名利越行越远，经常得不到发表与出版的机会，乃至于更多的阅读？顶多，也就是"偶尔被关注的局外人"。

严肃文学，首先是态度问题。我不喜欢"纯文学"的概念。世界这样乱，装纯给谁看？但世界再怎么乱，作为书写者，应该，也更有必要态度严肃。只有严肃，才能真正掌握科学的理性思维，拥有悲悯的宗教情怀。这是一个心智成熟的人理解世界的两种根本途径。

世界尚不可知。对不可知者，当存有敬畏之心。

不能因为自己的无知，就放言：人定胜天——这种可笑又可怕的傲慢如同瘟疫弥漫于人类文明史。当下，由于资本的逐利性、现实的滞重无趣等，一些写作者放大文学的娱乐功能，讲游戏文学、好看文学，等等。这样，口袋里的钞票确实会更厚一点，我也承认，面对诸多还不能解释的人类与宇宙的终极问题，从心理机制上说，人会有娱乐至死的愿望，但这种焦虑与狂躁，是对人的消解，是把人平面化、庸俗化，对写作者来说，也不能缓解他内心与世界的紧张。该抑郁的，照样抑郁，甚至会更严重点。问题仍然在那里，并不会因为"信春哥得永生，信曾哥不挂科"就不见了。所以，尼尔·波兹曼干脆在《娱乐至死》中向世界宣布，电视是愚蠢下流的。他请他的知识分子同行回到书籍中去，不要在电视节目中侃侃而谈。甚至不妨说得极端点，娱乐化就是一条用鲜花与掌声装饰的通往奴役之路，它在悄无声息中毁灭个人的自由。

人类的知识生产有无数种方式。不是所有的知识分子都有必要成为公共知识分子。乔姆斯基认为："知识分子永远面临着两种选择：做一个向权威俯首帖耳的御用文人，或做一个独立的批评者。他认为，选择成为一个批评者尽管可能在当下遭遇烦恼，却能使知识分子最终避开历史和道义对他的审判。"在我看来，一个严肃的知识分子，思想越深刻，就越能听见历史与上帝的声音，自我审判就越不可避免，且更严厉。

严肃，才可能产生真正的思考与写作。有哪个哲学家、文学大师嬉皮笑脸、招摇过市？所谓幽默，常常是"含泪的笑"。严肃，本身更意味着节制。在亢奋的时代，节制是增长与道德之间的均衡点，是义本质量的保证。

严肃文学有几个基本特征。

第一，它要有思想性。文学的思想性不同于哲学。哲学是系统化、理论化的世界观，是对自然、社会和思维知识的概括和总结。其工具是逻辑、实证等。哲学是理性的光芒，在人的意识层面。严肃文学，固然始终在追求"头顶的星空与心中的道德律"——人之美德无一不是与其本能做斗争的结果。因为贪、嗔、痴，所以，要有美德，而不是彻底沉溺其中，任其摆布奴役。在这个世界上，人只能对自己提出要求，也必须提出这个要求。这是人唯一的道德与义务——但它还要人物形象、大量的时代细节等，来解决理性与逻辑的局限。人总有言不及义时。已知的模型①与规律并不足以帮我们窥见世界之全部。如果说这个世界是有上帝的，严肃文学则是上帝意志的一小团凝结。它从人的意识层面深入至无意识层面，所书写的，不仅是水面上的冰山，还有水面下更为庞大的部分，以及从冰山底下游过的一条长着古怪螺纹牙的独角鲸。严肃文学对世界的洞察力，基本来源于直觉，而不是分析、归纳、推理。它迅速、直接、跳跃，具有强烈的个体特征，并被或然率支配。它的根源在于非理性的力量。

第二，严肃文学是对一个时代的精气神最富有概括力的魅力书写。

---

① 我们判断的根源在于直觉与经验，理性所提供的数据、模型基本上只是为了说明这种判断是正确的。这是人的局限。但"局限性"帮助人们在大千世界中迅速做出判断。理论模型之所以得以成立，依赖于其近乎完美的、完全不现实的诸多假设前提。

通过时代，人有了历史的深度，并站在这个文本上想象未来。每个时代皆有其鲜明的特征，是一整副塔罗牌中的一张。严肃文学就是要成为这张牌。这张牌面的图案，可以是复杂庞大的管风琴，也可以是一具古筝。

第三，它是大脑的体操，是迷宫与城堡，是悬崖与瀑布。它不仅是道德上的写作，也要作为美学上的写作。它要在文体上有属于自己的贡献。以小说的文体为例。当下的小说大抵是一种树状结构，枝丫清晰，躯干明确，纵然强调一个留白的韵，那也在逻辑之中，就犹如树叶的背后隐藏着一只色彩艳丽的鸟——这种"隐"符合公众理解，在人们的日常认知里。所谓"隐"的巧妙与否，最大的区别也只在于那里到底是藏着一只鸟还是一只老虎。我在这里想说的是：小说要有结构，树状绝对不是唯一。比如块茎。最典型的就是马铃薯的块茎，如法国哲学家德勒兹所描述的"无结构、开放性，有着多元性入口、出口和自己的逃逸线"。

第四，它在语言上形成了独特的审美风格。这个世界是属于语言的。活在大地上的人们用语言彼此祝福，分享历史与现实。司空图著《二十四诗品》，雄浑、高古、典雅、绮丽、豪放、清奇……这 24 个词语可借鉴之。大地尚未成熟，如漂浮之脂，亦如水母漂流。用桑塔格的话来说，即语言能表现出"破裂斑驳的门扇的美，无序中的别致之处，奇特角度和意味深长细节的力度，废弃物中的诗意……"

对基本特征的界定，能帮助我们理解什么是严肃文学，但这不是严肃文学的定义。任何词语之诞生，皆为照亮这宇宙的晦暗，也必然在其脚下投射下一个不断拉长的阴影。时间让它们肿胀、变异、气喘吁吁。意义自它们体内长出，犹如块茎的匍匐生长，向着四面八方而去。在此繁殖过程，词语原初的意义不可避免逐渐隐退，如同那掷向水面的石块，在激起一圈圈复杂的与时代共振的涟漪后，沉入水中，为黑暗所包裹。

严肃文学并不能获得额外的权力。我此时所赋予这个词语的特征，迟早会并不存在，被解构，被遗忘。可我为什么还要对它进行书写？

二

这几年，我每天花在阅读与写作上起码有 12 个小时。这两件事干多了，就会"槑"。"槑"是什么啊，整日挂着黑眼圈，脑子跟落满灰尘的图书馆差不多。偶尔在路上遇到童心未泯梳小辫子的小姑娘，跑过来歪头双手叉着腰问："叔叔，你为什么长得这么像大熊猫？"大熊猫是国宝，但，也还是畜生。这后半截不恰当的联想，真让人情何以堪。

叔叔不是大熊猫，叔叔是作家。这话想说，没敢说，不好意思说。人类文明史上，被誉为"家"者，那都得是在各自的学科领域有所成就的人，我若自封为文字的王，也太恬不知耻。我越来越觉得，能称之为作家的人，凤毛麟角。科学与世俗解释此处，宗教与哲学解释彼岸。真的作家则是要能把此处与彼岸联系起来的一小撮有特殊才情的人。这好像在河上架石拱桥，桥下是浩荡的人类精神河流。这活不容易，得有多高的技术含量呀。

许多年前，我趴在北京的地下室写"时代三部曲"时，为了感受饥饿，真的三天不吃饭，饿得肠子打了结，眼前尽是幻觉；写《网人》，在乡村里行走半月，被狗追，滚落土坡，差点脑震荡；写《遗失在光阴之外》，闭门不出三个月，人失语，吃饭把汤勺送到鼻子上，妻子送上四个字，"行尸走肉"；写《人间世》，为了写好"文革"细节，搜集了两千多万字的相关资料，句子翻来覆去地改，改得人想吐了。

写得辛苦，不等于活儿就好，更不等于能赚钱。这是反熵，不符合人趋利避害之本能。这是为什么？我承认自己在意世俗名利；名利是门，唯有进去，才能知道名利深处的寂灭，看见五蕴皆空。但谈不上有多么在意，毕竟知道这两件东西是鸦片，吸食过量就会上瘾，若想戒断，几乎等于重新做人。多年前我在微博①上写了一段话："夜里醒来，会看见自己的眼泪，会不知道自己为什么醒来。保持热情与爱，是困难的。但唯有困难，才能不断创造新的自我，摆脱乏味与平庸。世界尚在成长时。"或许，对我个人来讲，文学是我保持热情与爱的方式？

想了想，脚就迈进了与朋友约好的咖啡馆，在他面前坐下。

文学大概有这样几种功能。

（皈依）上帝在高处吸烟，上帝沉默无言。一部好的文学作品犹如在茫茫黑暗里点燃的一盏烛火。它是光，驱赶暗，使我们发现灵魂，发现了它的形状与质量，进而窥见上帝加于其上的神性。

（审美）美是"羊大"，是"八王大"，也是"大王八"。世界因为我们的注视获得美，文学阐释美。不能说是最好的，至少是其中之一。

（补偿）人有八苦，生、老、病、死、怨憎会、爱别离、求不得、五蕴炽盛。文学用万千词语虚构出一个宇宙，让被现实伤害的人们在其中得到玫瑰与匕首。相对来说，一个人物清晰叙事稳定的文本容易赢得更多读者。因为，作为生者，他们在现实中受够了被命运随意摆布的恐惧。文本作为补偿，赐予他们一个永不消散的伊甸园。

（经验）还原现实，讲说人情，在文本间看遍万象。从而帮助读者掌握自身，了解自己与时代是一个什么样的关系，也从中领悟到生存的法

---

① 对于我来说，微博就是一个公开的笔记本，是一个自己对自己的阅读过程。因为"被看"，那些关于善的、美的，被记录。而丑的、恶的，多半被忽略不计了；也因为"被看"，这些被书写下的言论，就具有了警醒与监督的意味——我要成为我说的那个人。善一天天多起来，恶一点点少下去。祈愿是这样。

门。曹雪芹说:"世事洞明皆学问,人情练达即文章。"

(凹凸镜)本雅明在《机械复制时代的艺术作品》说:"人的异化达到了如此的地步,以至于人们把不断否定自己作为第一流的审美感受去体验。"再没有哪种方式比文学更具有凹凸镜般的否定自己的能力。每个句子都是人与自身搏斗的结果。

(复制与储存)犹如DNA,记录人类文明。世界是一个六角形的图书馆。假如人类不在,它依然保存着一切。它是宇宙意志的一小部分凝结。

(预言与实验)它用自身的逻辑想象人类所有的可能,包括那些可怕的行为……

可能是这样。毕竟文学的力量不是铁的坚硬、旗帜的飘扬,是水滋润着树。树在成长,拥有了高度。然后我来到树上。人,皆是他所经历的各种事件的幸存者。在这个广袤而又孤独的世界,上帝是唯一的作者,一个有着特殊才能的自闭患者。因为对戏剧性的追求,他虚构了这些事件,并把人的名字一一嵌入其中。偶尔,为了看到一些吃惊的表情,他会出现在几个幸存者面前,像是奇迹。而这一小撮幸存者就是写作者。

我这样解释着,朋友听了,怒,冷笑,说:"你还真以为趴在案前捣弄几下就能创造出新的自我?纯文学?蠢文学!你以为的写作难度,纯属吃饱了撑着,活该饿死你们这一小撮。"

我分辩:"我一样不认同纯文学这个概念。我说严肃文学。严肃是态度、立场,更好的语言与文体形式以及对自我的认识(我的腹中有千道光芒,即是此意),对人与世界的理解。"

朋友乐了,眼白大于眼黑:"严肃文学?好,我问你,《白鹿原》算不算严肃文学?好,你说是。那我告诉你,这些作品在当下之所以能够销售,是因为它们经典地位的获得。读者购买的是'经典'这两个字,而非购买其文学价值。大部分的经典,只是历史开的玩笑,时间变的魔法;或者说是一个被有意构建的神话,一个被意识形态不断阐释的结果。我还告诉你,50年后,仍会有人看金庸和阿加莎·克里斯蒂,而你所谓的严肃文学作品恐怕早已化为尘土。"

这话前半截我不敢反驳,后半截就不大苟同,若勃罗德坚决贯彻执行了卡夫卡的遗嘱,那个躲在"洞"里的保险公司小职员写的手稿,早也化成灰烬了。

我没再说话。世界在轻轻摇晃,令人晕眩,脑子里满是破云乱絮。幸好,所有的瀑布都是一种暂时性的特征,它会逐渐降低高度,并最终消失。我想到一个问题。因为工作原因,我与许多作家有过交谈,他们的思想深度,思维的模式,对其他学科知识的占用,对信息社会的理解,确实存在极大的问题。他们少有阅读科学的、政治的、经济的、艺术的书。相当一部分作家,甚至不阅读,并以此为骄傲。

我是一个编辑。坦率说至少是当代作家寄来的绝大多数小说,读毕前面四分之一,后面的,也就了然于心。情节,戏剧性,对细节的呈现方式,语言与结构,可能拥有的深度,等等,而且越是名家之作,越好推测判断。他们的路径依赖,一望而知。而在当下这个病毒传播与蜂巢结构的信息社会里,文学,不仅是中国的文学,其叙事模式可能会有一场根本性的革命。比如微博,后现代所得意的剪贴、复制、戏仿、变形等技法在它面前都是小儿女状。还有什么比微博更具有先锋气质?

后现代只是现代性中的一部分。它之颠覆,也在于为了未来的建构,而不是说到颠覆即止。后现代消解人的主体性,但其所孕育的作品,及它所推崇的"在灰烬上书写"的过程,人的主体性反而被强调至一个比现代性更重要的位置。它对作者与受众都提出更高的要求。比如观念的引入。受众必须知晓,且懂得,才可能欣赏"4分33秒"这种所谓的后现代极端艺术。后现代主义,五个字概括:深刻的肤浅。深刻性来自它能丈量"能指"与"所指"间的距离;肤浅,它把方法论当成了世界观。后现代只是现代性中的一部分,是思维的工具,若视为哲学,必定消解世界与人的意义,使万物归零。皮之不存,毛将焉附?即,把后现代作为价值观来考量,它是失败的,它否定自己。或许还可以这样说,后现代就是一只人的耳朵。当所有的器官都睡着了,耳朵还竖着。它帮助人们在喧嚣的地铁车厢中听到一种最深的孤寂,听到那本应该只由上帝知晓的秘密。但它不能取代其他器官的功能,更不能替代人本身。后现代的"无意义"要服从于"意义"。它自以为消解了意义。游戏、偶然、断裂、反形式、无中心……但察其文本,它们所构建的"游戏、偶然、断裂、反形式、无中心……"都有一个基本前提,"场"。只有进入场中,上述词语才会显现出其力量。换而言之,这个"场"即是其意义所在。

仍以我刚才所提到的"经验"为例。为什么励志书基本不值得一看,因为成功不可以复制。为什么会有这个结论?混沌效应、测不准原理、黑天鹅事件等都可解释。事实上,最大的财富往往来自于预期,即想象、符号的催眠力与词语的煽动性……但,为什么我们需要励志书?自欺;对不确定性的恐惧;对经验的过度依赖。人们常说,人最大的敌人,是他自己。这个自己,即经验。要摆脱经验束缚,严肃文学提供可能性。这是其一部分力量所在。而这又形成了悖论。

文学变得越来越可疑。

我所认为的那些力量是不是真的还在那里?

第一,过去的每个时代都有适合其生产关系的,最能体现其特征的文学形式。农耕时代与诗歌;工业革命与小说;现在,在这个QQ、微博、微信的大数据时代,其相应的形式是什么?

第二,物理解释现实,文学解释灵魂。两者互为梦境。但我们的文学正呈现出与物理学极不相称的滞后性,尤其在中国,大家所津津乐道的,仍然还是传统物理学所提供的日常经验里的宇宙,不能理解真正的微观,更无法想象在这个肉眼所见的时空之外那众多的可能。我刚才说的有关于文学功能的话语是不是谵言妄语?

到底是一个什么样的东西让我自命为严肃文学的写作者?

一个读者说,"时代三部曲"是鲁莽的少年提刀而行,激动、道德感、原始的情感;《网人》是万千根喉管在脑子里齐声叫喊;《遗失在光阴之外》是意识到对另一种性别异乎寻常的爱,她们是男人的血肉;《人间世》是从时代、历史、哲学、传奇等角度审视自我,认识自我与摆脱自我……就是这些读者的鼓励让我有了大言不惭的勇气么?

人总会以为自己与众不同,过高地估计自己,相信体内有着一个非凡结构支撑起灵魂及意志,并在某些时候确信自己的肉体是由某种特殊材料构成,能抵御爱与谎言的侵蚀,有着像天使的羽翼一样的光芒。这种自我欺骗使他身边的现实产生了细微但深刻的变化;他在操纵自己,继而他操纵了更多的人,改变了世界。

世界开始时,人类并不存在;世界结束时,他们亦不复存在。人类史、种种道德与风俗、形形色色的贪婪与仇恨以及无处不在的傲慢与偏见,还有少量的爱,只是漫漫永恒黑暗中的一道微光。

我请朋友坐下,没再说文学。那是秋日的午后,我记得很清楚。白云从一幢高楼后面慢慢悬挂下来,像瀑布,也像电影的银幕。天地间有着奇妙的异常柔和的光芒。一个穿红上衣的男孩儿出现在咖啡馆窗外的屋檐下,他手里拿着一本书,是《王尔德童话》。他隔着玻璃打量了一眼我们,转过身津津有味地翻阅起来。隔了几分钟,那个梳小辫子的小姑娘蹦了出来,蹦到男孩身边,小脸通红,嘴里还喊:"哥哥,你让我看看嘛。"小男孩高点,是一撇,小姑娘矮点,是一捺,一撇加一捺是一个

"人"字。

我笑起来,看见朋友眸子里那个小小的自己,他也是笑意盈盈。

三

前天我在微博上看到了一段话:"《纽约时报》一周的内容是18世纪的人一生的内容。一年产生的资讯比过去5000年累积的还多,每两年翻倍。"

这句话有三层意思。

第一,这是信息爆炸的时代,一个善于学习的人必定要先善于整合资源。欲工其事,先利其器。这种对海量信息进行整合与学习的能力的重要性将超过对知识的单纯占有。即,懂得用手机上网搜谷歌、百度,在尽可能短的时间内找到自己想要的资料,比在大脑里装下一个图书馆更有价值。

第二,信息在全方位覆盖"凡有人迹生灵之处"。信息的全球化流通,必然导致多元性的匮乏。语言影响我们的思维模式,乃至于世界观。而互联网上80%的网页皆为英语。即,全球化就是英语征服世界的过程。这不是坏事,也谈不上是好事。

第三,海量信息在高速流动。这会带来什么?就消极层面,比如个性的泯灭,马太效应。我们认为某本书写得好,常是因为别人说它写得好;哪怕我们试图回到个体这个原点,进行所谓的独立阅读与判断,我们的胃口也已经习惯了好莱坞式的叙事模式。个体被信息最大限度地覆盖,人其实是变浅了。而如何论证信息高速流动导致个性的普遍丧失?这是一个庞大的学术课题,但用卡尔维诺式的寓言,或许几百字即可完成，并传达出那文字所无法承载的恐惧、焦虑等。就像我为了阐释在文本第一节末所提出的问题"可我为什么还要对它进行书写"，在第二节中所选择的叙述文本模式，并在文本中虚构出"梳辫子的小姑娘""红上衣的男孩儿""眼白大于眼黑的朋友"以及咖啡馆这样一个场景。从我正在撰写的此个案出发，是否可以这样说：严肃文学在尽最大可能地保存着一种完整性，对与错（理性思维），爱与恨（非理性的形象思维）以及在现实之上的虚构（美学意义）；其次，我所选择的是一个区别于一般论文或抒情散文的文体，较为复杂。

为什么会下意识做出这样的选择？并非是炫技。我在提笔写下第一行字时，脑子里只有某几个不太清晰的观念与影像以及"你覆盖着我，好像羽绒覆盖了鸟的身体"这样的句子。我并不确切地了解自己将书写下什么。一个念头在脑海深处嗡嗡地响：也许人生（真理）可能是相似的、乏味的，但，通往真理的路径一定是迥异且妙趣横生的。时间与空间是如此错综复杂，如热带雨林、小径分岔的花园、《盗梦空间》、基于最大熵概念的随机变量统计模型……这种对复杂性的追求即是宇宙与人最深的渴望。

海量信息的高速流动以及提供信息方式的改变，在深刻地影响着我们对世界理解的方式。过去，我们是静态的，单位、家庭，两点一线；现在，我们是移动的，飞机、火车、汽车、轮船。移动使人的交际圈扩大，这是活力，但这种不可逆的向外走的过程，同时意味着人与内心的逐渐疏离，所以人们更需要内心那个坚硬的不可摧毁的核。而对于一个国族来说，或许还可以这样说，当下的全球化是一个波澜壮阔的博弈时代。一些国家在崛起，一些国家在没落。博弈，不仅是经济的博弈，更是规则、形象、主导世界事务的观点、支配人类未来的信念之间的博弈。通俗地讲，一个大国，要能输出价值观，要有这样一个愿望与资格去解释世界。"解释趋势的人必定要影响趋势。"而我在前文中所赋予的严肃文学的四个特征，则使之能承担起这种输出与解释的功能。它所塑造的形象与所传递的理念帮助其他国家的人理解。

可以这么理解么？

几天前在微博上与人讨论小说时，有人说道："这是个不用写小说的时代，因为时代本身比小说更戏剧。小说落后于现实。"

我回复道："现实主义小说肯定要落后于现实。但小说是什么？一是自我观照之镜；二是镜中虚影。影中又有自我之眸。眸中又见虚影。重重虚影，成其无尽复无尽也。又或者说，小说一直在死去，因为所有的过去（人的形象）只有暴露在美杜莎的目光下，才具有被雕塑的可能，以及必要。而要窥见这个痛苦漫长的石化过程，就要借助帕修斯手中记忆之盾的反光。而所谓戏剧性根本不是小说的追求，它是小说的壳，与我们在这张壳上看见'矛盾的冲突，命运的互相影响'等花纹时的审美体验。任何一个时代都是写小说的时代，也都不是写小说的时代。看你如何理解小说，理解你的生命。世界创造了我，我以我的方式回报。"

我说的，是对的么？

或许是吧，但至少还不够完整。还有哪个时代比当下这个"错综复杂的、充满不确定性的、技术在不断地解放人"的时代更像一块孕育伟大作品的土壤？也许中国真正的文学大师已经出现，但我们还没有机会阅读他。我们不能拥有上帝的视野。时间虽然并不靠谱，但也只有它，才可能把他献给我们的子孙。

屋外的颜色稀薄明亮，北京的秋天异常迷人。一种寂静感抹在窗户、树的枝丫与褐色的建筑上。抬眼望出去，天空是一匹驮着鎏金铜裹木质马鞍的白马，走得不缓不疾。我在这里，想我什么时候能跃至马背上，想我为什么要在这里写着这样的句子：

"我在这里/依照你想象的样子/依照我本来的样子/依照真理、秩序、不可抗拒的命运。"

这个句子表达了什么？是激情，是书写与想象，而不是"我"已握真理之珠。

"世界就像一部影片：正在放映的影片是现在，已放映过的构成过去，尚未放映的构成未来。"是这样吗？我讨厌这种感觉。如果说宇宙是混沌的，那么究竟是什么一种力量使其有自混沌中产生秩序的强烈愿望，并且最终让秩序得以彰显？这是悖论，一个二律背反。

"真理，秩序，不可抗拒的命运"违背宇宙的混沌性，最终又凝聚成人的形象，使人成为上帝之子。这又意味着什么？是否可以说：宇宙是因为人的注视而存在，而作为对"真理、秩序、不可抗拒的命运"书写与想象的文学，就是人注视宇宙最深情的目光？是否正因为这个缘故，一些人类学家说：文学通巫，是"人神沟通"？

人的大脑不可避免地被种种偏见所充斥，就像"那个倒满水的杯子"。把杯子倒空是不可能的事，顶多在倒的时候，眩晕感可能会带来刹那菩提。偏见的失去，"我"即随风而逝。

在我看来，理论，种种理论，轻的、重的、蝴蝶一样的、螳螂一样的，都是对世界的解释。它们互相继承，互相攻讦，也不可能不攻讦。但，一般来说，好一点的理论，更适合人类变好愿望的理论，应该是那些不仅自身站得住还能够解释其他理论，让那些彼此矛盾且互为悖论的看法，在一个轴上保持平衡的。它是复杂的，并不轻率地做出判断，且有足够的深度与宽度来解释不断变化且日趋复杂的现实。它应该是一张元素周期表，而非简单粗暴地认为世界是银子的，或者说世界是铜的。希望有人能够找到它，找到各种在人类史上发挥过重要影响的主要理论的"原子核"及"核外电子"，找出它们各自的内部结构以及它们之间相互联系的规律。或许，我们可凭借这张隐秘的图，窥见人类的未来，也不为当下所惑。

而这张隐秘的元素周期表即是我所理解的"开放社会"的构架基础。

四

20世纪初，相对论、量子论的提出改变我们对世界的惯常看法。新物理学得以萌芽，并迅速成长，以一种令人眼花缭乱的速度，引起公众瞩目，它不仅激动人心，其原理与方法也已深入至科学、能源、医学、农业、工业生产以及日常生活的各个领域。其过程堪称狂风骤雨。短短百年，人类凭借新技术所创造的财富，比过去几千年所创造的还要多。美国的诺贝尔奖获得者杰克·斯坦博格估计，可能在当代经济中，三分之一的国民收入都以某种方式来自于以量子力学为基础的高科技。再简单地讲，若没有量子力学，我们现在所使用的手机、电脑、激光、核能发电……这些都不可能出现。

基于这方面的思索，我在《量子文学观》里说：当下的文学实际上只有一个批评体系，即与宏观的经典物理所对应的现实主义。现代主义与后现代主义的作品是被硬塞入这个框架内的。量子文学理论可以很好地解决这个问题。它解释了先锋，把现代主义与后现代主义在量子层面上统一起来，与宏观的经典物理下的现实主义体系相对应；其次，它解释了严肃写作者的内在驱动力；三是，它提供了评论的新思维，可以澄清文学、艺术领域中许多混乱的现象；四是，它可以给具体写作提供一些启示。在文章的末尾，我把《上帝与新物理学》中的一小段话，做了几个关键词的替换，说："我深信，只有从各个方面全方位地了解世界，从宏观的经典物理和微观的量子物理角度，从数学和诗的角度，通过各种力、场、粒子，通过善[①]与恶，等等。我们才能最终了解文学，了解我们自己，了解我们的家——宇宙背后的意义。"

这样就够了么？不够的。还要有光。

"起初神创造天地。地空虚混沌，渊面黑暗。神的灵运行在水面上。神说，要有光，就有了光。"从某种意义上说，地球上成百上千亿人，无不攀于一座巴别塔上。大部分人终生不得塔门而入；一部分人上得了一二层，眺见江河入海，大漠孤烟，知道万物的名实；又有少数，登上层楼，登上层楼，至五六层，眼见了万物一小撮的因果……而塔之高，实难言状，非辞藻可以形容，人之目光可以穷尽，于茫然恍惚间，自然便会问自己怎么办？两条路：要么世上无难事，只要肯攀登；要么去找这塔的设计者，就像《黑客帝国》中的尼奥来到设计师面前。当尼奥打开门的一刹那，光出现了。

我无法再解释光是什么。对不可说者，当保持沉默。卡尔维诺在《千年文学录》里说："宇宙分解为一团热，必定化为熵的涡动，但是在这个不可逆转的过程中有可能出现某些有序的区域，即存在的一些部分，这些部分倾向成为某种形式；即某些特殊的点。我们在其中似乎可以见到某种图案或者图景。一篇文学作品就是这种最小部分之一。"

我想，在人间世，也确实应该有那么一小撮人，能够清晰地看到这个"最小部分之一"。我一再说，人有两个过程，前一个是认识自我，后

[①] 八思巴，大宝法王，蒙古帝国的国师，有句名言："善，不一定能给你带来好处，它本身就是好处。"这话说得相当精彩，善即你给自己发的福利。但在国师的劝勉下，为什么会有成吉思汗，而这位蒙古大汗认为"人生最快乐的事，莫过于砍下敌人的头颅，抢夺他们的牛羊，和他们的妻子女儿睡觉"？世界如此吊诡，堪比恐怖小说。其实也没么复杂，当国师开口吐出那句名言时，他面前是五体投地匍匐的信徒。

一个是摆脱自我。认识自我，是从骆驼到狮子；摆脱自我，是从狮子到婴儿。所谓婴儿，尼采说："天真与遗忘，一个新的开始……"我更愿意用水来比喻。水至善，在于它知晓万物本性，懂得把所有的障碍变成自己的一部分。这种人无意赢取俗世名声、地位，无意邀宠于政治或者资本，在解决基本需要后，他们更愿意把自己看作是宇宙诞生的奇迹（最小部分之一），而不仅仅是一个生老病死的生命机体，从而不断去探索有关于人的种种可能，让我们彼此联系，让生者与死者互相凝望。

这样说，有高空蹈虚之嫌。尽量往实处落。

几天前，我在一个小说研讨会上发言，讲了二句话。

第一句话：文学是我们与世界相互生成的方式。什么是相互生成？它给你，你再给它。世界是什么样的很重要。更重要的是，我们能通过文学理解它为什么是这样的，还可能是什么样的。我们都知道，所谓过去只是被实现的无数可能中的一种。这就好像往左往右都是万丈悬崖，可人类，就像一个有史以来最伟大的踩钢丝者，尽管被蒙住双眼、手上并无平衡木，但还是走到今天，居然还能小跑起来……这也未免太不可思议了。要尝试去弄明白是一只什么样的不可思议性的大手托住万物万象。不要把过去的经验奉为不可置疑的圭臬。

我们要继承传统，更要警惕之。在文学领域，当下中国的传统话语权实在太强大了，比紧捂在人们嘴上的巴掌还要强大。传统虽好，已然匮乏，它是不够的。我们要拥有世界文学的高度，就得摆脱乡土中国的经验——从故事模式到叙事技巧。要真正地为文学做点什么。

比如我们都说小说需要现代性。如何实现？注入更多的结构、语言的当下性与陌生感、对世界的概括力与洞察力，要打破小说是叙事之艺术的范畴，使文本不仅止步于描述，开始自我的分析与论述，同时能够把种族冲突、科技增长、海量信息高速流动、微博、手机阅读等层出不穷的新现象纳入其中，小说才能向死而生，与世界紧密联系。

什么是现代性？在艺术领域，简单说，即对人的解放，使人回到个体，让具体的国家、民族、肤色乃至于性别，成为思考[①]的原点，而非束缚。个体的人在全球视野下与世界的互相祝福。现代性承认无知，它先假定一切知识皆为可修正的理论，把结构打开，朝向星空，朝向我们的心灵。权威瓦解了。任何领域都要得到切割与阐释，这意味着巨大的风险、更多的可能，随时可能出现的惊喜。它具有启示性，通向未来。

从这个意义上说，我们现在太需要一场新的文学运动，不是说要搞激烈的断裂，而是说要能够把当下一些年轻人的作品经典化，给予足够的阐释与传播，一点一滴建立起新的汉语文学传统。只有这样，那微暗的火才不至于在清冷的陋室中熄灭。文学本身才能得到更丰富的斑斓图景。

第二句话：文学将不可避免地被重新定义。从 200 年前近代科学出现开始，人类社会正在发生根本性的改变，从一个古典的可持续的封闭社会转型为一个现代性的不可再生的开放社会。谁来定义，怎么定义？黄昏不再是"夕阳无限好，只是近黄昏"，而是几百万辆车子下班途中的烦躁与汽笛长鸣。我们要想一想这个变化。只有这样，我们才能说，我们是在书写这个时代，否则以一个封闭社会里的经验来处理一个开放社会里不断涌现的新事物，所能收获的恐怕只有虚假的繁荣。

我们的思想，我们的艺术表现手段，已经远远落后于现实。所谓神奇的中国每天都有奇迹。奇迹，不同寻常的事，小概率事件。现在每天

[①] 人一旦尝试思考，大脑原有的世界便开始崩塌，犹如飓风袭来，房舍田野皆尽毁坏。此间种种荒谬及陌生感，足以让勇者胆战，智者心惊。在废墟上构建宫殿，就算是由圣人大贤们来干，也是极胆战心惊的事。作为凡夫俗子的普通人，为什么要进行这种自取其辱的思辨呢？对人之意义的追寻，注定是极少数人的事。

都在让人啼笑皆非地发生,这又意味着什么?我并不是说要文以载道。道,是可疑的,至少它是被糟蹋了的。我讲的是世界的复杂性与人的局限性。世界趋于复杂。这个复杂性,在一个古老巨大滞重的文明中,在这个犹如天体一样转动的中国,又有什么样的呈现?又为什么会有这些斑斓图景?而人的局限性(并非是性善性恶等道德判断),在面对这种复杂性时又会有什么样的化学反应?作为文学工作者又应该采取一种什么样的姿态去言说、去在混沌之物上打出一个洞?

我不是反对"一个民族一个国家在时间长河中的毫无意义",但只有在那片荒涯中搭建出城堡与宫殿,我们才能理解传统,构建未来。大师们的著作很好,但是不够。凡人皆有他自己的价值。我们要学会阅读经典,但不要被经典所豢养,更不要被所谓的世俗成功、文学地位所奴役。我们要反躬自省,不要拿"我觉得生命就是一场歪打正着"这种话搪塞自己,自己真的配得上"作家"这个词么?

过去几年,面对世界,我一直以为自己拔出的是刀子,最近才慢慢想明白,我拔出的其实只是筷子,还是非常贪婪的那种。我一再说,只有克服内心的傲慢与偏见,我们才能真正知晓谦卑,懂得深情,知道"我"是无足轻重的。什么是深情?看得见别人的好,更要懂得别人为什么不好。

第三句话:我们是自然之子,更是社会之子。为什么说一个"更"字?因为人类文明史,就是一个对严酷自然逃避的仓皇史。前者是我们的来处,后者形成我们的脸庞。我们要能有智慧去认识自己的脸,也要有勇气去摆脱这张脸,要能跟着社会这个不断进化的有机体自我教育、自我完善。自我是贫瘠的。人整日喋喋不休的"我",那个所谓要服从的"内心的声音"不是从天上掉下来的,不是从娘胎里带来的。"我"是逐渐形成的过程,是光阴累积的结果,是山川平原、历史与当下、人与人之间的奥秘以及那些不可言说的存在……所有的力共同作用的结果，是动态的，就像无数条涓涓细流形成的大江大河。江河东流，不舍昼夜。

在当下，只要我们想，就能很轻松随意地获得知识，乃至于把图书馆装进口袋随时备查。但那种真正可以让血肉震颤的体验，反而越来越难以获得。尤其是所谓的精英。他们自觉与不自觉地被种种知识符号化、抽象化。作为活生生的人，他们好像早已告别日常生活。这话是什么意思呢？我们要有勇气告别精英们的生存模式，到日常生活的最深处，用一种独与天地往来的气魄，去低下头看；同时也能登高望远，去理解万物的伟大以及其必定有的局限。

前些日子读书，看到一段话，摘录于此：

> 加拿大的玛格丽特·艾特伍德列出一份清单，说明自己为何要写作："为了替死者发言。为了赞扬繁复无比的生命。为了赞颂宇宙。为了带来希望和救赎的可能。"够神圣的。幸好，她还说，"为了赚钱，让我的小孩有鞋穿。为了赚钱，让我能看不起那些曾经看不起我的人。为了给那些混蛋好看。"

当我谈论作家时，我在说什么？我是在说那些与灵魂打交道的人，所有的人，哪怕是一个醉醺醺的，突然在街头望见明月，不知今夕是何夕的人。人都有他的魂灵，犹如树。他这一生所阅读的种种，是水与肥料。树渐渐有了它自己的名字，有了果实，在盛夏，在临终一眼。凡人皆有一死。在生与死之间的缝隙里，看见世界有灵且美。

曾几何时，一批来自社会底层的相当数量的青年人，通过单纯的文本书写改变了自身命运，成为著名作家，进入严肃文学殿堂。而在今天，这种故事就是神话。郭敬明的钱赚得再多，就是一个精明的商人罢了；

韩寒在经历过代笔风波后越来越像一个娱乐明星……这是什么原因呢？首先是因为 20 世纪 80 年代以来文学的繁荣尤其是刊物的普遍繁荣为全民阅读提供机会，再加上"摸着石头过河"带来的思想解放，使"朝为田舍郎，暮登天子堂；将相本无种，男儿当自强"成为可能。但从 90 年代初起，随着经济改革的迅猛推进，人人都要成为政治人与经济人。文学急速边缘化，文学的蛋糕越来越小。话语的把持者必然抵触有可能动摇其地位的文学潮流，也必然会通过"写二代"等方式对日渐匮乏的资源进行分配。即，一个人的出身对他的整个人生的影响越来越大。

还能再说点什么？词语在屏幕上滑动，它们试图敲碎这个平面，如同石头，渴望敲碎水。

我是金属的囚笼/我是囚笼中咆哮的虎。

黑黝黝的老虎/磨牙/伸爪，绝望地叫。

它什么时候能吃掉自己的心脏？吃掉自己充满沙漠的心脏。用自己巨大的舌头？

五

我们谈论文学，谈论的其实是对世界的看法。矛盾难以调和。人都有自己的名字，需要隐匿于看法之后的价值观，支撑起作为"人"的一撇一捺。但人这种僭妄的存在，总是把看法视作事实本身，认为对方的言论是对事实的冒犯，几千年来因为意识形态流了太多血，所以在当下这个逐渐成形的开放社会里，我们需要不断提醒自己："这是一个苹果"与"这是一个好吃的苹果"是两回事——对另一些人来说，苹果就是禁忌。而他们的存在即是事实。

小说是什么？它有什么样的传统，是否已经耗尽自己，沦为"被遗忘之物"？我们现在谈论小说，当抵制激情的诱惑（人，基本上是激情的囚徒），摆脱傲慢的偏见与陈腐的经验陷阱，于万丈高空中审视这条苍茫的文字之河。我无意用解剖刀来对付一只青蛙，再用不可置疑的口吻宣称：青蛙是一种雌雄异体、颈部不明显、无肋骨的两栖类生物。它还是"稻花香里说丰年，听取蛙声一片"……

曾几何时，我在微博上写了一段话，引起一场轩然大波：

> 小说要摆脱陈词滥调，这是我们今天仍然还要写小说的理由。小说首先是从语言开始，而非故事；其次是结构。换句话说，从艺术的角度出发，叙事只是完成语言与结构的过程。亲爱的朋友，当你这样做的时候，这个世界的故事性会呈现出别样的肌理，就像一副几乎包含了所有的塔罗牌在掌下缓缓摊开。

怎样理解这段话？

首先，要知道小说与故事有何区别。比如小说呈现细节，细节是缓慢的，是静止的，甚至是比静止还要缓慢。它们像蝴蝶一样在阳光中飞起，你很难判断这只蝴蝶要飞向哪里，那只蝴蝶又将歇于何处。小说的速度感来自对蝴蝶的捕捉，捕捉这只，而非那一只，再按照某种不言而喻的秩序夹入标本盒。小说里的细节必定来自人们所熟悉的现实生活（哪怕是月球上一块鸟形的阴影），但因为小说"潜入梦境"的逻辑，使这种真实犹如镜面，同时包含了"一面涂有水银的玻璃""照理仪容之器物""无尽复无尽的镜中虚影"。每个小说文本都有着它不可复制的邮局和马路。这是徐小南的台球杆，那是艾丽丝的玫瑰。物，因为小说的命名与阐释，有了别样的意味，成为另外的事物，而故事里的邮局与马路与现实一致。

又比如故事追逐情节，情节是流动的，甚至是悬崖上跌下来的水，它是时间的结果，是一个个或大或小的悬念、圈套。许多"经典小说"是故事，并非真正的小说，如欧·亨利的一些短篇。人们常把情节的流动误以为是小说的速度。故事对细节没耐心，基本就是事件与戏剧性的堆积。

再比如小说是书面语言，追求陌生化效果以及美。故事是日常语言，着眼于因果关系、情感的传递与经验的分享；小说结构回环往复，是覆盖森林的交响乐，追求尽可能的复杂，所谓人心深如大海。故事一般呈线性，顺时间的河床蜿蜒，不大关心空间，要求简洁清晰；小说给人心里装东西，不动声色地提供价值观与方法论，禁得起最苛刻的读者不断重读。故事从人心里拿东西，消耗人的情感，只堪读一次或数次……如此等等，几乎可以无穷尽地说下去，但这些并非根本。

根本是：故事是热闹的市井生活，声音的广场，是形而下，属于大多数人；小说是孤独的天堂沉思，一个人的殿堂，是形而上。

言说故事的权力已转移至电视新闻、报刊网络。

小说只有摆脱说书人的脸庞，成为真正意义上的现代艺术中的一种，才能向死而生。当下的读者仍然需要故事，是因为它承载着最基本的人物关系，是日常消费品，犹如大米与面条——能管饱，但不能说人的生活有大米与面条就够了。而故事的"有头有尾"的完整性也是对现代性中的"碎片化生存"的抵抗。故事是有价值的，但它始终是在追求一个更大的公约数，更多的读者，更广泛的情感共鸣；不可避免沦为陈词滥调的命运，无法提供真正的原创性。

其次，语言不是所谓的堆积辞藻。它是对世界的言说方式，就像白话文运动，所承载的是思想，是情怀，是另一种思维方式、另一种对世界的观察角度。要理解世界的意志及其表象，语言是渡江之筏。我们有必要探索一种优雅的书面汉语。

从语言开始，并不是说就止于语言。

人类社会已经发生根本性的不可逆的改变。农耕社会里的朝三暮四是一回事，今天是两回事，早给的一颗核桃能产生利息等收益。传统的小说核心（故事或者情节，乃至于人物）已经不够。开放社会需要开放的文本，不仅是形式上的超文本链接等创作技巧，更主要的是整个创作观念的更新。比如另一种时空观。

当然，小说中一定会有叙事。但叙事不再是核心。叙事是完成语言与结构的过程，这句话意思是说：我们吃饭，每天都吃，但不能说活着就是为了吃饭。

我一直渴望能多见到一些这样的当代小说——若有必要，可以用10倍的篇幅阐释它，不仅是评论与解析（如《微暗之火》），还有对叙事过程所拥有的种种维度（可能性）的呈现。这些维度是留给读者的作业题。读者需要的不仅是情感的准备，反复咀嚼的耐心，还要有足够的智性，能完成这个"只属于他"的文本。又或者说，这种小说是一道开放性的多元N次方程，因与果，被关键词包裹着，犹如橄榄核。愿意在静默中耗点心神去寻找橄榄核，并把它们放在嘴里咀嚼的人是有福的。他们将品尝到那种智力与情感上的双重愉悦——这肯定比纯粹的感官刺激更彻底，或许是1001倍。

"一本书，由无穷的点、无数的线与无限的面所构成。它不是沙之书（这是一个过于炫耀的智力游戏）；其内在结构也不是'不可能的楼梯'（我讨厌这种利用人固有缺陷进行的视觉欺骗）。我在梦里看过几页。我知道：它确实存在着，比现实更广袤，比所有人的光阴加在一起还要漫长。"

我相信许多优秀的小说家手中已勾勒出这样几页文本。

我只是希望这样的文本能更多一点。虽然"希望"这个词最是蛊惑人心,犹如半夜讲着甜言蜜语,四处捕食灵魂的鬼。

人是时间的尺度(空间是时间的另一种延续)。通常情况下,人喜欢的是表盘上通俗易懂的指针,不是表壳内部那几个互相啮合的动力金属齿轮。虽然后者是其根本所在,且蕴藏着一种让人心惊肉跳的美——犹如一种来自异域的会呼吸的陌生事物。只有理解了这点,我们才会渐渐发现许多曾让自己心醉神迷的思想与句子,为什么会在光阴的河流里逐渐失去耀眼的光芒。

2012年,我曾参加海南省作协举办的海南奥林匹克花园长篇小说大奖赛的初评工作,就马原先生的新作《牛鬼蛇神》拟了一个评委意见:

> 世界置身变化中,所谓"易"。苹果从夏娃手里交到牛顿,再交到乔布斯,"什么是真实"及人的概念被进化着的人类社会不断阐释。在这个不可逆的现代性的浪潮中,小说所要处理的时间与空间发生了根本性的改变。所以我一再说"传统虽好,已然匮乏"。
>
> 《牛鬼蛇神》在众多参赛作品中显示出与众不同的文学品质,它摆脱日常经验与戏剧性的诱惑,像鱼跃出现实这条河流——尽管重力不可避免,但在那奇妙的一刻,它已睹见河流的方向、两岸风景以及河流在这片土地上为什么会以这样一种方式流淌的秘密。这是对文学本质的一次微妙把握,让人的目光下意识地为那些神秘的颤动而停留,就如同注视着蝴蝶翅翼。
>
> 文本整体结构是一个精气神饱满的原子,在海南的李德胜是原子核,不动;那个"集诗意与困惑于一身"在西藏、上海等地漂泊的叙述者大元,是绕着原子核做运动的电子。观察两者偶有交叉的运行轨迹,让人愉悦,也让时间与空间呈现出区别于传统叙事的斑

斓色彩。又或者说，大元是波，李德胜是粒子，他们共同完成了人的"波粒二象性"。

小说的外在形式颇具有建筑奇观之意，也有遗憾，即：作者在各章节最后那一截关于常识、经验、真理等议论。不是说这样写不好，而是说，他可以说得更高明一点，比如让这些关键词从前面的叙事中生长出来；又比如部分章节的重量并不是按照黄金分割线、圆周率或数学及物理上的定理公式进行设置，看上去就是一个孩子的随心所欲。这不能轻率地拿"怀素的字好是因为破坏了平衡和固有的结构"之类的句子搪塞；再比如这种议论的质地可以更细密坚实——肥皂泡是迷人的，但经不起逻辑的伸指一戳。在直觉与事实（存在）之间直接画等号，哲学家们会哭的。

小说的命运将不可避免地转向：诗、哲学、人物的脸庞以及最重要的用虚构之力对"现代性的阐述"。现代性永不停止，一切有赖于人的开始。必须说，我这是以"伟大的小说"来作为它的参照物。若把标准放低那么一点，它已带给我足够的惊喜，是一部"让小说成为艺术"的作品。

我在这里要着重强调的是什么呢？

即"时空观念的改变"——时空变了，人的本质也随之改变。这不仅是小说这种文体在艺术上提出的新要求，也是当代前沿科学家不断给予人类的馈赠。也就是我曾提到过的"时空涌现"。这是多么奇妙动人的一刻啊。既是这一刻，亦是那一刻，若双掌间缓慢拉开的虚线。嗅觉、视觉、听觉、触觉，以及那神秘的不可言说的直觉……它们自虚线中闪现，化为氤氲之物，包裹着你我，像桌子裹着木头。

一见不再见，微尘纳虚空。看看廓庵禅师讲《十牛图》。

第一，寻牛。仓皇起恋，婉转成雠。把"追名、逐利、渔色"此六字拍遍了，起身去寻找灵魂，芒鞋褐衣，力尽神疲，偶也闻得枫树晚蝉。过去，人活一辈子结识的他者屈指可数。现在，我们每天都在与无数人发生关系，尤其是在互联网出现后，人的一辈子就像是在一辆晚间行驶的列车上，浮光掠影扑面而来，人物事件，无不来去匆匆。这个寻牛一念，便是开悟之时。

第二，见迹。人活着，一定要解决两个问题。一个是价值观，另一个是方法论。"观见什么"这很重要，这最终决定了你的光芒；"怎么观"，这在当下更为重要，你若在狭隘中，再怎么观，也是坐井观天。如何摆脱狭隘？从否定自己开始——你并不是对的，因为你不是上帝。如是，便可于那个六角形状的图书馆中聆听到万千声音，手指上是灰尘，眼睛里是布满星辰的夜穹。文本有眼、耳、鼻、舌、身、意，有色、香、味、形、触、法。

第三，见牛。闻物之音，察物之形，睹物之色，求得日常经验里的真。这是一个肉眼所可知觉的低速宏观世界，由牛顿力学支配。树是树的名字，石头是石头的名字。

第四，得牛。有了第一个答案，是否定的过程。山河并大地，全露法王身。万物全非他物。那石头不再仅仅只是石头，它还是"蓝田日暖玉生烟"里的蓝田。所谓"此情可待成追忆，只是当时已惘然"。

第五，牧牛。理须顿悟，事须渐修。否定之后，还要否定。为什么这样说？大部分人靠经验理解世界。这种思维方式在古典农耕社会，以机械复制为特征的工业社会，能有效降低风险。但在当下这种随机性越来越大的社会结构中，经验常导致无知，而经验因为其可共享性，所能产生的财富及其他收益（如权力）必定有限。如是反复，灵魂渐渐自血肉里掘出。那最美妙的灵魂定经过千刀万刀，所谓世俗生活伤痕累累者。

辑一　所望

第六，骑牛归家。种种存在都是无碍，在日常生活中抬起头，以百折不挠之意志，怀庙堂之忧，念天地之远，更能向宇宙提出自己的请求。日常生活、庙堂、天地、宇宙，这是四个阶梯。一步步踏上去，万物不可夺其心志一毫。

第七，忘牛存人。肉体自行消失，灵魂蜕壳而出。我的梦，是你的现实生活；你的梦，是我的现实生活。你我就这样互相梦见，在世界这个巨大的圆形废墟里。

第八，人牛俱忘。月高云层，光芒万丈，不再迷执。或者说，我是风暴。我是风暴产生的各种条件。我被风暴撕碎。被撕碎的风暴从天而降。这里是一个奇异的量子世界。宇宙极大，粒子极小。我是时间的囚徒，亦是那无尽虚空里的悖论。

第九，返本还源。此处，文字丑得、盲得、痴得、聋得，也美得、稚得、拙得、轻得。看见水在"水面"，看见过"水被水流裹挟"这个简单而又令人震惊且着迷的事实。细小的雨点（词语）犹如蒲公英降落。这是五月的轻轻喘息。

第十，入廛垂手。提瓢入市，策杖还家。酒屋鱼肆中，为世人"示现"。小说不为道德①，不为劝惩，不为伦理，不为教化，甚至不是为了提出问题。它只是"示现"。

"示现"什么？所有的，道德的，以及超越道德的；善与恶以及在善与恶之间的。总之，你所理解的所有，比如此刻与世界。

一个有抱负的小说家除脑子里有一个极广大庞杂的世界，务必还要

---

① 经常看到人们谈论"道德制高点"。好像大伙儿都心照不宣认可世上有这么一处神奇。大家都在仰望它，就仿佛在仰望星空，又说不出一个所以然。我就好奇了，它到底具有什么样的地形面貌？又或者说，既然有此高处，理当人人朝它奋勇攀登，为何还挤在凹处，挤成蛆？后来慢慢想通了，因为当下最缺的，就是德。缺什么就渴望补什么吧。

精通某门学科,不要沉溺于当下大多数小说所津津乐道的叙事圈套。路漫漫其修远兮,这"寻""见""得""牧""骑""忘""存""返"……需要千锤万凿,我们腔子里的那颗心才能百炼钢化为绕指柔。

锤与凿不仅是精神上的比喻,也是具体的,如自然科学中的几何、化学、物理学;社会科学中的法学、社会学、政治学、经济学等以及以人的情感、心态、理想、信仰、文化、价值等作为研究对象的人文学科。

人文学科与社会科学是两个完全不同的概念,它们与小说的关系不必多言。

自然科学又如何与小说互相指认?以物理为例。它研究的是宇宙的基本组成要素:物质、能量、空间、时间及它们的相互作用。从某种意义上说,小说所呈现的同样是这些关键词。比如,人是物的一部分。传统小说观以为小说是写人性的,也只能抒写人性。这种人本主义的观念基本等同于"地球中心说",故 20 世纪 60 年代法国新小说运动横空出世,提出小说要"及物",罗伯-格里耶干脆声称:物独立于人外,对物作纯客观的、详尽无遗的描写才是小说家的使命。

物理与小说的联系不仅于此,它还可以用专门的知识填实文本细节——让蝴蝶成为蝴蝶、罪犯成为罪犯。这话又是什么意思呢?我们的生活,看上去是科学的——手机、电脑、MP3;而贯穿于人与人之间关系的,基本上是圣人大哲几千年前便已喻示的经验、智慧,"所有的未来都包含在过去之中,是对过去的一种意味深长的阐释",但更有必要强调的是:要真正理解这种阐释,必须使用当下的语境以及各种技术物。你要懂得一台苹果手机究竟意味着什么,以及有些年轻人为什么为了获得它不惜去卖肾。

物理还可用它所总结出来的公理定律指导小说的文本结构,隐喻人物内心,测量人与人的关系。最重要的是:最前沿的物理学研究所提供的各种前瞻性理论，为未来千年文学指引方向。物理学大师劳厄说过一番话："物理学从来不具有一种对一切时代都是完美的、完满的形式；而且它也不可能具有完美的、完满的形式，因为它的内容的有限性总是和观察量的无限丰富的多样性相对立的。"文学同样如此。若用一个物理名词来描述宇宙（小说）对复杂性的渴望，即是熵。

熵是混乱和无序的度量。宇宙是熵增的。

从宇宙的宏观角度说，人是反熵，是一种让诸多星辰为之震动的秩序。这种秩序的诞生，以更多的熵增为代价，如温室效应、生态恶化等。人类的进步必然导致世界陷于不可挽回的毁坏中，但不能说人就是要被诅咒的宇宙瘟疫。瘟疫也是宇宙的渴望，这是它解放自我的方式，如同战争这种恶对人类的解放——它推动文明（尽管从情感上我们很难接受这点）。比如，冷战缔造互联网。对于人类历史来说，恶更有积极的力量。因为它的残酷性，很容易导致人类社会的整体崩溃，所以需要道德来消除这种戾气，以为齿轮间的润滑。熵增的尽头是万物均匀一致。现实中的你我所渴望的"人人平等"，或许就是那个尚未来临的热寂宇宙在人的基因层面最隐秘的烙印。

再通俗一点讲，大家平时发短信，"愿你心想事成"，心里多半把类似的句子当成祝福的文学表达。但在搞量子研究的科学家看来，这可能会成为事实。

物理等科学，解释现实；文学等学科，望向彼岸。两者互为梦境。但我们的文学呈现出与物理学极不相称的滞后性，尤其在中国，大家所津津乐道的，仍然还是传统物理学所提供的日常经验里的宇宙，不能理解真正的微观，更无法想象在这个肉眼所见的时空之外那众多的可能。坦率说，在自然科学、社会科学以及一些人文学科，我看到相当数量的人类杰出的大脑。但在小说领域，尤其是中国的小说家，我见到了太多自以为是的笨蛋与滥竽充数者，太多习惯于"把报纸上的新闻改头换面，然后就跷着脚等着名利敲门"的人。

中国当代文学到底在被谁解释，又应该被谁解释？

我在前文中试图界定通俗文学与严肃文学，并把严肃文学与所谓的纯（雅）文学做了一个比较。公众语境里讲了多年的纯文学其实是一个意识形态话语担任主审官的价值评判系统。而我所提倡的严肃文学其实源于个体心灵。严肃是态度，是方法，是个人求得理性与悲悯的必然途径。极端点讲，一个严肃文学作者的心里，是没有读者的，而只有"头顶的星空，与心中的道德律"。

用户至上，是商业法则，不是艺术的尺度。

还能说什么呢？上帝死了。这是一个深渊。深渊在外，也在人的体内。绝大多数小说家把小说视为谋生工具，满足于卖油翁的"手熟尔"，缺乏对神性自觉的追求，凭借日常生活的惯性重复着"太阳底下无新事"。这也是可以理解的。再怎样惊心动魄的生活在经典作家那里，基本说完了。对于写作个体来说，"有关于你的99％，对他人而言，都毫无意义。顶多也就是一块甜点或发了霉的甜点"。生活与其说是向着某个目标不断迈进的坚定过程，不如说是太多无聊日子与碎片意识的粗糙拼接，我们远比想象中活得单调。支撑我们坚持下去的未必是什么终极目标，更多的是一种习惯。偶有才情卓异者，于一片灰墙中挑出一枝红杏，却始终处于"我手写我心"的本能驱动下，无法从感官王国迈向理性王国（更毋论继续向前，领悟混沌之意），待积累耗尽，即泯然众矣。

认识自我是困难的；摆脱自我要比前者困难10000倍。

就像博尔赫斯在《神之文字》中所描述的那样：那个叫齐那坎的，被异族人打得遍体鳞伤囚禁在阴湿地穴里的祭司，在一头美洲豹毛皮的启发下，掌握了神的力量。他只要大声念出口诀就无所不能。但这个见过宇宙、见过宇宙鲜明意图的人，终于明白了"一个人的命运以及一个人的国家毫无意义"，所以他躺在暗地里，等待时间将他忘记，而不是念出口诀，让黑夜进入白天，让众神为他祈祷。

"一个人的命运以及一个人的国家毫无意义"，但要弄明白这点，就必须"被异族人打得遍体鳞伤囚禁在阴湿地穴"。这是宿命，是唯一的路。要有去展示"自己与他人多么不一样"的渴望，这几乎不可避免鼻青脸肿的命运，但世界或许因此有了高度。

亲爱的朋友啊，我们来到这个世上，是为了阅读万物，而不是期待被阅读——虽然这是一定的。所谓经典对于写作者个人来说，没那么重要。经典就是一个时间上的概念，一个类似于水泊梁山的座次排列，一个宋江与吴用密室策划的结果。"王杨卢骆当时体，轻薄为文哂未休。尔曹身与名俱灭，不废江河万古流。"要看明白这些事情。要想明白自己来到这世上走一遭到底是为了什么。或许只有这样，我们才能摆脱情节的诱惑，发现再匪夷所思的情节不过是一连串拙劣的谎言，并真正在内心深处开始纠结于世界的本质及人之价值这种看似"毫无意义"的话题——这是痛苦的，但这才是你。

你站在时间长河里。

时间命名着万物，勾勒出一个个时代，勾勒出你我曾拥有的，与正在开创着的。

每个时代都有其必然性，有着隐秘的联系。生活在黑暗的中世纪是不幸的。但没有这块黑色之土，亦难孕育出文艺复兴的奇葩。生活在集权国家的百姓是不幸的，这种不幸为地球上其他国家提供观照之镜，使其避免踏入同一块沼泽。少数人的不幸成就了多数人的幸。而从一个更宏观的角度来看，任何时代都是塔罗牌中的一张。这张是荒谬的，另一张是理性的；这一张是聪明的，另一张是愚蠢的……这些彼此矛盾的词语必须全部存在，这副纸牌才能够包含所有最基本的元素（元素是有限的），在重置中不断变化，暗示、隐喻、阐释，仅凭其摆放顺序就能繁衍无数恒河之沙，最终呈现出整个宇宙庄严的面貌。其中只有一小部分才能获得词语的命名，找到某种为我们所能目睹的形式与意义。

每个时代也都是偶然的。"丢失一个钉子，坏了一只蹄铁；坏了一只蹄铁，折了一匹战马；折了一匹战马，伤了一位骑士；伤了一位骑士，输了一场战斗；输了一场战斗，亡了一个帝国……"所谓混沌理论与拓扑效应等在人类社会的进化史上同样发挥着奇妙的作用，一件微小的事导致一个轰轰烈烈的大时代。这些是不能用"必然性"解释的。纸牌在桌上被不断重洗。但，不管上帝之手如何轻逸、迅速、确切，或说性格鲜明、花样繁复，他老人家也不知道他将摊开的牌面的大小与花色。

没有哪个时代没有它独一无二的特点与形式。

一个真正意义上的小说家同样如此。他既要懂得自己若蚍蜉，也要懂得世界在微尘里；要看得见时代的种种必然与偶然，更要能看得见在偶然与必然间游弋的那只"黑天鹅"，找到只属于自己的"唯一"。大衍之数五十，遁一而卦变。亲爱的朋友，我们终将一事无成。而你却是人世间的不可替代。要找到只属于你的小提琴、管风琴、短笛、小号、钢琴，完成那个波澜壮阔的书写过程，更要在内心的最幽暗处找到那个所有定律以及可预见性都失效的奇点，给出空间与时间的边界条件——然后，你说"要有光"，你的文本就有了光。你就是造物主。

没有人可以证明神的存在，但神始终存在。

六

中国的小说萌芽于先秦，发展于两汉魏晋南北朝，成熟于唐代，流行于宋金时期,至元末与明清时期,跃至高峰,到民国,由于梁启超等大力倡导"小说界革命",小说观焕然一新,由古代进入近代,再不是无足轻重的"街谈巷语""琐屑之言",而被奉为"国民之魂""正史之根""文学之最上乘",小说地位空前提高,其流派蔚为大观,可谓百舸争流,千舟竞发。这百舸千舟基本确定了今天类型小说的各门派。从包天笑、张恨水、张资平、李伯元、周瘦鹃、秦瘦鸥、郑证因、还珠楼主、穆时英等,到现在的穿越、言情、武侠、宫斗、玄幻、网游、职场等,这其中有一条隐秘的线,存在着一个"彼时因,此时果"。到了"要使文艺很好地成为整个革命机器的一个组成部分"时期,小说成为教育人民、打击敌人的武器,中国的小说观至此发生第二个重要转折,泥土上只长一种苗了。到20世纪80年代中后期,国门打开,西方小说观长驱直入,在一系列激烈的碰撞与交融中,小说观又一变,"虚构、修辞、叙事"等舶来词语勃然兴起,这一变不过十余年,随着中国的全球化进程,更重要的是互联网对人的全面覆盖,至今小说观就无圭臬、众声喧哗——我也是其中一个。若对它们进行梳理,大致可将其分为四种:期刊的小说观;出版机构(即市场)的小说观;学院的小说观;民间的小说观。

　　从期刊中拈出一个"名"字,名正则言顺。它占据着主流话语的地位,强调故事、贴近现实、要好看,能高度还原现实。读者通过阅读[①]文本,能汲取万千经验,掌握自身生存的法门,得到一点审美体验以及娱乐等。它所沿袭的大抵是民国世情、市民、黑幕、侦探、奇情、公案

[①] 书有横排与竖排两种。竖着读,自上至下,不断点头;横着读,从左往右,不断摇头。大多数文化不约而同地认为:点头表示肯定、顺从、敬畏;摇头表示否定、质疑、不恭敬。点头与摇头是人类两种基本的行为模式。有时想,横排与竖排,看似一个简单的版式问题,却可能一直在隐秘地影响着人类文明的进程。

等"俗"小说的套路。当然,"俗"会成为"雅";"雅"同样可能成为"媚雅"——另一层意义上的"俗"。其实所谓的四大名著也就是四种很"俗"的类型小说。《西游记》是神魔小说;《三国演义》是军事权谋小说;《水浒传》是侠义小说;《红楼梦》,鲁迅则称之为"清之人情小说"。

出版机构占一个"钱"字。出版机构当下基本是经济驱动,销量第一。"读者肯掏钱的"就是好的。文学性是次要的,是噱头。甚至不妨说,如果这种文学性不能刺激销售,那它是有害的,要从文本中剔除。但它与我们这个时代的联系最为紧密,艺术性上固然粗糙,犹如未开化的野蛮人,生命力旺盛——人类史上,野蛮人往往会战胜所谓的文明人。它可能远离了小说最初的本体。又因为这种远离,增加了小说的复杂性,拓展了其广度与深度。必须说,随着资本话语权的提高,阐释文学的权力将更多地转向出版机构,尤其是具有强大营销能力的民营公司,这相对于原来单一封闭的话语系统是好事。对写作者来说,最困难的时期过去了,但如何让烧灼灵魂的火面对资本的意志,是一个难题。

学院好一个"史"字,遵循的是"这本或者那本小说是否具有小说史上的意义"。由于评定职称等现实因素,他们不得不常在灰尘中摸索"过去",基本上落后于当代小说的实践。他们中的一部分也确实在关注当代汉语小说,但目光多半局限于书籍与期刊,更令人伤感的是,这种关注是"一把尺子量到底",缺乏让人激动的新思维、新方法。什么小说都用"人性"这个筐来装,真的很烦啊。在2013年岭南大学"五四现代文学讲座"上,汉学家顾彬将高行健、莫言二人做了比较。在我看来,顾彬没有能力阅读当代小说。当代小说与现代小说是两个话语体系下的产物。一个是资本体系,一个是权力体系;一个是当代物理定义的时空体系,一个是牛顿力学定义的时空体系。我们说"文学就是文学",并不是说文学具有一个固定不变的核,某些特别的只有一小撮人才能心领神会的形式；而是对激情的赞颂，对美的迷恋，对其神秘性的渴望以及自我的溢出等。权力体系下的文学生产，其实与资本体系下的文学生产，完全是两回事，也应该建立起两种不同的价值尺度。美及人的意义，固然需要传承与反复阐释，更需要一个对无尽未来的想象。

民间是一个"杂"字，犹如春天的田野，百草丛生。张大春写《小说稗类》。这个"稗"字有"小""别"之解，是贬义。但张大春说了一句很有意思的话："说小说如稗，我又满心景慕。因为它很野、很自由，在湿泥和粗砾上都能生长；人若吃了它不好消化，那是人自己的局限。"

我提出过一个"量子文学观"，这里就"小说的雅与俗"讲两点。

第一，量子力学里有个问题：电子是粒子还是波？答案是：要看你怎么观察它。波和粒子在同一时刻是互斥的，却在更高的层次上统一，作为电子的两面性被纳入一个整体概念中。这就是大名鼎鼎的"波粒二象性"。小说的俗与雅同样如此奇妙。"一部作品是好是坏，同样是取决于我们的观察方式，即阐释。作品其意义彰显的关键处是被阐释！被如何阐释！被谁阐释！一个文学作品是经典，同时也是一部垃圾。这是传统文学话语体系所无法想象的，但在量子文学的话语体系里却可以成为常识。相对于目前全球的严肃写作者来说，前者过于狭隘。"

第二，测不准原理与薛定谔的猫。我们阅读某个文本，也就改变着这个文本。作品经典地位的获得很大程度上取决于它是否能够能满足未来社会的阐释需要。"文学作品不存在一个绝对永恒不变的评论。新的时代一旦来临，新的视野、新的评价体系一旦产生，人们就会对作品重新解读、诠释、修饰、判断。"

很久以前，我曾说过一段话——

瞎子阿炳蜷曲在无锡街头拉二胡时，是俗的；走进北京的音乐殿堂后，就是雅的，曲子也改叫《二泉映月》。《水浒传》当初是宋人话本，在说书人的惊堂木下一串串拍出时，是俗的；成了"四大名著"之一，就是雅的……这种例子可以无穷无尽地举下去。又比如小说，现在的"小说"是雅的，是文学。但曾几何时，"小说家"也就是下九流，是"误人子弟"的罪孽，是"诲淫诲盗"的杂碎，要受唾骂受天谴。明人田汝成在《西湖游览志余》中说：罗贯中因为编《水浒传》，"其子孙三代皆哑"。清人铁珊在《增订太上感应篇图说》中说：王实甫作《西厢》，至"北雁南飞"句，忽扑地，嚼舌而死；金圣叹评而刻之，身陷大辟，且绝嗣。

我喜欢《金瓶梅》，前不久重读一次，口角生津。记得小时候是拿它当性启蒙本看，专拣里面的黄色句子咀嚼。现在再看，倒还真觉得《红楼梦》在《金瓶梅》面前是小儿女状。那么，《金瓶梅》为什么不是四大名著之一？甚至被《水浒》《三国演义》《西游记》这些脱胎于话本的小说挤下去？原因大抵就是它"诲淫"。这样的事一向是做得说不得。官府禁，民间禁，这么多"禁"下来，人们也只好在黑灯瞎火中谈论它。它阅尽世情，所以注定孤单。谁让它把"梦"也埋葬掉了呢？这是它的命。

这些话可能道出了某种真实，但现在我还得说两个字：不够。首先，雅与俗最早即是权力对话语的分配。《论语正义》曰："王都之音最正，故以雅名；列国之音不尽正，故以风名……"其次，现代社会，一件作品之所以能够从街头的俗走向殿堂成为雅，很重要的一点即：观念。

观念必须在场。

把一个小便池搬到博物馆是容易的，要说服天下人认定它是《泉》，是艺术，就极其困难，艺术工作者要以令人信服的理由阐释这一切。甚至不妨说，艺术就在两件看上去一模一样的小便池之间——那道区别日常与艺术的鸿沟里。

这个鸿沟就要靠观念来书写。

"观自在菩萨,照见五蕴皆空。"

这个世界说到底就是一个"观"字,就是一个价值观的斗争。

思想与观念有什么区别?思想可以是一个人面壁十年的大脑体操,是一个人类之子心智所可以独自抵达的深渊或异域。观念呢,是思想的社会化,要有人践行,要有人反对,总之,它要深入人心。思想无所谓正义与邪恶。观念必定受到伦理道德风俗人情的约束,某种意义上,观念,即对善与恶的判断。

"观"是一个不断掘进其纵深,拓展其左右的过程。若粗暴地界定其概念,急于给出一个类似"上帝"的不可置疑的表述,不仅鲁莽,也容易陷入"致命的自负"。时间之河漫漫而下,词语被不断淘洗,可能更丰富,也可能更贫乏——我们讲格言是拿人开涮的,这其实是因为我们有意无意忽略了它的前提性。

观念很难说对错。它可能深刻,但不一定对。"对",是个非常狭隘的观念,就像河流装不下海洋。它只是我在前文中所提及的那根"人类之轴"上的一个刻度。现实主义不是不对,而是不够。我们总爱以决绝的对与错来批判与自我批判,若能采取"不够"这样一种言说姿态,或许会更有助于我们理解自身的奥秘。要有观念,要有技术。前者是灵魂,后者是肉体。

那么,我的小说观究竟是什么呢?

第一,宇宙渴望复杂,这是它对自身唯一的要求,它不在意善恶好坏,不在意人所念念不忘的自由、平等,它使强的更强、使弱的更弱,使庸俗的彻底无可挽回,也使崇高的若流星划过壮丽夜穹……它使一切趋于极端与对抗,而非和谐,使当下比其他已经过去的任何一个时代都更为湍急,且布满暗礁,它不惮于尝试更多可能——为此,它不想避免更坏,在某些时候反而积极追求更坏。复杂性应该是文学(人类社会)

的最高追求。复杂性不是简单的 H_2O 的汇聚，它要有构成河流、湖泊与海洋的愿望。系统内充满大量元素（H_2O 是其中一种），且呈非线性的相互作用；是开放的，犹如被风吹动的千万树叶，每片树叶或许并不知道树与自身的名字，但它们却在这个下午构成了这株树所有的形象。又或者说，在一小撮人眼里，这株树最终的形象同样不能摆脱相似与乏味，但通往它的路径一定是迥异、妙趣横生的。

第二，世界是一个生态系统，小说观也不例外。用一个不那么恰当的比喻来说，它是一个山谷，里面存有各种不同形态的生物。这些生物之间的关系就与自然界的食物链一样奇妙。其中有种植物，叫马铃薯。它在土里匍匐生长，向着四面八方而去，随时为我们提供意想不到的饱含营养成分的惊喜。它呈非连续性，断裂，多元，突现，没有明确的中心点，是一个奇妙的系统，就好像诸神在土壤深处自然地生成。块茎与块式之间不遵循树状结构的那种服从，它们通过枝蔓联系，也互相争夺水分。事实上，块茎是茎的变态，是地下茎末端所形成的膨大而不规则的块状。其表面有芽眼，新的马铃薯叶从芽眼里长出，又仿佛是我们的日常生活在每天所得出的结果，在阳光下，是那样寂寞而又松弛。

第三，人类史不是一个不断向前的过程，不能用所谓的"螺旋式发展"来形容。现在被我们津津乐道的技术虽然可视作是一种进步，同样可视作是一种衰落。技术所催生的汽车、手机等，改变我们的生活方式，带来最能刺激感官的快乐，它照耀人类，让我们不必因为祈求来世双膝跪倒。但"物"并未因为技术得到真正的增加，不过是改变了其内在分子的排列次序、换了一个名称罢了。社会不会因为技术更富有自由度，反而会因为层出不穷的技术进步，增加其复杂度。更重要的是：技术并没有真正改变人自身。人类对技术的依赖，还会导致人本身某些能力的衰弱。如对电脑的广泛运用将导致人的记忆能力、计算能力的衰退。这并非题外话。我想说的是：在这个我们尚且还可以理解的时空内，宇宙或许确实存在着一种永恒的意志，不会因为人类社会所谓的进步或倒退有所改变。对这种绝对意志（我们常用真善美来称呼它，实际上真善美只是它的一部分）的书写，即是永恒的文学。不管是哪个民族、哪种肤色、哪个国家的人，都可以在这种文本里找到从自身内心发出的最隐秘的呼唤。

第四，一个优秀的作家，必定抵达过小说的内部——那个荒凉又荒谬的存在，那个几万英尺深的海底，三万英尺，或许是十万英尺。那么，又有多少人还愿意在荒芜中停留，忍受刺骨寒冷，继续往极深处潜去，与那只或许并不存在的海怪搏斗？海明威用枪打爆自己的头，川端康成用嘴含住煤气管道……所以一些人便选择从极深处返回到海面。海面上有阳光、明眸少女、椰子林以及一张为他惊呼出声的嘴。选择一旦做出，观念随之改变——为自身的行为辩护，这是本能，这是可以理解的。我们都是凡人，迟早都有精疲力竭时。

第五，"我们已经从一个古典的可循环的封闭社会，进入到一个现代性的不可逆的开放社会。"我愿意在任何场合，把这句话重复百次。在这样一个社会形态里，严肃小说家就不能让自己的审美趣味只停留于农耕社会的古典审美趣味，要心存日月，让刀耕火种、电脑、人类基因组、iPad、3D打印……同时进入自身体内，要把视野放至全球，打破民族、国家、语言、时间等障碍，在世界的高度上，汲取历史与当下的营养，充分借鉴电影、摄像、雕塑、音乐、绘画等其他艺术门类的理念与形式，写出真正属于世界的文学。

第六，还记得那副包含所有基本元素的纸牌么？一个对自己有要求的写作者，必然会去捕捉住他所身处的这个时代最根本的特征，以便完成对这张红桃K或黑桃A的勾勒与涂色。换句话说，时代不仅是写作者与上帝达成的契约，是他恪守事实、慎对存在之物、理解万有根本属性的出发点与立足点，也是他作为个体的口鼻眼舌耳以及癖好、性情与命运。我们说一个人超越了他的时代，并非是说他的经验可以解释人类的所有，而是指他帮助我们去理解那副只有上帝才能窥见的全部纸牌的存在，且在勾勒他那个时代的那张牌的笔力最为酣畅。

第七，小说是对真善美的追求。求真，然后为善，触摸到美。但美是什么？一个瓶子之所以美，不仅是物的形式上的转换（从泥土到瓷），更是因为这种形式包含着人的自由意志——尽管是有限的。是谁第一个把瓶子做成圆腹细颈？又是谁第二个把瓶子做成圆腹细颈？美是发明，并非发现；美是阐释，并非确凿无疑的真理；美是一个缓慢生成的过程，并非现成的属性。

第八，一张卷子，一个人用半个小时做完了，得了100分；另外一个人，辛苦五个小时做完了，得了70分，应该表扬谁？这种在课堂上不言而喻的问题，在日常社会生活中收获的往往是另外一个答案。被表扬的，获得更广泛认可的是那个得70分的，因为"十年磨一剑"，因为"慢工出细活"，因为他多耗费的那四个半小时，让更多的人注意到了他的努力。这是不是很操蛋？世界就是这样。

这个做试卷的比喻，也适用于我们对小说的评价。假设有那么可量化的一套评分系统，一个小说写了100分，它给读者带来的最直接的体验，就是震惊。在震惊面前，人是无语的。而一个得了七八十分的小说，因为它的不足，有讨论的空间，相应地容易获得阐释与传播的机会。阐述与传播，会让这个文本与时代不断地发生共振与共鸣，从而获得新的生长。换而言之，这个小说在参与社会演化的进程中，慢慢地，从原来的七八十分，变成100分，乃至以120分。然后，那个原来100分的小说，将被遮蔽，沉入水底，所谓化作春泥更护花。这是不是很操蛋？世界就是这样。

第九，"埃尔卡生了六个孩子，四个女儿，两个儿子，没有一个是金佩尔的种……"世上是没有谎言的，也同样没有真理。"世界会变，而我始终如一"——这是一种多么矫情的告白。生存在一个充满奇迹的乌有之乡，或唯有以梦为马，在时间的荒涯与词语的密林中行走……这些话是什么呢？如佛圆寂前说"我说了什么？我什么也没有说"。语言充满歧义，在"能指"与"所指"间滑动，是那样绝望冰凉。存在之物，永恒的虚无。它静静地浮在那里，注视着人类，注视着你我。

七

我们写作，是因为我们想写。在监狱里，哪怕被狱卒喊作"12345"，萨德同样能用鹅毛笔蘸着血与粪便进行最疯狂的书写。肉体亦是牢笼，受生老病死苦痛折磨，人不能说因为肉体所承受的苦或所受到的诱惑，就不能书写了。存在的只是幻影，万物终归我心。在子弹击中额头前的一刻，濒死者看见了那个六角形、落满灰尘的图书馆。

我们写作，是因为我们还能写，这是造物主最慷慨、最神奇的赐予。在不可避免的衰老与随时可能造访的死亡来临之前，我们与肉身保持着距离，用观念、对这个时代最大的热情、虚构之刃以及未受现实戕害的语言，记下玫瑰的名字、墙壁上的斑斓光影、仇恨与欢喜、一对男女面对面的缄默。

我们写作，是因为要看见那些看不见的，要听见那听不见的；要挥舞着鞭子把现实从一个人的空间赶走，要让那架灰色的钢琴在熙熙攘攘的人流中演奏。这个时代让我满心欢喜，它的丑陋让我歇斯底里。我是临危受命的将军，带着笔与体内躁动不安的热情，仿佛是来自另一个世界的存在，仿佛是那穿过地球的光与亮。

过去，小国寡民，城邦村落，"日出而作，日落而歌，帝力于我何有哉"，这很美，这种朴素中确实包含混沌的意思，但光有"天地如鸡卵，卵中之黃白未分"的混沌是不够的。混沌不仅仅有"太极生两仪，两仪成四象，四象演八卦"或者说"上帝从混沌中带来秩序"的渴望，它还是非线性动力系统的固有特性，是确定性系统中的貌似随机的不规则运动，其行为表现不可重复、不可预测。还有其他，比如人心。

当下社会，人的基本特征已从"静止"改变成"移动"，无时无刻不置身于各种交通工具与信息洪流中；这带来疏离、眩晕感与自我认知的偏差，就像昆德拉的《搭车游戏》里那个姑娘最后的哭叫"我还是我，我还是我啊"。

万物来去匆匆。

小说如何处理这种经验？你要认识你自己。

世界有三个。一个是现实的，一个是想象的，另一个是实在的。

现实世界由数字、物理公式、化学元素所描述。它是日月星辰、长河瀑布与一切可以测量的物的存在，包括人迟早要衰老的肉体。这些物，皆可还原至1与0这两个阿拉伯数字。它精确、理性，是上帝造的西红柿。

想象的世界里充满狂风暴雨、呓语、少女的情思，那座通体银白的通天之塔。它由属于人的语言、音乐、绘画等所组成。它与前者的关系相互生成，彼此独立，尽管它们皆由实在的世界所孕育而出。

实在的世界乃万物的真相，是宇宙尽头那间餐馆。我们用上帝、涅槃、绝对精神、乌托邦、梵等词语来称呼它。这些词语还仅仅只是它的一部分，是它的肩、它的腿、它的眼。实际上，它在同一时刻睁开的眼就有三亿八千九百万只。

三个世界，彼此观照，乃至无穷数。

要描摹这个无穷数，必然要置身于诸多学科之上，胸中存了一个大字。闭上眼睛，阅读世上所有的文字，所有的光显现出来。起初，它是一个图书馆的形状（与博尔赫斯所描写的那个近似），渐渐，一边暗了下去,而另一边又亮了起来,形状也有了一些小变化,仿佛是鱼,鱼首尾互衔,黑鱼有白睛,白鱼有黑睛。放之则弥六合,卷之退藏于心。可以大于任意量而不能超越圆周和空间,也可以小于任意量而不等于零或无。太极,多么奇妙啊。所谓大,原来如汞泻地,颗颗皆圆,如月映水,处处皆见。可为佛家之心印,可作道家①之口诀,可言六经,可说列朝之史,可容诸子之书,可窥百家之术。

这才是真正的小说(或者说真我),它包含了所有可被察觉的因果,若饕餮,以其圆眼吊睛凶猛地凝视着宇宙洪荒深处的那只"寂行而不殆"的大象。它是实,同时也是虚。是现实、想象与实在的完美交融,是光与暗在水面的交融。只有彻底领悟了这点,我们才能由小说出发,行至诸多词语的尽头,找到那间图书馆,那个包含了无限、永不会毁坏的,既是本质、又是具象,是一切词语和物质之和的空间。

无限,是一个极微妙难以言说的概念,轻率地谈论它,很易陷入芝诺悖谬这样的陷阱。它在人的理解范围之外。但我们都爱轻率地谈论它。这让我们的生活弄出了许多啼笑皆非、令自己也吃惊的悲喜剧——我并不能例外。为什么不能例外?因为只有谈论,我们才有可能看见"头顶

---

① "吾生也有涯,而知也无涯。以有涯随无涯,殆已!"小时候觉得庄子这话挺对的,现在不这样觉得。恰恰是"以有涯随无涯"才能获得真正的逍遥游。比如水杯,不是要把世间的水都装进来,因为这种容量的有限,我们能用它喝水,品咂生命的喜怒乐悲。人生犹如花开花落,当在此时。再多说两句。道家思想要效法自然,这在农耕社会有说服力。那时候的生产是可循环的,人们按照节气播种婚嫁。人是自然的一分子,连皇帝也得自称天的儿子。随着工业革命的兴起,生产力被定义为"人征服与改造自然的能力",自然与人的关系发生质的变化,跌落神坛,从 S 混成 M,再变成阿里巴巴喊芝麻开门的宝库。自然的神圣属性荡然无存,顶多算是一个被消费的图腾。人们之所以还崇拜自然,其根源在于"弑父"情结。在这样的大背景下,道家整体性的衰落就不可避免。而且,道家这种生命观确实是极端自私的。自私没什么不好,但人归根结底是一个社会产物,他需要分工协作。道家无法提供此类的思想源泉,它的自私不具有建设性。想以肉身为筏"与造物主游",把对自由的希望都放在一个不过百年便要毁坏衰老的皮囊上,未免有点"龟虽寿"。

的星空",看见那一扇扇门。

所有的门,或有大小,皆是"方便"两字。

门是我们要进去的地方。上帝说,羊的门。"我们"是两个线条凵稳、结构均衡的汉字,是一个奇异的不断繁殖的复数,意味着两个人以及两个人以上。这是绕口令吗?不是。"我们"产生的那一瞬间,必然同时派生他们,必定意味着"我"的一部分的泯灭。

要警惕"我们",要认识你自己。请原谅我的喋喋不休。

走窄门的人是有福的。要看见那只"象"。

大象无形。由于对确切性(或者说真理)的渴望,为了照亮这个宇宙的晦暗,门所产生的种种概念(词语)必定气喘吁吁,火把下留下一道道黑暗的深渊。更何况,时代在不断地进入词语体内,使其饱满、肿胀、延异——这里就不谈论语言的悖论及其不可译性。词语与词语之间也在互相追逐,不断繁殖,使这种实在变成了一头庞然大兽——而异于象。

象,并不具有某种固有不变的属性,是一种"虚",像水装满杯子,装满人的肉体。它是此处与彼岸的同在。文学的意义于此凸现,若火把,从此处掷向彼岸,照亮肉身。也是一粒水珠,滴至人在日常生活中日趋干裂的嘴唇。文学,是灵魂之物,与日常生活有关,但不为它所拘束。当下绝大多数小说家,都是对现实的过度迷恋者,被词语所惑。词语的浪千层万层,似吕梁千仞,如钱塘八月,在密密麻麻、遮天蔽日的水珠前,他们捂住隐隐生疼的脸庞,以为眼中所见即是世界的真相,浑然不知海水深处,有大鲸游过,更不知那目力不可及处,有藐姑射之山。他们听说文学有"虚构之力",却常把这种力误以为模仿现实、叙述事实的能力。

什么是现实?生物学家认为:"我们对外界感知不全由真实环境决定,而极大依赖于已有经验的映射。"换句话说,我们看见我们想看见的。我们看不见肉眼以外的。现实主义，是肉眼以内的事件，它也是一个虚假。人的笔触不能穷尽任何一个物体的所有，它的光线、大小、记忆等。一切存在，皆因个体的主观意愿而意味深长。

极端点说，所有人都在现实中，甚至人所梦见的，皆会成为现实。这样我们就不难理解马尔克斯声称自己是现实主义作家。一个作家之所以成为作家，就在于他对现实的理解能力与处理艺术。若把现实比喻成风暴之海，海面无数泡沫，是各种光怪陆离的事件与戏剧性的漂浮堆积，许多作家的笔就停留于此处，并把自己的这种写作命名为写实主义等。对当代小说家来说，这是不够的，他就要能够不被这些泡沫所诱惑，从众多充斥人们视野的纷繁事象中，踏上寻觅那"遁去的一"的旅程，要潜入现实之海去碰触本质——这是一个艰难的旅程，要找到属于自己的下潜方式（价值立场与思维方式），找到潜水衣（对当代现实的体验能力与一定的知识结构），还要能在下潜到水底 3 英尺、30 英尺后，用自己的叙事腔调，去概括整理自己的所遇所得，并且想象 3000 英尺深处的大鱼怪兽。从现实到真实，这是一个质的飞跃。只有完成这个转向的作家，才有能力去回击"现实比小说精彩 N 倍"之类的说法。小说才有理由在这个大时代获得它应有之尊严。

几天前，我又在微博上写了一段话，讲当下小说的问题，列了几条。

第一，过于追求叙事的魅力，文本缺乏智性，语言与结构乏善可陈，尤其是思想的平庸，也就是说书人的格局。缺乏哲学的热情。

第二，不愿意吸收当下各学科成果的营养，除了情感就是伦理，无法提供更多知识。

第三，对未来缺乏洞察力。

第四，没有时代的血肉，停留于日常生活的表象，不能触到世界的意志。

微博有字数限制，这里展开略微一说。

毋庸置疑，小说是种艺术，"它理应得到迄今为止仅仅为音乐、绘画、建筑方面的成功行业所保留着的一切荣誉和报酬"。为什么只是"理应得到"？因为那个"可以得到"的时代已经"逝者如斯夫"。

舞台已经不一样了，而我们的主流小说观却基本还停留在唱念做打。这意味着什么？

意味着哪怕你有本事打出一个筋斗十万八千里，那也还是在如来佛的五指中，只能跟着唐僧去西天混一个斗战胜佛干干。

时代造就艺术形式，所以有唐诗宋词元曲。宋诗不是不好，输在"眼前有景道不得，崔颢题诗在上头"。换而言之，就算你今天每日一首"举头望明月"，大家也不会认为你是李白，只会说你是民谣歌手。

从严格意义上说，唐诗和宋词不可相提并论。宋词多为文人八小时之外的活，除了柳永，基本不拿稿酬。唐诗发达，关键在于政府以"以诗取仕"，有极强的现实功利。在公众认识层面，唐诗宋词是中国传统文化的高峰，这是错的。最高峰在先秦诸子。春秋战国，诸子灿烂。秦王扫六合后，就只能货卖帝王家。封建与帝制是两回事。

为什么要说这句闲话？

唐诗宋词产生于农耕社会，不管是豪放还是婉约，抒情还是言志，都是照着一个日出而作击壤而歌的节奏在走。现代小说则产生于工业社会。"小说是欧洲（这里的欧洲超出地缘的概念）近400年来发展起来的艺术。"这话是有道理的。蒸汽机的出现，人成为机器大生产的要素。虽然每个国家完成工业化的方式与进程都不一样，都不可避免地产生了种种极其复杂的社会问题。要在一个知识被垄断的大背景下，呈现所有，就只能指望以人物为符号的"经验河流"的小说。这也就是清末民初的梁启超等为什么要把小说奉为"文学之最上乘"的道理所在。

或许就有人要说了，明清小说就不是小说了？当然是，但它与现代小说是两个概念。明清小说大体不脱"说书人"的范畴，尽管"至豪迈处,剑棘刀槊,钲鼓起伏;至悲愤处,决眦怒目,勃夬声如巨钟",一事言毕,"脸颊那酒盅大的伤疤尽已紫红"。至于《红楼梦》等文人之作,其叙事技巧,首先不是在"小说"的范畴里而是在史传中培养起来的。而且,也就是一部《红楼梦》。这话不是说没有别的小说比《红楼梦》写得好,在这个文学传统下,就只能是一部《红楼梦》及所谓的"红学"。

小说有过它的辉煌,作为叙事的美学①,在当下更臻成熟。谁要说当下中国的叙事小说是垃圾,那叫哗众取宠。但问题是,作为艺术的小说而言,发展至今,大家都是树,乃至于都是一种树。虽然也能来到树上,你我之间已经很难区别,决定作品高下的关键逐渐沦为"功夫在诗外"——论资排辈,偶然性,权力与资本的宠幸,人际关系以及我反复强调过的传播与阐释。

我不是说小说已死。我是说:传统虽好,已然匮乏。

任何一种艺术形式的出现,皆为照亮人世间的晦暗,也会在其脚下投射下一个不断拉长的阴影——最后陷于停滞与枯竭。唯有与时俱进,才可能重获新生。但这也并不是说就一定能老树吐新芽,比如京剧。对小说家来说,他们应该庆幸的是:小说先天便具有足够的长度与宽度,并且一个人就可以完成它。一个人开始,一个人结束,甚至是一个人的阅读。这使它区别于影视、建筑等其他需要多人合作的艺术形式。仅仅从这个意义上说,"小说已死"的结论是轻率的。换句话说,只要小说家愿意,他们就可以"小说为大,洸洋恣肆,无所不言;傀诡奇谲,无所不载"。但如果说,小说仅满足于一个人的战争,不能自我革命,仍然用小米加步枪来打这场现代化的战争,不能把小说写得"无穷大",古典意义上的小说这种形式也就终结。

---

① 人世间的悲欢,就个人而言,都是完全隔着的,是一块砖与另一块砖的关系,沉闷,坚硬,无可进入。但把它们按某种结构码在一起,就成了让人动容的神庙、殿堂与市场,衍生出各种美学。

小说的复杂性的确不是故事热爱者可以想象，也很难为视写实主义为圭臬的人所能明白。唯有此，我们才能说：在诸多艺术形式中，小说完全有能力解释不断变化的当下，以及日趋复杂的未来。但，想做到这个"无所不言"与"无所不载"确实很难。

不管你是因为什么开始，又从哪里开始，当你成为小说家，凭借这个身份获得可以解决温饱的资源后，就应该停下来想想。你要有一颗自由的心，至少在文本创作时能够蔑视现实。所谓现实，只是无数可能性中被实践的那一种，没啥了不起。小说最高的价值与人的终极价值一样，都是对自由的追求，都是要抵达肉身永无法抵达的"彼岸"，而这绝不是道德上的一点温情与悲悯。

要相信自己这一生是要成为从"此处"掷向"彼岸"的火把，那个被哲人定义为一团无用之激情的"我"才能来到宇宙尽头的那家小餐馆。

当然，光有信心与观念是不够的，首先是要能了解我们正身处的这个时代。

我们究竟在一个什么样的大时代？

在百度文库版权一事闹得沸沸扬扬的时候，一个人曾在微博上提出过一个问题："如果说互联网改变世界，改变＝毁灭＋创造，那么互联网创造的价值和毁灭的价值分别是什么？比如腾讯，比如百度，比如淘宝，创造了什么，毁灭了什么，现在的方式是正确的吗？"

我的回答是："创造的是未来，毁灭的是传统——指人可能的生存模式，不是知识。犹如科学，它是获取知识的过程及方法，而非知识本身。因为互联网，我们从一个古典的可循环的封闭社会，进入到一个现代性的不可逆的开放社会。"

现代性的不可逆的开放社会意味着什么？

现代性这个话题很无聊，到处是子弹在飞，但不得不面对。先摘抄一下："现代性，意味着过渡、短暂和偶然；它是艺术的一半，另一半则是永恒和不变"，或"一种新的、与以前不同的社会秩序。强调创新、变化和进步的一个权力、知识与社会实践的特殊聚合体"……

外事不决问谷歌，内事不决问百度。复制粘贴容易，让这些句子与我们个人的心灵发生化学反应很困难。我的看法是："现代性是一个无穷尽的创造性过程。"全球化、消费主义、权威的瓦解以及知识的商品化等后现代的特色，都是现代性中的一部分。现代性永不停止，其核心即：变。不是《易经》的变。它躁狂，歇斯底里。任何存在着的，都要被这个过程中所出现的各维不断定义。

什么是各维？就是作协、学院、资本、传媒，等等。

"不可逆"这个好理解。哪怕明天即是悬崖，我们也已经没有办法不让自己跳下去了。

那什么是开放社会呢？

简单说就是 Facebook 加上 Google。前者基于心理学和社会学的理念，连接人与人之间的"瞬间、暗示、碎片、神秘的微光，以及执子之手将子拖走"。后者基于数学和逻辑学的理念，通过冰冷、严谨的技术建立；这里说句闲话，Facebook 是人类史上一个不可思议的奇点，它基于爱与分享创造出匪夷所思的巨大财富。这改变了人们对财富固有的认识，比如原罪、人与物之间的互相掠夺。换而言之，它帮助人重新理解自身的奥秘，并在灰色的天幕上给出一缕晨曦。

这两者的相加不是一加一等于二，而是一种奇异的化学反应，产生了一种新的社会形态，是一加一等于更大的"一"。这个更大的"一"不仅是过去 30 年 13 亿人口的中国 GDP 增长翻番三次这样一个事实所包括的种种悬崖瀑布，以及 30 年之前，更包括对未来中国富有前瞻性的洞察。

整个人类社会正在发生一个根本性的变化。小说家要有这种能力做这样一种加法。现在各种学科不断细分，搞英美文学的不知道张恨水这样的事情也时见报端。小说家不要往小里走,要往大里走,要能在内心生起一座炉子,以阴阳为炭,万物为铜,在文本里给读者提供政治的、文化的、历史的、经济的、艺术的内容,这样,小说才会向死而生。比如我在看2012年初的"方韩之争"时,看到有人用贝叶斯理论分析文本,就想,若以它作指导,直接进行文本创作(它是如此善于处理多个变量系统),那会该多有趣啊。又比如,我曾说过的:各种在人类史上有过重要影响的社科理论,能否找出它们各自的原子核、核外电子、内部结构以及相互联系的规律,绘出一张类似元素周期表的隐秘之图,而所有的这些是否能引入小说文本?

我在这里指的是严肃小说家。

只有严肃,才有可能掌握科学的理性思维,拥有悲悯的宗教情怀。这两点是我们理解世界的根本途径。通俗小说,或者说类型小说,它服从资本意志,本质是"娱乐"。快餐文学是通俗文学中的一小块,坦率说,它毁不了文学。最值得忧虑的反而是那些打着纯文学旗号的、以神圣之名行苟且之事。这就值得警惕了。严肃文学与通俗文学都可能成为经典,都有可能与经典毫无关系。经典,是一个时间上的概念。严肃文学不是期刊文学,主旨多半涉及哲学、宗教等有关于人之终极价值的话题,一个民族与一个国家的命运以及在语言有极致探索的,或能汲取近代科学(尤其是前沿物理学)与各种人文学科最新成果的。

这样的一个大时代就对小说家们提出了难度。他不仅能够叙事,理解传统的精髓和演进脉络,还得具有哲学家的目光,看得见未来,能把那条"无穷无尽能指的链",用小说独有的技艺创造出来,进而勾勒出一个时代,发现唯有小说才能发现的。他所创造的文本不再只是日常生活的某颗水滴,而是由千万颗水滴所形成的那个同时包括了"虚与实"的水平面。他喜欢科学、理性、技术,同样热爱美学、宗教、伦理。他所喜欢的、热爱的,都在水面上闪着光,且浑然一体,像一个巨大的魔方。

他不会斩钉截铁地告诉你一个国家与一个人哪个更重要，但他会告诉你这个世界上存在着这样一个问题。而且，尽管他深知任何激动人心的口号都经不起最简单的推敲，他还是会被这些口号所激动，在某个时候跳出窗外，准备像赤裸全身的煤矿工人那样在几千米深的地底匍匐前进。而当他发现窗外只有一条追逐着一只空酒瓶的卷毛狗时，他也能不无自嘲地拍拍自己脑门，再凑上前摸摸那只卷毛狗①的头，说："嗨，哥们，你看了李志延那个大美女写的葡萄酒专栏吗？"

在这个更热、更扁、更挤的地球上，小说将会发生什么样的变化？是继续对人与物的描摹，还是沿着现代性的理论结构象牙塔，又或是回到后现代的大众狂欢及其他？几年前，我说过小说的未来。比如："小说或可以用球体、圆锥、圆柱体、正六面体构成。"现在我不说这些，我只说这样一个自命为小说家的人，一个活生生的人。他懂点医学，知道三聚氰胺的化学分子式，琢磨过人类 DNA 结构，知道康德与拉康的不同，喜欢带着孩子去科技馆，看过《二十四史》，是英国曼彻斯特大学的安德烈·盖姆和康斯坦丁·诺沃肖洛夫的粉丝……他驻足在这个"混乱、短暂和破碎"的当下，在一切破碎处，构建着天堂。他是堂吉诃德？是的，他是的。

---

① 我们爱一条狗，并非爱这种毛茸茸的生物本身，而是爱它身上所体现出来的某种"人"的品质，比如忠诚。又或者说，狗是人的宠物，它才可爱；如果人是狗的宠物，那么人绝对不会认为，狗有多么可爱。

当代中国长篇小说之刍议
——传统与现代性的殊死较量

尽管诗人是一种夜间能够视物的奇异物种,但小说家更是诺贝尔文学奖的宠儿,尤其是长篇小说的写作者——新世纪以来的十二位诺贝尔奖得主中,就有十名作家以这种复杂的艺术构制获得那些精妙且动人心魂的授奖辞。而在这些让世人瞩目的评价中,少有中文系教科书中经常出现的"史诗信念、民族寓言、时代的百科全书"等,取而代之的是"他为我们提供了通向现实的新途径""对权力结构进行了细致的描绘""用魔幻现实主义将民间故事、历史及当代融合为一体"之类的技术分析话语。两者的区别在于,前者说:这是一个苹果,或梨子;后者则强调,写作者是如何取得这只苹果的。这意味着什么?

一

小说,尤其是长篇小说,它是随着工业革命对人类社会的改造,在欧洲兴起的一门艺术。通过人物塑造，以及对命运的描写，试图让人了解自身的真实处境。它所要传递的，并非只是一个真实不虚的世界，还有对世界尽头的想象。其关键词在人，在个体的人。通过对小说的写作与阅读，渺小性灵的人与庞大滞重的世界互相生成，就有了只属于他自己的难以模仿的话音。它是人的艺术。

而中国的小说不然。中国是讲道术的，以诗文为正宗；且通过"佛为心、道为骨、儒为表"对日常生活的渗透与支配，薪火相传。以虚构与叙事为主要特征的小说，不为主流文学所取，直到民初梁启超等大力倡导，才被奉为文学之最上乘——其根子仍然是载道言说，要拿小说去改造国民性，要教化与启蒙。这与"孔子著《春秋》，乱臣贼子惧"的史学传统没有多大区别，一直与意识形态有扯不清的纠葛。俗话说，一种米，养百样人。但这百样人，在这种小说美学中基本消失。它不关注个体的人及其命运。从某种意义上说，中国的小说一直是作为这个要让"乱臣贼子惧"的史学传统之皮相存在的；后来的"社会主义现实主义"便成为中国当代文学创作的最高规范和"唯一正确的道路"。尽管到20世纪80年代末，随着西方各种思潮的涌入以及中国作家对各种写作技术的学习，人们认识到"自我的魅力"——莫言的得奖就可视之为这个文学黄金时期所结成的硕果——但从总体上来说，作家们基本还是在一个传统的叙事语境里，没有意识到整个人类社会正在发生一种不可逆的根本改变。

首先是资本的全球性流动，其次是互联网的兴起。

平等是构成现代社会的基石。而资本无疑比权力更平等。资本的本质是数字及增殖，这种货币语言，通过对各种生产要素的组织及生产，使人类摆脱匮乏，进入相对有余——而人在匮乏年代，与相对有余的年代，其思维模式大不一样，甚至可以说是两个物种。

资本对国族、肤色、语言的跨越，使人看见更多的光与影、秩序与规则、地方性知识、民族志、宗教信仰以及斗争与冲突①。这种看见所带来的"震惊",携带着各种信息因子进入中国人的日常经验,使原本线性、可循环的如同日月更替的经验世界发生断裂、突变,大风骤起,雷声闪电在云层后聚集出一个从未有过的图景;这种"震惊"体验还不断沉淀为集体无意识,构成了所谓的人之本能,众多碎片化的原型,形成文化生产的新驱动力。资本还提供着它自己的道德伦理体系,重新定义并阐释着关于人的一切。人首先是一个经济人,最大的理性即对现实利益的追逐。过去,我们是耻于谈钱。现在,我们是耻于不谈钱;过去,我们觉得"朝三暮四"里的那群猴子愚蠢得可爱。现在,资本告诉我们,它们是对的,先给的那颗桃子能产生利息、租金等收益。又比如边际效益递减,吃第一块红烧肉时是幸福的,吃第二块时是满足的,吃第三块时是不错,吃第四块时是还行,但当你吃到第 108 块时,吃红烧肉就是最严厉的惩罚。

至于互联网,这种建立在数理语言基础上的工具理性,正在人的基因层面改写着人对自身的认知。它在提供着人的未来。它对人的解放,不仅是世俗政治层面的,也是日常生活层面的。曾几何时,因为爱情,漂洋过海来看你。现在,因为爱情,我们视频吧。更重要的是,它以一种狂飙突进的速度,彻底颠覆了原本被奉为圭臬的传统价值体系,世界被祛魅,权威主义冰消瓦解,不再"程门立雪"的年轻人来到由图像、符号、声音、文字等所构成的赛博空间,"诗意地栖居"在这个多维的虚拟空间,并且互动。互动使私人生活成为社会生活。而年长者则不无惊讶地发现,那些

---

① 人的善意与良好动机并不能求解出他们所渴望的结果。人也不可避免地被他人误解。这是系统论的要求——若把社会视作各系统的总的集合。各系统,可能是天真的、感伤的、鲁莽的、狐疑的,但它们所形成的集合必定是:秩序与平衡,逻辑性及显而易见的数学属性。个人与社会的冲突,是永恒的主题。

已成为他们的血、他们的肉、他们的骨的经验，已经难以理解这个随机性不断增加，且日益扁平的社会结构。不仅是难以理解，反而常导致无知。在新的知识权力谱系中，他们很难再扮演传道授业解惑的角色。

现实已经不再是原来那个现实。在这个工具理性所掀起的全球化浪潮下，不仅是婚姻，包括爱，人以为的不可言说之物（上帝赐予人的一个自然而然的过程），皆可以用一个数理模型来描述，可以被视作一个受认知局限、信息不完备、风俗、力比多的分泌量等因素影响的一个有限理性范畴的行为选择，并且自动忽略理性的有限性，把理性经济人这个假设当成全部的事实。任何欲望皆可被量化，区别只在于计算方式是加减乘除还是矩阵运算。欲望不存在一个"到此为止"的刻度，当接近此刻度，它将变异、分裂、繁殖，产生新的欲望。道德的核心即是欲望。道德的困境多数是因为不能区分欲望，使之混淆。

从另一个角度来看，科技进步所孕生的互联网等现代性的浪潮固然在解放人的心灵，重写有关于"人"的边界，其危害性虽是冰山一角，也渐现端倪。信息即权力。谁能垄断信息，谁就能在这个消费社会握有真正的权力。此种现实里，作家何为？

马尔克斯说："我是个现实主义作家。"我认同。文学艺术是现实下的蛋，或者说是现实这只蝴蝶所引发的风暴。我喜欢比喻，它更可能接近上帝的嘴唇；我讨厌陈词滥调，看到有人把现实比喻成河流，就觉得眼睛疼。

某日，突然觉得这个庸俗不堪的比喻大有深意。

河流，有层流与湍流。河床若有巨石等障碍物，还会形成涡流。水流的种种形态，皆是现实的某个比喻，是对社会生活和历史事件、文化现象与思想观念等的奇妙概括、命名。水的流量与流速，又受降雨量、蒸发量、渗透量、流域大小以及河床构造及其地理面貌等种种因素的影响……这种复杂性、不确定性，与个人与国族的命运又何其相似！

更有趣的是，人们望见河流时，所见其实即"河面"，只是河流这个整体中极小的一部分。水底另有广袤。这个隐蔽于日常之下的广袤性，支配着河面上的"耳得之为色，目遇之成色"。这是事实，但少有人关注。大多数人是作为"河面"上的漂浮物存在，河面的现实就是一切的因果，河面上的规则便是全部的律法。大致有两个原因。首先是没必要，这是价值观。对月亮一无所知的渔民，同样能收获潮汐的丰厚馈赠。况且河面上的风景本来美不胜收，又何必忍受寒冷跑到水底去？其次是看不见，这是方法论。不是说有勇气潜水就能看见那个广袤性（理性只是它的一部分），人类固有的认知缺陷、个体偏见，都可能导致视而不见。

一个念头在脑子里响了下。

如果说短篇小说是对跃出河面那尾青鱼的捕捉，作为文学殿堂里的至大至重之物，长篇小说就应该是对河流的完整呈现，不仅有河面上的滔浪排天、浪遏飞舟以及两岸猿声啼不住，还包括河底所有的秘密。哪些秘密？

我们已经来到了"知识社会"。它有五种显而易见的基本矛盾。

第一是知识体系的冲突。第二是权力与资本的冲突。第三是国族利益的冲突。第四是技术与道德的冲突。第五是代际冲突。

比如我说被视为夹缝里的70年代作家群，未来或许会被视为一个群星辈出的大时代。因为70后承上启下，尤其是这个"下"。这个"下"不是一个上游到下游的关系，而是突变，是在中国从农耕社会到知识社会的大跃迁背景下的地震与海啸。70后要面对那条经常被命名为"中国故事"的河流——狭义来说，即对国族的叙事；同时还要面对另一个由互联网打开的对未来的想象，是蝴蝶效应、量子理论、大脑上传，等等——狭义来说，即是由科技进步打开的景深。我这样说，60后不舒服，

80后肯定也不爽。(这些年见过许多智商与情商都高的80后，心志坚韧不拔的不多。个体意识的觉醒，这是现代性馈赠的礼物，同时因为"责任与荣誉"的祛魅、宗教意识的匮乏等，这种对自我的发现，往往极易流于自私与极端自私。)

这是现实，是我们的今天与明天。但我们的文学，尤其是长篇小说远远落后于这个现实。有多少部作品所赋予的中国人的容貌与性情，能够完整呈现出这五种基本矛盾，或者其中之一？大多数还是停留在一个"史学传统"里，所处理的题材基本还是农耕社会的魂魄，对以机械复制为主要特征的工业社会少有触及，更毋论当下这个异常复杂的知识社会。他们所津津乐道的美学风貌，无非是"茶杯里的风景"。

二

必须说，中国当代的长篇小说传统虽非源远流长，但对唐诗宋词里那个古典中国的传承及叙事，尤其是它在百余年间所贡献的当代汉语，是对人类文明的极大贡献。楚辞、汉赋、唐诗、宋词、元曲、明清小说，是中国人的文化基因，不管我们曾经有多么渴望与这个传统一刀两断，搞白话文运动、破四旧，学习"百年孤独体"……它依然是体内隐秘的火焰，是DNA片段，是"星垂平原阔，月涌大江流"，是本能，是章回体结构与众多言简意赅的成语，是说书人口中的荡荡波涛、林林兵甲。

没有哪种艺术形式比长篇小说更好地丈量了那个时代人的精神维度。若说《白鹿原》是一个民族灵魂的秘史，柳青的《创业史》则勾勒出这个民族对一个西方舶来主义的践行。而从文学角度来看，它同样可圈可点。我们反对样板戏，是反对其后面的权力话语；但要有这个能力摒弃偏见,看见样板戏的艺术成就。能欣赏京剧《沙家浜》,但欣赏不了百老汇音乐剧《猫》的中国人大有人在,至少我是其中一个。京剧是我灵魂里的遗传密码,古典音乐不是。你不能强迫我去做一个西方人。

对五四新文化运动的继承与发扬,则是中国当代长篇小说的最荣耀处。这是一个持续近百年的现代性过程,是古老中国对世界的吃力打开,其间再三反复,有停滞、断裂,也有狂飙突进;但这股气息一直绵延不绝,80年代语言的求新求变,结构与叙事模式向西方现代作品的模仿,甚至不惮于囫囵吞枣;紧接着,就是90年代对身体与自我的发现与冲动,对消费主义与物的凝眸与沉思。从80年代开始至今的30年间,中国的小说家把西方同行几百年来做的事,用汉语及属于他们的中国经验再做了一遍。一批值得后来者脱帽敬礼的当代经典涌现:莫言的《红高粱》系列、王小波的"时代三部曲"、苏童的"香椿树街系列"、余华的《活着》、毕飞宇的《玉米》、韩少功的《马桥词典》、张承志的《心灵史》、阿来的《尘埃落定》、李洱的《花腔》、贾平凹的《废都》、王安忆的《长恨歌》、刁斗的《我哥刁北年表》、东西的《后悔录》、吕新的《掩面》、尤凤伟的《中国一九五七》……用五号宋体书写,填满一张A4纸,没有任何问题。

我阅读过它们,几乎是所有的。

我研究过它们体表繁复的花纹、文本里的崇川峻岭与静水流深,尝试去理解分娩了它们的这个时代里的种种悬崖瀑布——政治、经济、道德、文化等各个维度。它们的好,我能看见一些;它们的不好,我也能看见一些,比如刚才说的当代汉语之美。这是以百年为尺度,是拿那张A4纸上出现的部分作品说事。在一个更大范畴来看,包括一些当代经典在内,由于对叙事的过于强调,语言普遍粗鄙。当代汉语与文言文实质上是一个否定性的传承关系,其中有着很深的断裂。作为一种体量庞大的艺术形式，当代长篇小说要有能力去提供各种美学风格的书面汉语，或典雅，或绮丽，或辽阔高远；要去向诗人学习——那些奇异的生物，能够发现词语的重量、色彩，乃至于呼吸。语言是一个百炼钢化为绕指柔、风格自显的炼金过程，是一门技术，是可以学习的，是必须学习的。不是说一味使蛮力锤打就能铸出一把大马革士刀。

但这并不是我说"传统虽好，已然匮乏"的根本理由。在长篇小说这种文体内部，进行语言的探索与实践，已经是大多数写作者的自觉行为。我也曾有幸阅读了一些年轻人书写的奇异文本。

我之所以在不同场合把"传统虽好，已然匮乏"说100遍，原因只有一个：任何一个封闭的结构，哪怕它是真理的化身，是《正义论》《国富论》《物种起源》与《几何原理》，是奠定人类社会文明的基石，也摆脱不了沦为陈词滥调的命运。这不是说它们的错，而是说它们不够，因为世界尚在成长时，人类历史并未就此终结。

对与错或许深刻①，但容易狭窄。人的傲慢与偏见，根源即在此。

换个维度说，我们已经知晓万物皆由原子构成，并找到核子、夸克乃至于上帝粒子，并力图用一些最简洁的定理公式来描绘它们的运动，这是科学的减法；可为什么这些极其简单的行动规律会导致极其复杂的行为表现，并时常有所溢出，犹如河面上翻滚的让人惊呼出声的水浪？人头颅里的十几亿个神经单元，又何以以这种组织结构形成大脑，构成生命的灵魂所在？都说量变到质变，又是一个什么样的意志给出这个奇异的临界点？十几亿块石头堆在一起为何就不能变成石头怪？各民族的古老神话里，又为什么不约而同有海神、花妖与树精这些由无机物所构

---

① 当我们谈论小说的深刻与准确，谈论的其实就是一个从800万像素升级到2000万像素（永无止境）的问题。文学是否需要2000万像素，是否需要在一个"角质层、表皮、真皮"的层面来探索人的形象与意义？这是否意味着一场可能的灾难？

成的神灵,及万物有灵的崇拜?相对于减法,这个加法是不是更加令人匪夷所思,让人着迷?

"在宇宙尽头,有一间小餐馆,被一个巨大的时间泡包裹着。餐馆里,客人各自挑选座位坐下,吃着美食,观看星云的壮丽毁灭与重生。"

有一个问题,我一直百思不得其解。

人的目光为什么能洞穿大气层,得以一睹那个以宇宙作为背景的深邃无垠?作为人的一切,本该,也完全能够,在这个蓝色星球上自给自足,不断循环再生,像几百年前他们所习惯的那样。上帝为什么要这样慷慨,不仅让这种体内有如此多丑陋、阴暗与兽性的两足无羽生物,成为地球的主人,还允许他们看见诸多如同幻梦一样的宇宙奇观?我不知道最终的因果,也许是我在"量子文学观里所揣测的那些可能性";但可以断定的是:这种"看见"必然要打破原本"封闭的循环",使万物万有呈现出一种前所未有的容貌。用一个大家正在目睹的事实讲:科技改变生活。

我们不去讨论科技进步对人类文明进程的推动是不是自杀性的;当前的工业生产体系是不是自我毁灭性的;当前的金融经济体系是不是癌细胞式的掠夺性的;科学[①]理性是不是都属于人类致命的自负……总之,

---

[①] 科学是在这个自然的世界里掺入了诸多非自然之物,各种化学合成物等——这是人的设计、人的意志。科学对自然神圣性的打碎,是人的僭越。近代以来的资本狂飙及汹涌的世俗化运动,究其根源,并非是在为人提供更好的生活(衍生品),而是它对科学的保驾护航,科学发展观已经是政治正确。我个人觉得,科学的内在属性与东方文明可能有着不可调和的冲突。对它而言,世界是一个表,能拆下来再装回去,可以根据其某一部分的细节,精确地估算它的其他部分。东方文明的核是天人合一,不可分割。古老中国的技术所产之物是可循环的再生;近代科学不然。科学的工具理性蔓延至社会领域(这是必然的),就会成为致命的自负。科学成为宗教后,因为它建立在数理语言上的实证能力,更具魅惑。世界已经是对科学的践行,不可逆。科学,是现代性的根源所在。认为科学发展到一定程度,对人就不会有问题了,这是天真的乐观。替代品总有问题,只是承担这些问题负面效应的人群会发生变化。我也不认为是简单的法则在支配着这个复杂世界。上帝是简单的,上帝创造了世界后,他就死了。

只讨论这个被现代科技打开的现实，这个被相对论与量子力学——而不是被牛顿力学，打开了的潘多拉盒子。

这个当下最真实不过的现实。

每天，我们都浸泡其中，像盒子里的一小块电池，电池的两极一头是生，一头是死。我们其实并不能确信自己是什么。幸好，我们还有科学，还有文学。文学艺术的审美和自然科学、社会科学的认知存在着根本差异，但都是去窥探宇宙与人自身最深的奥秘，它们相互启发，互为隐喻。比如我曾提出的"量子文学观"，就直接借鉴了量子力学里的一些概念；又比如经济学，熊彼得提出的"创新——对新的生产要素的重新组织"及"经济周期"这两个理论，都可以导入文学的实践中。产品创新、制度创新、组织创新、市场创新等，这些在经济领域已沦为陈词滥调的话语若能在文学领域内做出有效阐释，出一批精品汉语长篇是不成问题的。所以说，文学，尤其是长篇小说这种内部具有浩瀚性的文体，就更不应该满足于"小说是写人性的"这种不费脑子的说法，要去认识"这个正在不断发生的现实"，要有这种愿望去找到文学的"相对论与量子力学"，即：现代性。

三

现代性极其繁复，概念众说纷纭。

我讲过许多，这里不复赘述。只说一点：它是溪流、江河、海洋与天空的总和；更是这个跌宕起伏，同时包括了真实与虚构的全过程。人类文明的经验，昨日是溪流，今日是江河，明日是海洋，每时每刻都有成长，但都不足以描述这个"总和"。总有某种东西是在人类的理解与想象之外，乃至于在"太极、客观规律、众多的神祇、绝对意志……"这些伟大的思想之外。但只要我们能够意识到这个"总和"的存在，意识到现代性不仅是固定电话，也是智能手机，还是未来的基因手机，那我们就能够看到现代性的三个基本特征：

一是无限性，所谓千年文学备忘录；二是复杂性，它同时包括了牛顿、爱因斯坦、玻尔、M理论、多重宇宙等；三是开放性，它在打开，且加速。

有意思的是：宇宙也同样具有这三个基本特征。

一加一等于二是简单的，论证一加一等于二是复杂的。写作者要不惮于去做这个论证过程，至少，你要能理解"小说是写人性的，也是要抵达神性的"。物理学家能看见"色即是空"，找出那唯一；小说家要能阐释"空即是色"，于人性深处发现那在现实之上的三千世界。

再通俗点说，你得对读者提出要求，而不满足于分享经验、情感，在道德上做出判断与叙事。要有对难度及复杂性的呈现，这才是对读者真正的尊重。今天的读者已摆脱了被动阅读的命运。他们不再是砖、螺丝钉。启蒙早就不再是某种价值观的输出与接受，而是一个自我觉醒、自我认识的动人旅程。在喜怒哀乐之外，读者渴望更多的智性含量。作为小说家，要有焦虑、愤怒，对现实的批判能力，对人的悲悯，对国族的爱。但作为长篇小说写作者，更要有能力与精神高度，去思考国族、全球化、消费主义等，在这个大背景下给出一群中国人的形象；在文体上，还要有这个能力去设计迷宫，提供梦境，为读者打开另一个不属于日常经验里的复杂空间。

真实世界永远比人最夸张的想象还要复杂亿万倍。

长篇小说尤其要有这种对复杂性的追求。在我看来，这种愿望即是人最后的自由，是人存在于地球却能以浩瀚星辰为舞台背景的根本理由，是小说及人所创造的任何一种艺术形式至高的美学原则——而不是温暖、悲悯等道德修辞以及对人性有多少悱恻动人、深刻而又痛苦的描写。那些目前被视作简洁且美的，不过是这只庞然大物表面的一块斑点，并且随着它的飞速膨胀，极可能丧失原本的形状与内涵，譬如曾经塑造过中国人性情的唐诗与宋词。它们的大多数是会形成标本，被保存，提醒着后来人——它们的来龙去脉。

博尔赫斯说"沙之书"。人类文明史①上出现的每一本书都是其中一页，犹如蝶之翅翼，值得珍藏与赞叹，但不必五体投地。欣赏完后，我们年轻人要有这个冲动去翻开新的篇章，要有这个勇气去站在秩序与混沌的边缘，把"自己视为一个最微小的初始条件"，输入眼前这个极复杂的系统里。世界是属于众生的，但归根结底是被你注视的。你的目光让它获得了组织结构、声色光影以及未来。要理解"蝴蝶效应"的真正含义。要相信：陆地是一种秩序，翻滚的云层是一个混沌系统。悬崖固然危险，唯有登临其上，才可一瞰绝美之风景，更重要的是：云层后面，或许就是一块无垠的新大陆。

四

我是一个热爱传统的人，常会问自己传统是什么，在哪里？我并不清楚人现在手里拿着的，是否就是他一定得拿着的——上帝知道，我不

---

① 我对人类的起源总是充满好奇。进化论最简明扼要的表述是四个字：适者生存。仅这个"适"字而言，智慧是没有必要的，微生物比人类更适合这个奇怪而又孤独的地球。人类的文明史即是对自然的逃离，对四季轮回等规则的篡改。尤其是现代性，它就是与自然为敌。

知道。我只是常暗自猜想：不管是古典社会的雪夜访戴，还是现代社会里"过于喧嚣的孤独"，上帝也许就在你我彼此交错的目光中沉思。而且，尽管现代性不可逆，但我还是常在梦里回到那个点燃篝火的古老部落。月光洒在丛林上，空气清冽寂静，眼前有血腥、激动人心的舞蹈以及人对冥冥天穹最深的畏惧。

我反复说"传统虽好，已然匮乏"，说过需要一场文学革命，给予小说作为一门现代艺术所应该具有的几项基本特征，导入自然科学与社会科学领域的新发现，比如弗洛伊德的释梦学说与超现实主义的对应关系，对语言的重新发现，等等。艺术的本质是人的宽度、高度与可能拥有的维度，但它必须有能力改变，能不断拓宽。但我以为的匮乏性是建立在对传统足够尊重的基础上。因为传统描绘了我们的来处。一个没有来历的人是可疑的，难以被信任。一个国族及其文化同样如此，哪怕我们已经来到一个以契约精神构建的"陌生人"地球。但问题是，世界之所以能够像现在这样"极其复杂，且日趋复杂"，肯定不是因为我所理想的"请客吃饭"乌托邦式的辩难。

这种观念的冲突，从来都是殊死较量，它导致了人类史最广泛的流血，也推动人类社会到了今日此刻。你可以抨击它是罪恶的，但没有它，"你可能仍然陷身于罪恶之中而不知"，也不可能用上手机、电脑，乃至于电灯。事实上，推动社会变革的力量，大部分并非是起源于良知，而是野心与无知。

传统小说观对小说家的要求首先就是叙事，你要讲一个什么样的故事，你能不能把故事讲好；其次是围绕着这个故事所承载的道德感、形式、语言风格等做出各种解读。而我所说的更高维度的小说观，首先要求的是，你对这个世界的哲学认识，对理科等专业知识更多的占有量以及走出书斋，叙事则退居次席。就像我在《文学有什么用？》里描述的那样：小说中一定会有叙事。但，叙事不再是核心。叙事是完成语言与结构的过程，这句话意思是说：我们吃饭，每天都吃，但不能说活着就是为了吃饭。

什么是"对理科等专业知识更多的占有量"？它有两重含义。一是不管是自然科学、社会科学，还是人文学科，它们存在神秘的呼应与互相启发。"0"与"1"这种两进制逻辑语言奠定了互联网的基础，使人之灵魂得到前所未有的丰富。而文本的专业知识含量也会直接增加小说的重量及句子的质感，比如"他笑起来就像一个$\sqrt{2}$"；其二，"量"的汇聚是一种奇妙的结果。水能载舟就是一个量变的馈赠。H_2O累积的各阶段，分别是：泉、溪流、江河、湖泊与海洋。人对知识的占用也是这样，量累积越过某个奇异的临界点，便会脱胎换骨，觉昨非而今是。如是反复而三，便可水利万物而不争。我几年前讲过的"量子文学观"即是其中一种小说观，但不是唯一的。比如小说对空间的重新发现。相较前者，它们更有难度。也许还可以这样说，对于传统的小说家来说，他们的一生是树，其写下的众多作品是这棵树上挂着的苹果，或者梨；但对后者来说，他们的一生是块茎，其写下的众多作品是苹果、梨、马铃薯以及更多种果实。

一个人内心的宽度，只能靠他读过的书一本本码出来。人们并不是不阅读了，只是阅读的介质、模式、主要群体，以及阅读的技术、方法等发生了变化；小说不是没有人读，而是我熟悉的那个"小说"少有人读了，愿意掏钱去读上百万字的年轻人满大街。我所哀悼的，并不是人们对文学的拒绝，而是纸质图书与期刊的必然消亡。因为职业关系，我下意识地偷换了概念。而这些年轻人阅读的是否属于文学范畴？这个问题只能由时间解决。每个时代都有它自己的文学形式，楚辞、汉赋、唐诗、宋词、元曲、明清小说。生活在唐朝的人，既没必要为没读"四大名著"遗憾，也不必为孔子对小说的评价"是以君子弗为也"烦恼。

从某种意义上说，哪怕把全世界所有读物皆付之一炬，再有5000年，图书馆里书刊数量的总和仍然与现在一模一样。又或者说，在这个概率宇宙，梨枣屡镌者基本就是一个"中了福彩2000万"的几率，它们是英雄与神话；而渐归湮没者（不管它是不是纸贵一时）就是绝大多数，是百姓与日常。曾几何时，当果戈理拿出《死魂灵》时，大半个俄国都为他欢呼，认为这部"揭露俄国专制统治和农奴制度的吃人本质"作品是文学殿堂里的无上珍品。但后来，这个男人不惜冒着身败名裂的风险发表了《与友人书简》，转而认为农奴制是上帝的意志，早期所著不过是"已出版的没有价值的东西"，是轻率的热情、不负责的谎言。他还干脆把《死魂灵》的第二卷投入火焰中。这里，或许可以这样说，人们总是习惯于"巴甫洛夫式"地去赞美一个人，几乎从来不曾考虑过自己是否真正理解了他。这几乎是人所面临的共同命运。

一个国族在它成百上千年的阅读史上有薪火相传，亦有断裂与转向。这且不提，当下中国的知识分子所熟悉的恐怕还是西方的种种思潮与话语体系，对滋养了中国人数千年心灵的"四书五经"等原典多半陌生；而一个人在他几十年宛若白驹过隙的阅读旅程里，也会有重大改变。少年登高时，喜欢常山赵子龙，白马长枪端的是好生威风；渐长，迷上诸葛亮，专门以智服人；现在觉得曹操真神人——"图死后得题墓道曰：'汉故征西将军曹侯之墓'，平生愿足矣。"

今日转型期的中国有太多悬崖瀑布，种种思潮同时并存于这个古老又现代的土地上。它们犬牙交错，互相渗透，共同塑造着中国人的形象，又使个体的心灵支离破碎，灵魂被瓦解在一块块短暂易逝的碎片上。这种对事物体验的破碎状态带来了身份焦虑与普遍的迷茫等；而全球的科技进步所带来的"数字化生存"进一步地推波助澜，使人"突变"，同时也具有更多的可塑性及可能性。

"突变",这是一个被视为物种进化推动力的词语;这是一个在全球范围内正在发生但又常被忽略的事实。尽管从个人内心来说,我很抵触"数字化生存"。数字使人精确、理性、可预期,被更好地控制。我相信:人,终能挣脱权力的束缚,但他们是否能摆脱"理性的自负"?如果有一天,"我爱你"这三个字的重量,能被测量至小数点,这样的社会有趣么?

天堂是好,可那不是人待的地方。这是我的理解。我所热爱的是那些模糊的、没有用的东西,但数字化浪潮已席卷一切。也不仅仅是数字化浪潮,所有旧的伦理道德与人的形象都在被重新定义。父亲不仅是朱自清《背影》里的父亲,不仅是卡夫卡笔下的那个父亲;重庆前段日子出了一件事,一个少女得了癌症,社会给她捐出一笔钱,她的亲生父亲却理直气壮地拿走这笔救命款,理由是她的病治不好。而作为个体的人,"十年前的我,与今天的我,有一个继承,但更像两个性格迥异的朋友,乃至于陌生人"。还有一个什么样的事实比它更令人震惊?人的形态不再只是古典农耕社会里那个与夕阳同在的击壤而歌者,不再只是工业化流水线上的那个疲倦的操作员……众多彼此矛盾的角色集于一体,而以"人之命运高于一切"为根本宗旨的长篇小说,也就更复杂、多元、不确定,更追求技术上的精确与理性,语言的当下性与陌生感、对世界的概括力与洞察力,与各门学科的打通融合,等等。简而言之:它是在世界的高度书写。不是一个已经逝去的世界,是 IBM 电视广告里出现的那个"智慧的地球"。

人世有种种寂灭凄凉,亦有无数繁华枝叶。

2007 年一个寒冷的上午,据说这个世界上天才音乐家之一,约夏·贝尔,做了一个有趣的试验。他拿着一把价值 350 万美元的小提琴在地铁里,就像一个真正的街头艺人那样弹奏了 45 分钟。他得到 32 美元的施舍。而要坐在剧院里聆听他演奏同样的乐曲,一张门票起码得几百美元。怎么说呢，我相信他收到的 32 美元，绝大部分不是因为他的音乐有多么动人，而是其卖艺人的身份。因为他的位置不对。人是需要位置的，才能被众生看见，尤其是天才更需要这个镁光灯下的位置。文学艺术是奢侈的，需要合适的时间与地点及其他，才能绽出花瓣。能感知到它的人，起码得有闲，把目光从生活的惯性中移开。

我很清楚作品经典性取决于"阐释与传播"。被湮没的总是大多数，哪怕它的思想与艺术成就更好。但这确实不必抱怨什么。我们在一个概率宇宙。上帝是掷骰子的。上帝若不掷骰子，人就不会有这么多的喜怒哀乐——像机器人一样那也太乏味了。怎么说呢。在这里，好像"有趣"要大于某些真理，比如人之所渴望的公平与正义。

许多的事我都想不明白。我只知道，我们在这里讨论小说，又或者长篇小说，讨论的也就是人之生命。世界是一盆大火，你我焚身其中，不管是积极入世、消极隐遁还是以出世的心入世，也不管写的是诗歌、小说、散文，是长篇还是短篇，我们都是蜡烛——唯有在这一点上，我们是一致的。燃烧，以各自的方式提供光亮，照亮脚下的幽暗与未来，在梦境深处彼此梦见，这是我理解的人之意义。

春蚕到死丝方尽，蜡炬成灰泪始干。

辑二 杂读

玫瑰的名字

似乎没有必要介绍翁贝托·艾柯是谁，我的一个热爱文学与哲学的女性朋友甚至宣称：每个自命文化人的书橱里至少要放着这个整天咬着一截从不点燃的雪茄屁股的大胡子的一本书。但我感兴趣的是：这位朋友为何说"放着"，而不是"读过"？难道说，当代意大利文化的标志性人物艾柯，也是另一个"试图把石头还原成石头"的法国新小说家罗伯·格里耶？后者曾不无自嘲：文学界都知道我的名字，但却都不读我写的书。这好像有点儿委屈被誉为"当代达·芬奇"的艾柯了。

交谈继续深入，像刀子深入我的体内。

艾柯的四部长篇：全球销量超过1600万册的艾柯的小说处女作《玫瑰的名字》，像极了数学、物理学、神学、史学、政治学乃至历法学的论文的《傅科摆》、对时间进行命名的有点像解释类似海森堡测不准原理或者爱因斯坦相对论的《昨日之岛》、前十页全是由他自己发明的语言创作而成在中世纪欧洲王室内穿行的《波多里诺》；几本随笔：对我们从未想过的问题予以解答，同时对我们已视为常识的问题之答案进行质疑的《带着鲑鱼去旅行》、提出模范读者和模范作概念的《悠游小说林》、由一些八卦调侃与政论批评文章组成的居然也酝酿出一个自足的智力空间的《密涅瓦火柴盒》……

我的这个朋友真是一个名副其实的艾柯迷，当我就《昨日之岛》谈到就小说这种形式而言，这本书中大段大段的人物对话就像是教授学者们在讨论哲学学术问题，让读者敬畏，却难以让他们的心灵柔软，在一定程度上损害了小说美感的时候，她生气了，把手中的口红重重地戳在咖啡馆的橡木桌面，用不容置疑的口吻声称，我只配去阅读《读者》与《知音》，我的小说观是傲慢且陈腐的。

"小说是什么？它有什么样的传统，是否已经耗尽自己，沦为被遗忘的存在？在这个互联网时代，小说又可以是什么？宇宙渴望复杂，这是它对自身唯一的要求。它使当下比其他已经过去的任何一个时代都更为湍急。而唯有小说，准确说，是艾柯的这种百科全书式的小说，才可能具有这样的纵深来解释当下，并且赋予哲学、科学、宗教、政治、法律等词语同一个文本舞台，让它们于此间互相追逐，不断繁殖。"

女人生气时真美，她们的嘴唇像盐。

我没再吭声。她的发言显然激怒了橡木桌边的另一位男作家。他开始说话，他挥舞着手，手势好像要劈断她秀长白皙的天鹅一样的脖颈。我低头开始阅读她带来的《玫瑰的名字》。已是深夜，万物沉沉睡去，包括那位斜倚在吧台上的系着蝴蝶领结的侍应生。这间被黄色灯光笼罩着的小咖啡馆，仿佛孤独地悬置在宇宙的尽头。

我读过这本书，最早一次是在学生时代的被窝里，借助于一只手电筒，眼前有一个发亮的光锥体。那时它的封面有一只几何形状的眼睛，曾经与我同桌的漂亮女生说是"鬼的眼睛"。我已经忘掉了这是自己第几次阅读它。为什么是《玫瑰的名字》，而不是蔷薇、樱桃、狼，又或者干脆是石头的名字？

玫瑰枯萎，其名犹存。艾柯说："'玫瑰的名字'是中世纪用来表明词汇含有无限力量的措辞。艾伯拉宣称只要有'玫瑰'这个名称，玫瑰便是存在的，即使没有人见过玫瑰，或者玫瑰从不曾存在过。"

名，万物之母。对事物的命名，是人类理解世界的门。这是个艰难的充满暴力的过程。或曰：唯有我们能支配的词语才赋予物于存在。词语破碎处，无物存在。

柏拉图认为，世界上有三枝玫瑰：一枝是画家笔下的，一枝是现实中的，一枝是作为概念的。只有最后一枝，不会因为现实中玫瑰的毁灭而消失，是真正真实的存在。艾柯对"玫瑰的名字"的阐释其源头或可以追溯至此处——把万事万物当成一个独立存在的"理念世界"的摹本或影子。他要通过小说的台阶（准确说，是知识）迈入那伟大而神圣的"理念世界"，所以汪洋恣肆，无所不言；佹诡奇谲，无所不载。

一个在14世纪北意大利的一所修道院中发起的一起连环谋杀案，居然就这样被他敷衍成一部"气势磅礴、细致严谨、优雅精确、绚丽多彩、自由怪诞"的，涉及神学、历史学、政治学、犯罪学、文献学、法医学等数十门学科的后现代主义元小说大作——我必须承认，同样是符号学用作推理，与前几年热销的《达·芬奇密码》相比较，无论在宗教内涵、学术意蕴、政治维度上，还是推理深度及神秘性上，这部出自意大利符号学学术权威之手的《玫瑰的名字》都要超过前者不止一点点，甚至可以说它是后现代主义小说集群中不可或缺的范本。

知识是这部将真实与虚构、意识与现实交织在一起的《玫瑰的名字》中最重要的填充物。知识由理性浇铸，是埃及金字塔下的巨石，由它所建筑的文本不会轻易垮塌。亚里士多德认为，由知识所命名的风、火、水、土四种元素创造了我们这个世界；其次知识具有镜子一样的自我繁殖性——艾柯先后在《昨日之岛》和《傅科摆》中都提到了一种可以通过随机抽取字词而形成对事物无限解释的机器。但，或许有必要说的是：这种对知识狂热的迷恋是极其危险的。第一，知识产生权力，权力不可避免地导致傲慢、偏见、腐败、不公正；第二，由知识所创造出来的手机、电脑、激光、核能发电、基因工程、生物克隆……这些改变了我们日常生活、居住环境乃至于思维方式的科学技术，是否应该承认它们正威胁着人类的未来，已经成为全世界共同的话题；而知识所具有自我繁殖性还隐藏着某种致命的欺骗，它让我们误以为世界永无终结日，人类将会一直并且更好地活下去。

"我们沐浴在知识的光中，精神抖擞，如吸食鸦片，浑不知那是X光。"也许这不是危言耸听。知识所营造的，很可能就是电影《黑客帝国》里那个庞大的、以人类为能源的Matrix。日月星辰的斗转星移、山川草木的荣枯凋零、饮食男女的生老病死，乃至于支配这一切的万有引力等所谓的真理定律，都只是Matrix自我进化过程中的一段程序。

卡尔维诺曾这样评价博尔赫斯："我在博尔赫斯那里认识到文学理念是一个由智力建构和管辖的世界……必须承认它是一种少数人的倾向……一个以智力空间的形象和形状构成的世界，它栖居在一个由各种星宿构成的星座，这星座遵循一个严格的图形。"

这样的评价用于翁贝托·艾柯身上或许并不过分，或如人所言："他很遗憾，他至今没有获得诺贝尔文学奖，因为许多一流作家（如萨特等）都获得了这个奖项。然而不遗憾的是，他跟绝大多数一流作家（如卡夫卡、普鲁斯特、卡尔维诺、博尔赫斯）一样，并没有获得一个二流作家云集的奖项——诺贝尔文学奖。"只是，为什么我在奥尔罕·帕慕克撰写的同属于这种"凶杀—神秘的专门知识—破案"模式的《我的名字叫红》中看到了"这个星座，不仅仅是一个严格的图形，它还是牛郎织女、愤怒的神祇、少女的眼泪"？

人是理性的，趋利避害，所以精子战争；但，人也是非理性的。自私的基因并不完全主宰着人类的全部意志。基因不会思想。人类不是基因的工具，不是脱氧核糖核酸的奴仆。也许我错了，但我还是愿意这样理解，就像理解艾柯为什么要写那部《美的历史》——"我们谈'美'时，是为一件事物本身之故而享受之，非关乎我们是否拥有此物……美丽的事物，如果是我们的，会使我们快乐①，但即使属于他人，也仍然美丽"；我还是愿意这样相信，美与爱应该是通往上帝的唯一途径，两者皆不能被加减乘除。

"唯一的真理，在于学习让我们从对真理的疯狂热情中解脱。"我默诵书页上的此语，把目光移开，把目光从僧侣、乡村少女、羊皮卷、修道院、图书馆、亚里士多德《诗学》第二卷等词语上缓缓地移开。我的手指没有乌黑，嘴唇也未发青。我还活着，虽然并没有笑着。我的朋友们已经停止争吵。男作家只手撑住下巴，视线投射在墙壁上的一幅裸女图上。是高更笔下的塔希提岛上的土著女人，肉体丰腴，色彩饱满，有着单纯和率真的宗教情感、原始的诗意、遥远的神秘、难以言表的寓意。我的女性朋友低头在研究手指甲上的蔻丹，嘴唇像一个伤口，瘦弱的影子被灯光剪切成一枝玫瑰，静静地装饰着淡蓝色的墙面。或许，海德格尔是对的。第二枝玫瑰不过是物，第三枝玫瑰受认识的局限，也并非是真正意义上的玫瑰，只有第一枝玫瑰，实际上将玫瑰、使用玫瑰的人、连同它的世界，浓缩在一幅画中，体现出玫瑰的本性。

世界是一枝逐渐枯萎的玫瑰。——把它献给你，艾柯。

---

① 人们喜欢把成功归结于自己的努力与才能；把失败推诿给社会的不公与腐败。这种心理机制使人在快乐时更快乐，在痛苦时不那么痛苦。

关于塞林格
——不想成为那一条"吃得太胖了的"香蕉鱼

老实说,我对塞林格这个人比他的作品更感兴趣。这或许可以溯源至少年时期。那时的我与一块皱巴巴的海绵差不多。在一间破烂的被尿臊味包裹着的县城图书馆,我找到一本更破烂的杂志(我已经忘掉了它的名字),上面有一段话,大意是说:一个叫塞林格的,靠一本书①成了名,整天猫屋子里谁也不见。某日这人在翻报纸时看到一张少女的脸,马上动身去了少女所在的纽约,在公用电话亭里说:"我是塞林格,我想与你睡觉。"而那个 18 岁的模特在接到电话后,立刻提着裙子往门外飞奔,就好像这样一个鲁莽且极无礼的声音是来自于天国的福音。

然后就是《抬高房梁,木匠们/西摩:小传》。没有《九故事》《弗兰妮与祖伊》《麦田里的守望者》。这中间所隔的二十多年,正如这本薄薄小书(人民文学出版社 2009 年版)开头的第一句"大约二十年多前",

---

① 一个人,一辈子能写出一本还说得过去的书就不错了。之前的生活是对写作这本书的准备;之后的活着,却又是对这本书的阐释。

是一个病句。内心的秩序，那被诸多词语所建立起的三角形，被一上午的阅读打乱，脑袋很晕，像喝了酒，而"塞林格"这三个字就是酒。我不敢肯定自己的记忆是否有误，便上百度搜索。百度上只有这位无比奇怪的男人勾引一个 18 岁的名叫乔伊斯·梅纳德的耶鲁大学女学生的花絮，以及后者所撰写的《我曾是塞林格的情人》。这个叫梅纳德的女学生，在辍学与塞林格同居 10 个月后被抛弃；又在二十多年后，发现这个自己曾无比热爱的偶像，与许多少女有着极亲密的关系——且都是以文字之交开始，又都是始乱终弃。于是，她在 1997 年 11 月来到塞林格的家门口，想问问那个已经 78 岁的老头这辈子到底有多少个"洛丽塔"。

我决定把所有能找到的与塞林格有关的文字都看一遍。别问我是为什么，就像西摩"抽出一把 7.56 口径的奥特基思自动手枪……开了一枪，子弹穿过了他右侧的太阳穴"。这用了我半个月时间。我没法像西摩那样在 6 个星期内读完"任何作者姓氏以 H 之后的字母开头、有关上帝或者有关所有宗教的盲信或不盲信的书"。西摩是神童，我不是；西摩 16 岁考入哥伦比亚大学，我在被一伙社会青年满操场追着打；西摩 20 岁出头成了大学教授，我那时在地摊叫卖劣质饰品与发夹；西摩在婚礼当天作为新郎居然胆敢玩失踪，我则忙着向全世界人民倒茶敬烟；西摩死了，我还活着，还试图在各种辞典里找到他津津乐道的那种因为"吃得太胖了，没法从洞里游出来"的香蕉鱼。

"西摩知道该怎么做。""如果是西摩……一定没问题。"无所不能的西摩为什么要自杀？而我，一个被世俗生活弄得鼻青脸肿的笨蛋，为什么要活着？为什么要阅读西摩（他与《十诫》里的摩西有什么关系么）？霍尔顿以及所有"格拉斯家族"的孩子，又为什么是在此时此刻？一种寂静笼罩着我。这寂静中藏着的令人惊惧的秘密，在我尚未窥见其片爪只鳞之际，已然迅速消隐。我的头颅在不自觉地朝着他倾斜。电脑屏幕上的这个男人具有闪电一样的容貌。他的目光是有重量的。在这种目光下，人会变形。当这种变形的力量超过骨头所能负荷的最大值，便有人变成甲壳虫、驴、狐狸、老虎，又或者是一个彻头彻尾弃绝尘世的隐者。

  隐者之秘在乎形。翻开 78 张一套的塔罗牌。隐者在黑暗中提着一盏灯，远离喧哗，一心一意在与世隔绝的日子里追寻真理。这意味着聪明、观察、悲悯、天使之翼、对人世不灭的爱和神秘玄奥的宗教①顿悟，也可能包含着用心倾听与不动声色的自嘲，但这并不是真正深刻的大智慧。光即在他手中，在那盏灯里，那是上帝的光，而他还在到处寻找。他内心的声音阻碍了他对世界的认识，以至于他没看见：作为人这种存在的本身，即是一小团宇宙之奥的凝结，犹如石头、玫瑰、庄严的山峰、不舍昼夜的河流。所以廓庵禅师讲《十牛图》，讲"寻牛、见迹、见牛、得牛、牧牛、骑牛归家、忘牛存人、人牛俱忘、返本还源"，最后还是得"入鄽垂手"。鄽，老百姓住的房子。这四个字讲的是，你明白了万物生化的道理，也还得回到万丈红尘中为世人"示现"你所理解的所有，所谓行慈运悲，不舍众生。

  塞林格的聪明于书名中亦可见得一斑。《抬高房梁，木匠们》，这个书名是来自古希腊女诗人萨福的一首祝婚歌。意思是讲，新郎要进屋了，他的男根已经快翘到天花板了，所以木匠们啊，你们得赶快把房梁抬高。但这句谑语不适合西摩。他根本不打算勃起。为什么要像一个男人那样

---

  ① 所有的宗教，首先要求的是一个信，怎样才能让人信？那些富有想象力（区别尘世生活），极富有催眠性（洞悉人性弱点）的仪式太让人着迷。但这不是关键。关键是，教义不能复杂，不能变化，不能自我质疑（但可自相矛盾）。科学不能成为宗教的根本，可能在于它始终处于一个自我否定的状态。还有，它有技术门槛。科学能替代宗教吗？好像也不能。科学是世俗之物，它对世界的探索，使它永远无法完成对自身的超越，不能给灵魂提供一个妥帖的安放处——有多少人能在一辆不知道它要开往哪里、飞速行驶的列车上安然入睡呢？尤其是当人们意识到这辆列车极可能没有目的地的时候。

去战斗？那个作为责任、睿智、可靠化身的男人，是社会不断驯服的结果，而非自我进化的要求。公众语境里的"男人"这个词，在西摩看来，基本等同于窘境、无法言说的挫折感，最终向下堕落的肉体、虚妄的自恋、愚蠢、不可理喻、原罪以及不可避免的自我放逐与惩罚。所以婚礼当天，西摩不辞而别，并在那个本该浪漫的旅途上饮弹自尽，他不想成为那条"吃得太胖了的"香蕉鱼。

他已经去过生命的内部——那个荒凉又荒谬的存在，那个七万英尺的海底。他不再愿意继续往极深处潜去（七万英尺的海底与十万英尺的海底能有多大区别），与那只并不存在的大海怪搏斗。他不是廓庵禅师，不是东方文明哺育大的。而作为书写过《麦田里的守望者》的塞林格，也着实厌倦了没完没了的"守望"——世界是屎橛（僧问云门：如何是佛？门曰：佛是屎橛），谈不上好坏，又有什么必要苦苦蹲在那里？这很无聊。还不如"喝自己的尿、爱慕少女、只为自己写作、信奉佛教、尝试针灸、遁世隐居……"有趣得多。

世界，人类社会，又或者说真理，因为其绝对性，必然导致其内在结构的封闭性。这是一个熵。那神圣的，曾如铁与血的，曾激荡胸腔的真理，在这个不断向下的过程中，必然要沦为常识，最后为废话所包裹。西摩的自杀，塞林格的古怪，也都注定要成为人们茶余餐后的一道开胃的小甜点，不会具有任何值得咀嚼的核。还有什么可以说的？上帝的归上帝，撒旦的归撒旦。我们还是把目光回到文本。

传说中的萨福美貌无比。当法官要判她死刑，她当庭脱下上衣，露出丰美的乳房。片刻，旁听席上爆发出震耳欲聋的呼喊：不要处死这样美丽的女人！对于我这样一个无聊的整日被伤感折磨着的人来说，《抬高房梁，木匠们/西摩：小传》便是这样一个文本意义上的"萨福"，它足够精致、美，有爱也有污垢凄苦，一如下午四点钟的树影。它靠氛围取胜，而非叙事技巧。这氛围来自于心灵世界。它由两个四万字左右的中篇构成，如同两面被精心摆放的互照之镜，叙述者都是西摩的二弟巴蒂　塞林格的化身。它比大多数中国作家写得好一点（但若有哪位中国作家打算这样写，我劝他还是别这样干，这会死得比西摩还快），可以为我黯淡的日常生活带来一丝草木的气息。

一头蛰伏的怪兽
——读《羞耻》

这是一次超出我经验的阅读,就连阳光在其文本之中,亦如一头蛰伏的怪兽。

该怎样来描述这本由"在文学史上,也许没有第二个作家的脑袋价码高过他了"的萨尔曼·拉什迪所创作的《羞耻》?出版商提供了标签:"这是一部充满讽刺、揶揄与怪诞的小说。"但我个人更愿意把它视作"一本充满疯狂、残酷与恶毒的小说",尤其是恶毒——尽管是在一层被刻意营造出的荒诞不经之氛围的笼罩下,它们也并非完全是因为"四脚的情妇们""地震是由天使从石缝里出来时引发的""他死翘翘从子宫出来""想象让一条鱼爬进你的肛门,一条鳗鱼在你内脏里吐沫"……以及通篇的要从纸上溅到人脸上的粗言秽语所诱发。作品中人物关系的可憎、互憎(毋论父女、情人、夫妻、兄弟、姐妹等),与作者行文的轻松戏谑,形成巨大反差。这反差犹如深渊,让我踏足于悬崖上,晕眩,有生理上的不适。

全书五章,结构繁复、严谨。第一乐章快板,采用奏鸣曲式,节奏明快，却是建立在一个临死的鳏夫诅咒三个被自己幽闭于深宅中的女儿为"娼妇"的基调上；第二乐章速度徐缓，笔调间有大小提琴的迂回曲折，但那些可怕的故事着实让人望而生畏。善是缺席的，有的只是被贪婪、傲慢、淫欲、嫉妒、懒惰、饕餮、暴怒所驯服了本应该待在地狱的生物；第三乐章略快，喧闹，由"那个被深爱着她的父亲所宰掉的女儿"的尸体敲下第一个音阶。如同在一个没有光线的屋子里隐约听见来自四面八方的各种各样的笑声（尤其是作者本人阴冷的笑声）不断敲打窗户，那个拥有非凡美貌的阿朱曼终于流着眼泪得出结论："人生是屎"；第四乐章是旋风，作者的笔猛地加快速度，句子与段落里出现雨点与雷声，然后母亲告诉女儿，她父亲被绞死时，"眼睛会凸出，脸变青，舌头伸长"。而另外一个上吊的妇人，"因为她怀孕的体重，把第一根绳子绷断了，但她没有被吓倒，还在卧室里洒香水，以掩盖她死去时流出的粪便的臭味"；第五乐章是审判日，本该庄严神圣，哀歌齐鸣，却又仿佛是一只脸上涂着黑油漆的鬼魅，让人（至少是我）在读完最后一页，就想赶紧把它扔远一点。

据说这部小说不但"影射"了巴基斯坦动荡不安的近代史，更"中伤"了巴基斯坦前总统齐亚·哈克与著名的布托家族。坦率说，我讨厌这种肆无忌惮的"影射"与"中伤"，讨厌这种拙劣的但极有效的商业策略，讨厌作者不厌其烦地对"羞耻"这个词的强调。诚如作者所言，"我所写的绝非仅仅是巴基斯坦"，若把巴基斯坦、布托、齐亚·哈克等现实中的地名、人名——剔去，换成乌有之乡、张三、李四、王二麻子，我相信小说会因此更为清澈。而羞耻更应该是从人的内心长出来的，犯不着作者本人跳出来指手画脚。

我承认，在这部庞大、复杂、始终动荡不安的文本中，我的确看见了历史的吊诡、两个家族命运的不可分割、艺术的歇斯底里、野心与权力、语言的斑斓之色、宗教的非理性和政治暴力、寓言、妓院墙壁上的涂鸦、十八条围巾、用四肢爬行的美女、虚伪与卑鄙,以及更多——每个词语都是吸水的膨胀着的海绵。

但是,我更看见了拉什迪那张兴奋难耐的、极端聪明的、同时也是虚弱的脸庞。他对国家、民族、政治与宗教等大词不遗余力地全面抨击,正是导致他自身"羞耻以及无耻①的根源"。我赞成对一切具有意识形态意味,代表绝对、尺度的大词的反省,且最好是一日三省,可也反对这样有下三烂之嫌的一棍子打倒。这种做法,往往是因为我们并不真正理解它们的五脏六腑。又或许拉什迪已经来到了那个世界已经结束并又重新开始的下午,而我却还在今日此地,还在一厢情愿地认为:人,特别是那一小撮自以为洞察了宇宙真相的人,内心深处最好得有些悲悯,有一点儿光。

野兽具有很多种面孔,有时它可能是一位文学天才。

抛开价值判断,只从文体、语言、奇异的想象力与思想的深度此四处来说,这部小说当是我说过的那种"值得反复阅读的,令人赞叹的"。它在现实和幻境中自由穿行,自有其声色气味、寒暖软硬;自有其枯季雨季、晨光午夜。它算得上是智力写作的典范,文学性与思想性这两者取得了令人赞叹的平衡,让我在某种程度上想起马尔克斯的《百年孤独》,译者文笔也不错。一些句子非常好,仿佛闪电,如"母亲们都这样高,像伸入空中的手臂"。

---

① "多数人的无知"这种平庸的恶,随着现代性浪潮,会在一个自我启蒙的过程中得到反省;少数人的无耻呢?这种无耻所孕育的恶,极富魅惑,它甚至让许多人相信那就是正义。它令人恐惧,而恐惧令人服从——这是生物性的避害本能。大胆点的也不过小声嘀咕道"你有狼牙棒我有天灵盖"。

王村的影子覆盖大地
——读《我的名字叫王村》

一

如果说《变形记》是路的起点，是卡夫卡站在悬崖边讲述的"异化的现代寓言"；《我的名字叫王村》（以下简称《王村》）则是这条路在东方神奇土地上的延伸，是这个现代寓言跃出那由泥土岩石构造的悬崖，进入到一大团云蒸雾蔚宛若梦境的现实中，但它的脚底并非虚空，而是一块坚硬的玻璃。怎么说呢？这种感觉类似在美国大峡谷那座中国人建造的玻璃桥上行走，行走在一个原本只有雄鹰飞过的地方。峡壁环绕，步步惊心。

读《变形记》时，有个问题一直在困扰我。如果变形为甲壳虫的格里高尔没有死，他的家人会怎么办？无外乎以下三种：一是卖给马戏团；二是当成宠物豢养；三是遗弃。无论哪种，都是"艰难的决定"。卡夫卡用格里高尔的"死"避开做这道选择题——他本人的性格，短篇小说结构上的要求，都是他这般闪躲腾挪的原因。当格里高尔自然死去，遗弃成了必然选择，格里高尔的家人也获得道德的豁免权，"感到如释重负，感到从未有过的轻松"。但问题并不会消失，这回，它终于出现在《王村》里。这让我感到一种前所未有的惊喜。我想知道范小青的抉择。

化身为"我的弟弟"的格里高尔，在《王村》出场时认为自己是一只老鼠。如果说从"人"变成"非人"是格里高尔们的命运，范小青一语道破"变形"的肇因。"我带弟弟去看病，与医生说了一大堆话，差点被医生当成精神病人。水落石出后，医生直言不讳道，'病被你们耽误了'。"医生眼里的"你们"是谁？就是"我们"。这是一组奇异的复数，有着饕餮之胃，每时每刻都在自我复制不断增殖，犹如病毒（还记得《黑客帝国》里的史密斯么）；同时，也通过无处不在的"在思想、政治和组织上的斗争"，不断自我清洁，自我完善，自我实现，以保证其结构的完整，作为"我们共同目标的实现"。疾病是惩罚的隐喻，尤其是精神疾病，那更是罪无可逭。当我们以各种修辞，比如爱与家庭、国家与民族等，都无法控制住那些不服从"我们"的异类时，精神疾病是"我们"祭出的最有效的修辞工具。"弟弟本来并不是老鼠，他明明是个人。大家的意思是，如果我不说，弟弟就不会变成老鼠"。"我"，王全，是第一个这样说的人，而"我爹""我娘""我大嫂""我哥"，以及全村人无不齐声加入"弟弟是一只老鼠"的大合唱，最后，弟弟也加入了，且身体力行。这在病理学上有充分的解释，根源于自我惩罚。一个人被宣布患有"精神病"，就丧失了为人的资格，即"非人"。曾经属于他的财产、名誉等，都要被不同程度地剥夺。他本人更要遭受到疾病以外那些更为痛苦的真实不虚的歧视。哪怕已然痊愈，人们仍然随时用异样的目光打量着他们，担忧他们旧病复发。这种对精神病人的社会歧视远较其他疾病更多、更隐蔽;这使他们终生难以摆脱"疯子"之嫌,同时也更易令他们沉溺于疾病本身难以自拔——疾病是自我保护之盾。

令人深思的有两点:第一,尽管作者没有明确说明,但叙述者"我"应该也是一名精神病患者,至少是一名智障青年。精神病人思维广,智障青年欢乐多。全书笼罩在一个黑色喜剧的调子里,而这个调子的形成皆有赖于"我"与众不同的思维方式与行事逻辑。尽管"我"一再声称自己是个正常人,可总是难免被别人视作"非正常人"——精神病医生,"我"把弟弟带到周县扔掉的客车上遇到的乘客等。让人啼笑皆非的是,这两次尴尬都依靠弟弟的及时发病,才得以化解。等到"我"想找回被遗弃的弟弟,被江城救助站经验丰富、有着菩萨心肠的关科长视作精神病人后,因为弟弟的不在场,这种"饶舌表白"式的证明也就成了《第二十二条军规》:"如果你能证明自己没疯,那就说明你疯了。"第二,弟弟是精神病人,但还是救世主。不仅数次拯救了"我",最后还拯救了王村(乡村文明)。当"我"把弟弟带回到没有了老槐树、水井、大蒜地的王村,奇迹发生了,弟弟叫出自己的名字,使席卷王村的"圈地运动"因为他的不曾签名,在那最后二亩地前得以停止。作者为什么要做这种苦心孤诣的设置?这里有一种暴雨将至前的寂静。

《王村》的背景是正在进行的漫长而又艰难的中国城镇化进程,它涉及一系列亟待突破的制度改革,其中尤以土地问题突出。通过征地解除农民对土地的依附关系是容易的,但农民拿到征地款后怎么办?许多农民是像"我哥"一样拿了钱转身就进赌场,或者几年内坐吃山空。被征的土地,一会儿是工业园区,一会儿是文化园区,"都剪彩了五六回",根本没有完成从种植业到工业的转型,没有给农民提供一个切实有效的出口。征地成了掠夺的借口,是一些地方政府片面追求GDP与政绩时竭泽而渔的手段。由于城镇化浪潮所导致的相对贫困,分配不公,贫富差距拉大等问题,屡见不鲜,是一个让所有中国人都感到不安的现实。范小青用《王村》发出天问,这令作为写作同行的我深为佩服,这需要炉火纯青的写作技艺。

《王村》不仅把这些藏着飓风一般毁灭性能量的现实圆润无碍地融入小说文本,还通过村长王长官带领全村人"致富"的折腾史,建构起一个"乡村伦理为何凋零"的深层隐喻。征地是按户口本算的,多一个本子多一份征地款,"我哥与我嫂就搞了假离婚"。但当"我哥"拿到钱进赌场后,原来在"我哥"面前说一不二的"我嫂",就被他一个巴掌扇倒在地上。"我嫂"即乡村文明的象征。这个场景如此残酷,又让人无法言说。现代化进程,或者说消费主义的兴起,这个正在发生的事实很难用好坏与对错来判断,但必定会激起人们对古典乡村的祭奠,对田园牧歌的怀想——那失去的,未必就是人们愿意生活于斯的,可因为失去便弥显珍贵。

城市化进程是以民主为基本要求,以科技进步为主要特征,以国族利益为出发点的现代性浪潮。具体到王村,就表现为王长官在选举时的"贿选","我嫂"想象的大家洗脚上田"穿白大褂,套鞋套进车间",以及村长不择手段的共同致富梦。怎样来理解范小青对现代性的批判?中国人发财后会去包"二奶",甚至把慈善当作掠夺财富的手段。这是不是中国人的劣根性?在我看来,不是。而是伦理匮乏的结果。中国经济奇迹的出现也决不只是因为对西方经济理论体系的学习,以及全球产业链转移提供的产业机遇。这还意味着什么?有必要说明的是,今天的资本主义越来越具有从原来支撑它的宗教伦理体系里挣脱,再与技术伦理媾和的强大冲动。

《王村》有两个主题词:寻找与折腾。前者由"我"主导,微观叙事,进入人物的心理层面,是主线,显而易见;后者由"村长王长官"

主导,宏大叙事,通过建"大蒜250厂"等事件勾勒。句子、段落与章节不断发生强弱变化,这使小说具有了异样的抒情特性,细细琢磨,能听见瓦格纳(请原谅我这匪夷所思的听觉),肉体会战栗,会在刹那间瞥见:奇迹、癫狂与兴奋、人的经典时刻。《王村》的起,是卡夫卡的《变形记》;但其所蕴,却是用中国乐器弹出的《疯癫与文明》,是用小说对那本在人类思想殿堂光芒四射的哲学著作所作出的艺术阐释。"疯狂不是一种自然现象,而是一种文明产物。""我们所知道的文明史不过是一场理性对非理性的胜利。我们想当然地生活在其中,被历史的表象以及理性的话语所蒙蔽。"把《王村》里的所有人都分别拎出来敲打,不难发现所有人都患有某种程度的精神疾病。大家都有病。只不过一种沿袭已久的观念区别了你我,使我成了精神病人,你成了替精神病人治病的医学。

我热爱阅读,这在未来是不是一种疾病,或者说是精神病人特有的表现?我不能确信。据说在不久的将来,人的大脑里可以植入纳米微粒,而"一匙液体包含的纳米微粒可存储1太字节数据,可以存储2000小时音频内容。"也许有一天人类的交流方式就是通过交换这些纳米微粒来实现。我只能说,人唯一能够抵制的也就是那些真正跟"自我"毫无关系的事物。我们无法抵制疾病。又或者说,酗酒者无法抵制酒精;吸烟者不管怎样痛下决心戒断,他也一定会在梦中沉溺于往昔的烟雾缭绕——那是他一生中最动人的时刻。

必须说,在疯癫与理性之间并不存在绝对分明的壁垒,观念总要发生变化,会让一个慕男狂演化成一个女权主义的急先锋;而在一个人的灵魂深处,也总是同时隐藏着疯癫与理性两个小人儿,一个是大闹天宫的孙行者,一个是一心谋个正经出身的六耳猕猴。又有谁敢断言:最后去西天取经的不是六耳猕猴呢?那个疯狂的叛逆者,五指山下压了500年也压不服的真孙悟空,完全可能是被如来以大神通定住,"显出六耳猕猴的形"，再被六耳猕猴一棒打死，被冒名顶替。坦率说，当我读毕《王村》，我还是不能确信"我"与"弟弟"究竟是两个人，还是一个人？"我"始终陷入一个不断循环往复的"我是王全""我弟弟是王全""我不是我弟弟""我是我弟弟"的自我怀疑与自我证明中。"我"是谁？这个哲学上的终极问题是笼罩在《王村》上一团巨大的迷雾。

《王村》的封底有一句话，"在一个线性时间的来龙去脉中，范小青以中庸的力度打开了两个世界：一个是哲学，一个是现实"。我觉得中庸两字在这里用得极好。它包括中国古人做学问的五种方法：博学之，审问之，慎思之，明辨之，笃行之。我还觉得说这句话的人眼力也极高明。许多作家，包括许多大作家，比如欧·亨利，终其一生也没有让自己的作品进入到一个哲学高度。我曾经给当代小说下过一个定义：当代小说并不等于小说的当代性。当代小说是在"大海停止处，望见另一个自己在眺望大海"，它强调：深度，广度，维度，高度。深度是说"我的每一次触及都在打开更深远之门"。广度是说"我的履痕及对世界广阔性的赞叹"。维度是说"我看见了银幕这面，也看见了银幕的后面"。高度是说，"我在月球上望见地球是圆的这个事实"。《王村》应该在当代小说中占有一个相当重要的位置，时间会把它搁上文学殿堂的高处。

二

读完《王村》后，我写了几段话，兹录于此：

每个汉字都有其象形会意，有一个国族几千年文明史所沉淀的记忆，集体无意识层面的喜、怒、哀、乐、忧愁、烦恼（柴静说，八个字里头喜和乐只占两个，所以凡事要想开一点）……它们像一只只嗡嗡响的蜜蜂，在造物主（作者）神秘的意志下，超越了作为一只蜜蜂所拥有的属性，以一种匪夷所思，同时也令人眼花缭乱的方式，开始在屏幕上聚集，渐渐地获得对"作为一个整体"的梦想与相应的行为逻辑——出现在屏幕上的每个汉字会因为对这种整体性的理解，自发地调整自身的重量与速度，这也就是一些作者在修订增删时所感觉到的神秘性。认为在那奇妙的瞬间，是上帝握住自己的笔。灵感并不是来源于自己的大脑，而是文字在文字中涌现。

涌现，是一加二等于二，同时也等于一只"苹果"——亿万万年前，生命即按照该逻辑在地球上涌现。

重复一次：也只有在这个神秘奇异的时刻，构成这个整体（现在应该称之为一篇文章）的众多个体，才会逐渐呈现出超越自身利益的、只有作为一个整体才能呈现出来的特性，并生成"诗"的语境，使每个词语有了新的可能性。

为什么这个词要搁在这里，而不是那里？是"僧敲月下门"，而不是"僧推月下门"？为什么这个词搁在这里，是这个意思，而不是那个意思？这是一个在日常生活中被大家所熟视无睹的奇观，文章的主旨、结构等，以及美，由于单个词语对整体性的服从得以显现，犹如一缕缕光从暗中显现。

写作者在街头行走思索。他发现人流与河流之间的区别与联系。落日的玫瑰从天而降，使街头如同舞台。他开始意识到所谓"日常生活的戏剧性"的真正含义，决不仅仅是事件的起转承合与情节的跌宕起伏。他望着从身边漫漶而过的一张张脸庞，想起那一个个方块字，几乎要号啕大哭。这是一种俯瞰芸芸众生的视角，一种难以想象的悲悯之情开始充溢心胸。

"人是上帝的一部分，所有的人都是。而其中一小撮者，因为种种因缘受到神启，成为人类的杰出者，比如我。"写作者在这样思索时，没有发现他的脚步已经下意识地跟上人流行进的节奏。换个说法，人流已将其裹挟。他路过邮局、咖啡馆、书店。书店的橱窗里摆放着一本《乌合之众》，一本《群氓的时代》。他皱眉，隐隐约约感觉到某种事情将要发生。他情不自禁地咬了下手指，体验到焦虑与不安。他又路过一间商店。橱窗里搁着的电视机在播放一档海洋生物的纪录片。他不自觉地放缓脚步。

风吹了过来，猛地把地面上的一只塑料袋带上灰色的天空。他惊呼出声，终于意识到自己是人流中的异质。但大脑已经来不及思考这个问题，他感觉到"震惊"，是的，"震惊"，本雅明反复论述的那个词。他的视线被一种神秘的力量牢牢地与电视机的屏幕连接上了。屏幕上那片深蓝色的水底，数万条银白色的鱼，突然用一种难以理解的神秘方式，在一个极短的仅几毫秒的时间段里，迅速形成一个移动的群体，高速向前，眨眼间又一律左转——就没有一条往右转！

倏忽聚散的鱼群让人敬畏，没法不把它视作一个完整的生命体。只是它的灵魂何在？是同时存在于每条鱼体内吗？是每条鱼都同时做出左转的选择，还是其中一条做出左转的选择后，其他的鱼刹那间便确认了这是最好的选择——它们为什么不需要民主投票？为什么它们中间就没有一望即知的"头鱼"，那种类似君王发号施令的鱼？

写作者紧紧地盯着电视机的屏幕。他想挪开眼睛，但挪不开。人流的速度加快了，像有一个声音在前面呼喊着他。他不得不抓住玻璃上的钢质把手，以免自己被人流冲走。他想起他在某篇文章中看到的一个段落：

父亲在空中打出的那行黑体字是一句神秘的咒语。许多人互相张望着，渐渐开始离开他们原本的行走路线，或者走出家门，三五成群，四六一堆，犹如不断叠合的一个个不同尺度的涡旋。人流很快形成，开始还只有铅笔画出的细线大小，眨眼就有大拇指头粗细。这是一种具有非常怪异特性的流体。它能掀起拍沉钢铁巨舰的浪头，也会瞬间化作虚无。在人流中，不管一个人多么智慧、强壮、高尚，一旦被其裹挟就必然要跟随它移动的节奏——哪怕眼看着自己脚下有一个被践踏的人，也会身不由己地再踏上去一只脚。它能最大程度地攫夺理性，使一个人沦为一个单向度的畸形物。人流是危险的；当人流被有意引导至某个特定区域就更加危险了；而当一个能激怒他们的事实，再被不加丝毫掩饰地摆在眼前时，受到挑衅的人流，会变成一头比世界上所有恐怖生物加在一起还要可怕的怪兽。

这篇文章叫什么名字？《阿达》。

几分钟，这个音节从他胸腔深处缓慢浮出，姿势与一条被渔叉刺伤的座头鲸差不多。舌底下有一些咸。写作者开始反反复复地思索关于《阿达》的一切。又是什么让这篇文章有了一种生命力，能使"我"心澎湃，望见星辰大海？

而在这无数个"澎湃"与"望见"出现的时候，人会超越个体的局限性（或者说自私、贪婪等人性的弱点），甘愿为群体（人们通常用国家、民族，以及人民等词语来描述它）抛头颅洒热血，推动它不断变化——这是一个犹如波浪涌动的过程。

变化，不一定意味着前进。一般来说，群体的整体性大致可分成"家族—民族—人族"三个阶段。利他主义便是这个"人作为整体一部分"合乎情理的理性选择。

"没有人是一座孤岛，可以完全地自给自足；每个人都是广袤大地的一部分，是整体的一部分，是其他人内心的风暴与手中的玫瑰。"写作者喃喃低语。他都想不起来，在400多年前，一个叫约翰·多恩的英国诗人说了这句话的前半部分。

他在台阶上坐下,掸掸衣襟上的土与唾沫。他的样子看起来是那样疲惫、憔悴。也不知道过了多久,一枚硬币落在他洗得发白的灰袍上。他抬起头,吃惊地发现,越来越多的硬币正朝他飞了过来。这些面值不一的硬币的投影在地面形成文字。通过改变硬币飞行的轨迹,即可以形成不同的文字,以及句子与段落。这是一个让人痴迷的游戏。很快,写作者忘掉他曾经思索的一切。他站起身,跟随人流,继续向前,就像所有人一样,手掌开始有节奏地拍打胸口,嘴里呼喊出声。

我把这几段话发给一个朋友。他回复道:

渐渐觉得,相比于思和知,美可能更本质。读了这篇感触更强烈。换句话说,尝到苹果的滋味(美)要高或重于知道苹果。"写作者在街头行走思索",对我而言,他这个姿态蕴含的存在之美,要高于他思索的问题和答案。答案有什么用?这个问题我越来越迷惑。

答案有什么用?这个问题比屈子之问更让我困惑。

年轻的时候总以为问题总有答案。日头毒了,地就会生出那甘甜的椰果,滋润被日头晒着的人。世界是属于因果律的。哪怕是困扰了人类上百年的庞加莱猜想,迟早也会冒出一个叫格里戈里·佩雷尔曼的俄罗斯牛人给出回答——天啊,据说他的钢琴弹得也不错,还是桌球高手。如今年近四十,越来越发现:不仅是支配这个世界秩序的诸多人文学科领域,包括原本以为属于真理化身的自然学科在内,也并非一定就有一个犹如"$1+1=2$"一样简洁客观的答案,比如微观层面的量子力学。答案都不可避免带有偏见与傲慢,或者说是某种概率的显现,也必定要带来更深的疑惑、不安与黑。范小青说:"我的叙述带着我对一切的一切的疑惑,同时也带着我对一切的一切的温情。"也许只有这疑惑与温情打来的一束柔光,能照亮我们的脸,照亮我们跌跌撞撞前行的路。

　　屋里有巴赫的音乐。是上帝的话语,源源而出。还能说些什么呢?披衣出门。午夜的时候,我去屋外看雨。湿润的街道犹如鱼脊,高而神秘。我喜欢这样,雨点是无数的疯狂与想象。一个个不可磨灭的瞬间。

时间穹顶下
——读《时间的囚徒》

关于时间，人们有太多阐释与虚构，相关文本足以自地面堆至星辰。我喜欢时间是牢笼的比喻，这是一个三维影像，摆脱了大家脑子里那条逝者如斯夫的"河流"，与对河流两岸灌溉种植的叙事逻辑，使时间第一次获得立体结构。时间不再只是一个测量事件过程长短和发生顺序的度量，有了长宽高、穹顶与笼身、比例、让人愉悦或不安的风格、众多斑斓色彩。这种奇异的"空间感"，让我们有可能依照几何透视和空气透视的原理，来观察时间，观察人与时间的关系，远近、方位、层次——就像一个尼康镜头。

我看见人这个物种的真实处境（被囚禁）。这个比喻是所谓"时代局限性"等的显现。我也看见了两种人，一种是待在笼子里；另一种是去笼子的外面。去了笼子外面的人，是不朽者，是"人类群星灿烂时"。待在笼子里的人，同样有两种，一种意识到笼子的存在，另一种以为笼子并不存在。

我注视着他们的"表情、手势与眼神"，心里有一种很奇怪的响声，难以形容，在字与词之外。突然想起某个秋日黄昏。渡口旁边，漫天杨花，雪絮大小，落得极慢。这种"慢"生出凝滞感。时间停了下来，蜻蜓一样悬浮于眼前。也许，时间与空间是可以互相转化的吧。

时间的牢笼，何物建造？最初，它是一个出生于地中海科西嘉岛渔民的冒险史。

鲁莽的年轻人为了摆脱人的贫瘠与一成不变的生活，从海洋来到陆地（对陆地的眺望是人吃下的那颗智慧果），参加法国远征军，在蚊疫横行的印度支那遭遇爱情。那是一个什么样的姑娘啊！舌尖有着芒果的甜。她叫秋兰，是夏娃。他把她藏在兵营里，"在冬天到春天最难熬的时光里"相爱，做爱……她死了，连同肚子里的孩子，被亲人以捍卫家族荣誉之名沉潭浸死。亚当失去肋骨，上帝再把他逐出伊甸园，派往北京。那是 1900 年，中国人的庚子年，慈禧宣战，义和团围攻东交民巷各国使馆，这个叫菲利普的科西嘉人跟随部队，在经历一系列颇像滑稽戏的战斗后，进入紫禁城，在皇帝坐的龙椅上端坐下来，还照了一张相。他发现一个堆满中国历代皇帝收藏欧洲钟表的房间，时间在这个封闭的屋子里嘀嗒走着，叮当响着，他偷了其中一件。几年后，他靠着偷窃与抢劫的积累，做了一个从贩卖钟表的商人，认为自己是一个来自法国的北京人。

这是时间的"始"，是人的开始，是人类的少年，要有匪夷所思的奇遇与冒险故事，要有对女性最美好的憧憬与随之而来的幻灭，要有战乱、瘟疫、疾病等建构"我"的事件，以及最早的身份认同。人的意义被发现，生命第一次浮出海面，在强烈紫外线的辐射下，呼吸着那自由又有着毒素的空气。

接着，它是一个"体制化"的寓言。

老菲利普的儿子，也叫菲利普。他的一生大致分成三个阶段。青年时期，做美国大兵的翻译；壮年，去了劳改农场；中年，在法国。作者用菲利普一个早年夭折女儿的视角来讲述他的壮年时期，这是全书的浓墨重彩处。时间在这里有了岛屿，读者能清晰看见一个人"思想改造"的全过程，这是技术活，是在隔绝人与外界信息交流渠道之后的规训与惩罚、恫吓与欺骗……其极端结果就是，被洗脑者发自内心地认为自己罪大恶极，心甘情愿要求被处决。人一旦进入这个体制之岛——体制是人类最伟大的发明之一，它有三个基本要素：意识形态，组织结构，考核及奖惩体系的量化——就不可避免异化，成为岛屿的一部分。而抗拒体制化者，就是死，而且还得是按着体制要求的死法那样去死。

只有最卑微者才能在这个岛屿生存。这使菲利普的"活着"不同于余华的《活着》，同样是沉默地忍受，这沉默里有了人的主体性，有了辩解与斗争、屈服与顺从，有了闪烁的微光。更意味深长的是：因为拥有法国国籍，当菲利普有幸离开岛屿，回到作为"彼岸"的法国，却最终成了一个整日沉湎于食物和性的废人。

这是时间的漩涡，它要抹掉人所建构的，使神殿倾塌，万象万有荒谬可笑。所以也就有了萨特的"存在主义"，与第三代菲利普的巴黎"红五月"。

1968年5月，一场风暴席卷巴黎。

从中国来到法国的小菲利普，唾弃着资本主义的腐朽与堕落，走出家庭与校园，走到街头，奋力朝警察扔出石块。他们渴望摆脱无止无休的意识形态论争，摆脱所谓的科学主义、理性精神，摆脱权力的腐蚀、资本的掠夺，摆脱"人是社会生产的螺丝钉"与无聊沉闷的庸常现实（这些年轻人并不真正知道自己想摆脱什么，只是愤怒，甚至以为这种愤怒无非是额头上的青春痘，只要把脓包挤出来就好了，但为他们提供理论武器与行动纲领的萨特等作家学者心知肚明）……而这首先是要回到个人，回到身体，回到性。

小菲利普有一个女友，叫玛丽。他们做爱"就像是杂技演员那样"。他们的性不同于父亲菲利普与芭贝里基丁匮乏与本能的性，更不同于爷爷菲利普与秋兰、小脚女人、满族女人的具有掠夺性的性。他们的性更平等，"一个互相探索的过程"；更美好，"在花园里采集蜂蜜"；更自由，在不妨碍他人的前提下，对自己身体的自由支配。于是，在脑袋挨了警察一棍的小菲利普的呓语中，读者看到一幕疑真似幻的"性解放"。

这是时间的展开，是湍流。

革命、民族与国家、在狂欢与恐惧中左右摇摆的社会等主宰之词，在一夜筑起的街垒间，在父与子的讨论中，在警察手中警棍与催泪瓦斯的袭击下，在世界范围内的辩论声里，也在那个"更平等、更美好、更自由"的性中，被悬置、审视。人重新出发，携带着各自的时间琥珀——他们的个人记忆与集体潜意识的结晶，朝着一个多元、斑斓而世俗化的世界迈来。

我们都知道小说结构的重要性。但我想许多人在谈论它时，就像在谈论民主时一样，并不真正明白结构到底是一个什么样的东西——甚至把文本缺陷认为是精心设计之美。小说的结构首先是对自然万物的学习，比如蜂巢、环、黄金分割率、树叶被风吹动的天籁、湍流等。然后才是作为人的观念的导入。

我在想这篇小说的结构，想它的设计，它的框架、殿宇、楼阁、门窗、匾联。

叙事的三重奏，异常清晰。父亲说，女儿说，儿子说。

父亲是说书人的口吻，言说第一代菲利普（爷爷）作为八国联军中的一员士兵来到中国的奇特经历；女儿用亡灵的视角，再现第二代菲利普（父亲）、一个中法混血儿右派的劳改七年；儿子站于"在场者"的角度,讲述第三代菲利普(自己)在巴黎街头掀起的风暴。三段历史,三个菲利普,三种腔调,构成一个圣父、圣子、圣灵"三位一体"的结构,是音乐的复调,渗透其间,击玉敲金,各节拍间的嵌合有着惊人的精确。"三"是打开世界这本书的钥匙,是东方哲学里的"三生万物",也是西方艺术音乐里的三段体、三声部、三和弦与"完全拍子"。这种形式感与文本主旨"东西方文明的碰撞、撕扯、纠缠",有着奇异共鸣。这是对人们所通常说的"形式与内容的统一"完美呈现。在对中国当代小说的阅读中,我极少看到这种极富有智性、极具难度的文本。

该怎么谈论这本书的价值呢?

我猜想文学史上或许会出现这样一段话——中国加入全球化的历史也许是从1840年的鸦片战争以前就开始了。络绎不绝的外国人,那些传教士、商人、冒险家和旅行家,还有一些考古学家,纷纷来到中国,怀着各种各样的目的和对中国的想象,在中国经历了他们一生难忘的岁月。而他们眼睛中的近现代中国,到底是什么样子的呢?这些年,很多外国人在中国的回忆录、亲历记出版了不少,成为我们了解中西方交流史的重要资料。但是,从文学的角度来观察他们、来书写他们,却是少之又少,可以说是凤毛麟角。邱华栋做了这件事。

这本《时间的囚徒》,就是以近现代史上外国人在中国的生活经历来结构。作者让小说的主人公与中国发生了难忘的爱恨情仇。不难看出,作者是非常有雄心的,是试图找到更高的坐标系,既突破自我,又在特定创作领域上填补中国小说的空白。

这样就够了吗?这太小觑了它。

这是一个属于全球性文学谱系里的作品,具有世界性的视野,个体生命的汹涌澎湃,种种学科知识的增量,还有哲学上的审视,等等。它挣脱了中国小说固有的经验巢穴与叙事模式,轻盈向上,至白云边停住,展开。一家三代人的命运，在时间的穹顶下，阔大宽广。云层是滞重的历史与现实，它在其中找出关于人的诗。时间/牢笼，人/囚徒。雨滴凝聚，形成汉字，飘落。泥土湿润，草木安静。我喜欢它，还有它投下的意味深长的阴影——这些阴影与文本本身，构成了一个真实不虚的存在。只要稍微多一点耐心，不难在这些阴影里看到种种止于作者唇齿边的人生景观。

还记得那个著名的囚徒悖论吗？

某种意义上，人类史是一个"重复的囚徒困境"。在一个计算机程序参与互相竞争的相关实验中，一个叫罗伯特·阿克塞尔罗德的学者发现高分策略的若干关键词：友善、宽恕、不嫉妒、报复。我喜欢前面三个词。人类尚在进化时，合作者生存。

人都是他自己的囚徒，待在一间黑暗的密不透风的小屋子里。傲慢与偏见几乎支配了他的所有。要想破壁而出，除了对他处的渴望，对自身的狐疑，以及勇气、耐心、智慧外，还存在着这样一个囚徒困境：人与自我的双重博弈，在理性层面及梦境深处这两个战场。

我无法抵制对这本小说的反复阅读。我能在阅读中感到脊椎的颤动。

人唯一能够抵制的，也许就是那些跟自身毫无关系的事物。我们无法抵制疾病。又或者说，酗酒者无法抵制酒精；吸烟者不管有怎样的戒断，他也一定会在梦中沉溺于往昔的烟雾缭绕——那是他一生中最动人的时刻。作为写作同行，我渴望被这种具有非凡魅力的文本反复淹没。沉入水底，摊开四肢，慢慢地，我也许能因此成为水中的一条鱼。不是游于濠梁引起庄子与惠施辩论的那条鱼，而是那条叫菲利普的鱼。游着，不紧不慢，水流擦着我的鳞甲背鳍。我知道自己又拥有了三生。

王小波十周年祭

写作者有一种情结：爱与时间打情骂俏。以为后人是听钟子期弹琴的伯牙，以为后人的审美尺度要高出今人一大截。但我得说时间是一个额头上贴着王八蛋标签的魔术师。杰作纯属历史的玩笑。《量子物理史话》关于电子的"波粒二象性"有着奇异的描述：这匹马同时又是白色的，又是红色的。文学作品亦不例外，它可能既是经典，又是垃圾。关键取决于我们的观察方式。"我们"是谁？

简单说："我们"——就是在某个特定的时间段拥有话语权的一小撮人。这一小撮人内部要打架，你说"文以载道"，我说"让艺术归于艺术"，你说"文学要反映生活高于生活"，我说"文学是纯粹的自在之物"。归根到底，文学只是一小撮人的文学，与沉默的大多数无关。后者所扮演的确实就是阿拉伯数字中的"0"，只有因为前面那个"1"才获得意义。

"我们"在改变，犹如那川剧中的"变脸"。此刻的我们并不清楚下一个百年的"我们"的需要。浪尖坠向浪谷，汹涌的潮水在圆月下迎风而立，投下可以吞噬一切的深渊之影。

或许有人会说：文学就没有一个永恒的尺度吗？

要了解时间的特质。千千万万年荒涯中，时间之锋摧枯拉朽，扫荡一切①。不管好坏善恶，逝者如斯夫，不舍昼夜。它是橡皮擦子；是黑洞；是捕鼠器；是冰凉的渔叉；是在死亡中看到梦境、在日落中看到黄金的博尔赫斯；是念天地之悠悠独怆然而涕下的陈子昂；是绿了芭蕉红了樱桃；是即将要流出血红黎明的星星弹孔；是一切有为法如梦幻泡影如露亦如电；是金属、钟表、工业革命与秩序；是达利名作《记忆的永恒》中那三只柔软、弯曲、正在熔化的钟；是监狱——我们都是时间的囚徒；是暴徒——我们每天都因此鼻青眼肿。

让我们所能庆幸的是，除了那绝对的时间，我们还能找到那以日月为标志的周而复始地叩响房门的相对时间。通过"星期一""星期二""星期三""星期四""星期五""星期六""星期天"这样让人的脚步变得缓慢下来的循环往复，我们可以找到那种有助于我们界定自身，以及自身与他人、与自然之间有关的读物。这些读物在这个相对的时间内，是具有某种恒定的尺度——但你不能用永恒称呼它。《蠢蛋进化论》这部电影或许有助于我们理解永恒这个荒谬的词语。谁敢保证未来的人类不是朝着越来越愚蠢的方向进化？

相对。我所说的都是相对，甚至说是矛盾。

评判一部作品的价值或者说某位作家的价值实在是太难了。从经典作家到时尚标签之间的距离并不比一张纸的厚度还短。我只能在一个有限的时空内谈论王小波的意义。而且，必须声明的是：这种谈论是基于

---

① 所有的，手中的笔、耳中所闻的音乐、性欲与爱、父母妻子，以及在社会中所扮演的各种角色，迟早一日，终要远去。它们会不会像宇宙深处的一束光，在经历上百亿光年的旅程后，重新来到地球，或者抵达另一个地球？临终时能陪伴我们的，也只有记忆了。记忆可以被虚构。这种虚构，是人文上的，也是科学上的。

我这种个体所做出的判断。我的判断只应该成为千万个声音中的一个，不应该成为唯一。没有谁可以成为唯一。没有人是那个绝对的上帝。亲爱的读者，当你学会阅读后，一定更要学会摒弃权威，你与我同是那浩瀚夜穹中的一粒星辰。

我在 2002 年左右接触到王小波。那时，我在网上码字，日产五千，少年意气，以为自己很牛，浑不知自身不堪，更不明白人的卑微与脆弱。在指点江山挥斥方遒中，读到《红拂夜奔》。我是被其中的性描写吸引了，专拣那些细节看，边看边骂，低级趣味嘛。我读得很快活。大有雪夜读禁书的乐趣。看到有身份的红拂女像猪猡一样被剥尽、洗刷，被绞车慢慢吊起挂成香肠，"死得既缓慢，又痛苦"，内心黑暗处匿伏的魔鬼连呼过瘾。

然后我忘了。白茫茫的一片，世界真干净。几个月后，在一家小书店拿到他的"时代三部曲"等几部作品。当时没看，觉得书名挺好，心中一动，以此为标题，开始写自己的"时代三部曲"。写完第一卷《竖起中指》，所谓激情不可遏止，网络上一片叫好之声，被誉为网络第一牛文（那时不懂得用点击器作弊，要不，就一炮而红了），便似吸食了鸦片，继续写《白痴庄枪的做秀时代》，试图把观念之物添加于小说之中，等到第二卷完工，王小波对我潜移默化的影响开始凸现。鱼玄机，这个出没在《寻找无双》中的会写"易求无价宝，难得有情郎"的女道士就光着身子跑到我的梦里来了。

所有的梦都早已被梦过。

在一种宛若催眠的文本话语声中，我情不自禁地以鱼玄机为主人公写第三卷《生死事小》。这是我最靠近王小波的一次写作。同样是把现实与虚构糅合起来，同样是用一个女人丰腴而旖旎的胴体为文本框架，同样是寻找的主题，同样是试图把一些沉重的命题置于故事背后，同样在书中写了一头特立独行的猪。

我感谢王小波。他最大限度地启发了一个县城文学青年在一个封闭环境里的写作可能。在那个时候，我所阅读到的经典基本上是贴着现实主义标签的皇皇巨著，它们是那样冗长乏味，与懒婆娘的裹脚布一样，根本无法带来阅读的快感。王小波的"时代三部曲"从感官刺激开始，如同一枚粗大的钉子，缓缓地，但是不可抗拒地敲进我的内脏。

佛为世人说法，从世人都懂的比喻着手。

王小波的"时代三部曲"以每个人都有的肉体为门，为我打开一个新世界，一个"人物可以跨越古今、结构极其繁复、宛若八角玲珑宝塔、塔檐翼角悬着风铃"的世界。当时，我并未充分意识到王小波对自己的影响。几年后，我读到马尔克斯的随笔："有一天晚上，我回到我住的公寓，开始读弗朗茨·卡夫卡的小说《变形记》。读了第一行，我差点从床上掉下来……原来小说还可以这样写。"我蓦然间想起自己当时那种难以言明的感觉。是的，启蒙的意义，写作的启蒙。

这种启蒙是在所谓的伤痕文学、寻根文学、先锋文学等之后的启蒙。王小波的作品迥异于教科书上的那些"开始、发展、高潮、结束"，仿佛是那山，于茫茫平原上突兀而起。率性而为、啸遨自娱。若庄子抱膝坐于山巅，嘴里吐出清风明月。还有什么样的姿态更能投合一个狂妄而又无知的年轻文学青年的心？

重要的是姿态，而非思想。2004年，我的"时代三部曲"出版，被包装成为"王小波门徒第一家"。讲实话，挂的是羊头，卖的是狗肉。王小波作品最大的特点是：有趣。在有趣背后是严谨的理科生思维。我在《生死事小》与他有过交集后，便因为某种说不清的原因，可能是不愿意与他人雷同的本能，驱使我朝着另一个方面奔去。最大的原因可能是：我根本不具备他那种逻辑思维，以及"那种清晰的、冷静的英国式的经验理性"。那时的我心中有的只是激情。这种狂乱的激情让我靠近他，又离开他，恍惚是一场突如其来的爱情，或者说是一次感冒。并且，那时的我还并不真正具备读懂王小波的智慧。不过，一切阅读都是误读。人们永无法抵达叙述者所抵达过的某处，或许包括叙述者本人。谁又能说现在的我就真正读懂了王小波？

读懂与否应该不重要。在某个阶段，有幸遇上某本书，在那时从中获得某种可能是别人眼里微不足道的启示就够了。何况，书一直在那。就像大山在那里一样。我们还年轻，有机会再读。数年前，我写《我佩服的十大作家》，说："小波的杂文不咋的，讲的无非是一些常识，靠有趣与机智的语言穿织全文。时过境迁，语境消失，其质地当失去光泽。而小说不然，纵横时空，打破了梦与现实的界限，想象恣意，色彩瑰丽炫目。文本跳腾、震荡，理性被其精细的大脑一点点筑起，再近乎顽童式地一把推翻。他虚构出一个真正的小说世界。"

今天的我读王小波，所做出的结论是："时代三部曲"是一部经典之作。它经得起最苛刻的重读，尤其是《青铜时代》。与世界其他文学经典相论，它毫不逊色。我能轻而易举地发现它与那些人类历史所留下的经典之作之间的血缘关系。每一次重读都会有意外的惊喜，这是一次没有尽头的发现之旅。它提供了我梦寐以求的那个"遁去的一"。这个"遁去的一"并不是通常人们夸奖王小波时所使用的"有趣"所能涵盖。

我承认，这结论只对我个人有用。再经典的作品与作者相遇，皆需要缘。不仅是初见时的缘，还有重逢时的缘。你要有缘进入它的体内，才能感觉到它的心跳与温度。而且，我认为：让中学生，以及一些心智未成熟的人读"时代三部曲"不仅没有益处，反而害处多。刑罚、虐杀、性、作为权力的意识形态话语，贯穿于王小波作品的始终。要想理解"在酷刑中勃起，在屠刀下性交，在临终时咒骂和射精"，以及"通过性式化、舞台化的虐恋游戏,让众神下凡,在权力关系内部进行彻底的解构,颠覆现实中的权力关系,并以生命的意志为原则,重新建构出新的权力结构"是困难的。(从某种意义上说,福柯与王小波是一块硬币的两面。对权力关系阐释——而非泛泛而谈的自由与理性,当是王小波小说的核心。其骨头是西方的,但穿了件唐装。这在中国当代作家里好像无第二人。很多作家只是技术上的学习。)王小波的笔在反讽中有惨烈,在黑色幽默中有沉痛,在戏拟中有愤激。在惨烈、沉痛、愤激的背后又是那个荒谬的没有意义的荒原。要想读透这三层,需要智慧,还需要阅历。它对读者所提出的要求是苛刻的,否则只能是"淫者见淫"。它只适合对现实不满的人看,只适合那些不甘心被困于朝九晚五的笼子里的人看,只适合那些趋害避利、作为一个反熵存在的人看,只适合那些天天想着形而上的人看,只适合那些有勇气摘下傲慢与偏见之有色眼镜的人看。它也只适合年轻人看。我现在已经不读王小波了。他是一个必须经过、也必须遗忘的过程。

"为什么不读王小波?"

"把他说得那么好,为什么不再读了?不是说经典可以重读的吗?"

"你丫就是一个满嘴胡话的骗子!"

亲爱的读者啊。时间这根箭头,并不具备一个稳定不变的均质,且时缓时急,左右摇晃,自始至终存在着无数极为微小的空隙。我们在这些空隙里呼吸生长,成为自己的朋友或者敌人,是粒子,也是波。

对于一个写作者来说,别人或者说种种技巧或者说任何先于"我"存在的观念都是"渡江的筏"。没有筏,人无法渡江;渡过江后,必须扔掉筏,忘掉它。《般若婆罗蜜多心经》曰:"以无所得故,菩提萨埵。"况且就某种公认的文学尺度来看,以及我目前所理解的审美标准来说,王小波作品的毛病多得是。语言、文本技巧皆有可商榷处。思想的解构与否定性大于建设性（拆房子总比盖房子相对容易一点）。意识到自由的价值，忽视了自由的不可承受之轻。

更糟糕的是：对于科学的看法过于单纯，以及对理性的过度崇拜。而在我的理解里，科学实际上也是一种宗教。科学与巫术之间的距离不会比一张纸的厚度短。人更是非理性的。理性只是"非理性"里面的片爪只鳞。理性不一定是打开感性世界的钥匙，感性却常是理性王国之由。就不批判他了。我的批判也只是某种可能的示现，并不是说：我就是对的。

一只完美的苍蝇，终归是苍蝇；一头还没长大就猝然死去的大象，也仍然是大象。

王小波过世了。怀念他的人很多。王小波已经成为所谓的"人类精神家园"的代名词。他用短短几年时间完成了一个神话。这是他的幸运。他的骤然去世、当时"自由主义浮出水面"的历史背景，互联网的横空出世、文本的特异性质，对性爱的大胆描写、个人高空虚蹈的传奇性等因素，一起把他推上神坛。中国文学史再也绕不开他了。但对于另一些才华与思想皆不亚于他的写作者而言，他们只能寂寞地死去，不能在这个世界上留下一片灰烬。万物自有因果，皆有定时。生有时，死有时，哀恸有时，跳舞有时。寻找有时，失落有时。静默有时，言语有时。"长安城里的一切已经结束，一切都在无可挽回地走向庸俗。"一切归于混沌，一切存在并不存在。熵在我的指尖。世界是银子的。我只能默诵那短暂的万物之名。

亲爱的读者，文学谈论的虽然是"关于人类个人和社会性质的更广更深刻的信念，权力和性的问题，对过去历史的解释，对目前的看法，以及对未来的希望"，但它们并不能真正给你们带来什么。种种苦痛悲伤，不会因为你的阅读发生实质性的增减。生活是可疑的，艺术并不例外。那个想象的世界包含了滚滚红尘，提供了种种形而上的可能，可它同样要服从被奇点掷出的虚空的规则。

突然想到了庸俗。当一个人摆脱了庸俗，他就不难发现庸俗所蕴藏着的能量。那些由鲜花青草与枯枝败叶混合在一起的气味，对于侧身于某种高度的他来说，无异于鸦片，或者说天堂。甚至不妨说，庸俗与哲学共同构成了生命之环，都有一种令人赞叹的极端性，尽管前者基本被熟视无睹，但它是后者的土壤与源泉。

平庸有什么不好呢？这里有几重含义：

第一，任何哲学词语，不管曾经多么惊心动魄，一旦被广泛谈论，进而影响大多数人的生活，就不可避免被曲解误读滥用（这里的"曲""误""滥"其实就是社会各阶层各利益团体对它的阐释，许多看似荒谬的阐释包含着极深刻的智慧，比如古人讲的"刑不上大夫"），最后或沉淀为不言而喻的常识，或与权力结盟建构起一种社会秩序，为人们日常生活提供各种规范，即平庸。

第二，如果说人生的意义在于追求幸福，那么幸福感这个波函数其值大小，并非取决于收入水平、受教育程度、智商等，而在于他是否满足现状的权重。与其说我们追求"幸福的最大化"，还毋宁说在追求"不幸的最小化"。而要摆脱不幸，从理性上说就应该与更多人保持一致，即平庸。鸡认为会飞的都是傻瓜，翅膀是用来做香辣翅的。对于这个事实，会有两种截然对立的看法。首先，鹰从天上扑下来吃掉它们。看见这桩事件的人哀其不幸，怒其不争。进而觉得它们需要启蒙，要用理性来恢复翅膀飞翔的功能。其次，鸡因此成为这世界上数量最多的禽类。至于飞……那能填饱肚子吗？

第三，在成功学大行其道、戕害人心的今天，言说平庸之美、谈论世俗之乐，或正是其时。它为人生提供了另一个维度。至少它可以帮助人们重新去发现自己已经拥有的生活。金钱与美女是好的，但只有金钱与美女的成功学肯定是不好的。成功完全可以是庸俗日常中的一声告白，一场跑步。另外，从理论上说，任何人随时都可能沦为少数人（所以保护少数人的权利并不需要一个多么高尚的理由），被失败抓住手脚、心灵。

第四，还有哪个词语能比庸俗更准确地反映出一个国家一个地区的风土人情？美国人的庸俗与中国人的庸俗肯定是两回事。这两个字最能见一个国族的性情，即国民性。

第五，任何一个天才都有他极其庸俗的一面，只不过被巨大的光环包裹住了。我很不喜欢瓦格纳的为人，但不得不承认他是天才。他的主题音乐犹如夔牛之吼。

第六，不能把庸俗等同于自私与贪婪。自私与贪婪被赋予了太多贬义。人类文明史就是这两个词的演化史。它们是澎湃动力。

我不是为庸俗唱赞歌，只是觉得庸俗的另一面，那"热气腾腾的、市井间巷的"也很好，看着炊烟升起，小儿奔跑，那骂街的妇人抄手回家，觉得生活真是奇妙啊，像诗，像梵音。佛家讲入廛垂手，也许并非为了示现，而是此中有真意。

在城市的尽头，有一个比宇宙还要大的图书馆，据说是六角形的。也有人说它的形状是一个被潮水遗忘在沙滩上的贝壳。还有人说是一个巨大的蜂巢。人们在酒吧里讨论着这个话题，一直到第二天凌晨。有时，争吵趋于激烈，就动起拳脚，把对方打成猪头、鸭嘴与熊猫眼。但不管争吵有多么激烈，有一点，大家看法相同：上帝就在图书馆里的某卷书的某一页里待着。只要有人找到那卷书，打开那页，手按在上面提出请求，上帝就会出现，让他梦想成真，哪怕他梦想成为上帝本身——但没有哪个傻瓜会提出这种愿望。这意味着他得永远待在那卷书里，直到另一个傻瓜出现。

  图书馆里的书太多了，是一个无限大的数，让每位有幸进入图书馆大门的人，在目睹那浩若星辰的书架时，立刻被绝望击中。他们来寻找上帝的藏身之所，有各自的理由。他们中有官吏、绅士、警察、囚犯、农民、职员、商人、贫民、赌徒、妓女，以及一小撮想寻找一些不是智者为愚人创造的真理的人。现在，他们发现要在这里找到上帝，几乎不可能。但回去的路已经淹没在滔滔洪水中。他们要离开，只能寄希望能在某本书里找到船，或者竹筏，或者一颗避水珠，又或者是上帝。否则洪水中的食人鱼将噬尽他们的肉体与灵魂。在来到图书馆大门之前，一些人已经见过那种可怕的鱼类是如何把一个人完全彻底地吃掉。

  他们走进图书馆。许多人找瞎了眼睛，翻遍他所能触及的书架，却在临终最后一眼时发现这些书架上搁着的书本全是幽默与笑话。还有些人，对这种徒劳无功的寻找感到厌倦，用随身携有的火柴点燃了书本。书页像一只只黑色的蝴蝶，飞过他们的头顶，飞到图书馆穹形的圆顶下。灰烬里瞬间又生出更多本书。这让他们中的一位智者明白了一个道理：在图书馆，书是作为一个整体存在，不会增多，也不会减少。这个整体具有无可比拟的准确与精致。它的永恒性、完美性使得人只能将它看作神的产物。哪怕在网络环境下，有关馆员、读者、馆藏及图书馆工作过程和服务手段都发生变化的今天，图书馆的这种无懈可击性也没有丝毫改变。换句话说，上帝应该是待在图书馆的每一本书里。

  这种发言没有引来一片嘘声。原因很简单，他们已经被一行行笨重的带着花梨木香味的书架隔离成一座座彼此独立的岛屿。但还是有个少年听到这个智者的声音。他马上把手按在书本上，大声地说出了那几个一直藏在心底的字母。

辑三 溢出

讲故事

一

冶文彪说:"生活是一只船,而且是不断扩建的巨型楼船。它的构件是观念,材料是语言,整体叫历史,由于太大太高太坚固,人们把它称为现实,认定这是陆地上牢固的建筑。故事则是拆建,抽掉木板,甚至凿穿船底,让人看到水,甚至海。"

这种说法比故事来源于生活高级太多,高级在哪,在于"抽掉"与"凿穿",这很有点明心见性,直指本心的禅宗境界。所谓"海",指的当是彼岸。

此处与彼岸是人生的一体两面。今天地球有 73 亿人,宗教信徒 50 亿。为什么在今天这样一个由科技建构的地球上,还有如此之多的信教之徒?为什么牛顿、爱因斯坦等世界顶尖级科学家最终都不同程度地开始思考上帝?根本问题:人是要死的,将相王侯、贩夫走卒,莫能例外。

所有的宗教，说到根子，都是在谈人死后。死后，即彼岸。宗教就是在试图解决这个问题。如何言说彼岸？比如佛陀讲经，常说因缘比喻。比喻把那些难以言说之物，与我们所熟悉的具体实在之物的连接。一个"空"字，佛陀就讲了10种比喻。世界三大宗教，都不约而同有一个基本概念，"天堂与地狱"，它们是什么？是虚构。唯有虚构之力，才可能通往彼岸，才可能在技术层面实现"抽掉"与"凿穿"。

冶文彪的这种说法也有问题，他试图用故事来对抗历史与现实，但大部分的故事不蕴藏虚构之力，不是月亮下的蛋，不过是许多人鼻尖的油脂分泌物。他对故事给出的概念是一个含糊不清的广义泛指，这就很容易变成捣糨糊。在我看来，他所渴望言说的"故事"其实属于当代小说的范畴。

"我曾经吃过一条鱼，那么我会变成鱼吗？答案是否定的——这是故事，在经验范畴内，是不言而喻的常识；我曾经吃过一条鱼，那么我会变成鱼吗？答案是肯定的——这是小说，不过不是传统小说，是当代小说。要说服公众接受这些违背了经验与常识的结论，这就需要当代小说家的才华与逻辑。"

我曾经谈过当代小说与故事之间的区别，比如语言、结构、细节、速度，最重要的是：故事是热闹的市井生活，声音的广场，是形而下，属于大多数人；当代小说是孤独的天堂沉思，一个人的殿堂，是形而上。这个观念是重要的，它会帮助我们知道山羊与绵羊的区分，更"知其然，还将知其所以然"，懂得该如何分别饲养它们。但首先，我们得会写故事。不了解此处，便说彼岸，是为妄人。

坦率说，很多传统小说都应该划入故事的范畴，比如欧·亨利的那些《警察与赞美诗》。传统小说与当代小说的区别，我说过很多，"传统虽好，已然匮乏"是我的一个基本态度，这里就不复多言。

对故事的渴望是人的天性。过去我们坐在明亮的篝火旁听狩猎归来的英雄讲述他的传奇，或者坐在高高的谷堆旁边听妈妈讲过去的事；而在这个已然成形的消费社会里，一个人或者一个企业，是否会讲故事，能否把故事讲得喜闻乐见，已经成为他（企业）的核心竞争力之一。比如可口可乐的神奇配方，马云的十八罗汉与史玉柱的四大金刚。

英语教师出身的罗永浩在搞锤子手机，说他的锤子手机卖的是人文情怀。其实就是在卖故事。据优酷声称，他搞的锤子手机发布会的视频观看人数秒杀春晚。大家真是来看锤子手机的吗？是来看他说故事的。因为他故事说得好，或者换个词，"忽悠"得好，风投才砸钱给他。

怎么来讲故事？

二

我先向大家提一个问题。

一张卷子，一个人用半个小时做完了，得了 100 分；另外一个人，辛苦五个小时做完了，得了 70 分，谁更应该得到奖励？

事实上，这种在课堂上不言而喻的问题，在日常生活中收获的往往是另外一个答案。被表扬的，获得更广泛认可的是那个得 70 分的，为什么呢？

一是我们的文化传统里有慢工出细活、十年磨一剑之说。"悬梁锥股"这个用来形容努力学习的成语里所包含的就是一个时间长度。我们都是考试过来的，身边应该没少有"头悬梁、锥刺股"整晚不睡觉的学渣吧。

二是被看见。后者多耗的四个半小时，能让他更多地被领导与同事看见。我们说"眼球经济",这四个字是什么?即是被看见。白岩松说:"哪怕是一条狗,牵到央视溜几圈,也就成一条名犬了。"这里也就是一个"被看见"。

三是考核机制的问题。工作毕竟不是试卷,很多东西难以量化。管理也有成本。从成本角度来说,有时候只能看劳动时间的长度。

那么,我们如何就这种社会现象来写作呢?这里有两重含义。第一,我们要意识到这种社会现象。它要有一种普遍性,是对当下社会的某种概括,是对一个国族一个人精气神的某种萃取。这个"审视性"的目光非常重要,它能帮助我们抵御陈词滥调,摆脱浑浑噩噩。去真正亲历自己的一生,发现"世界每时每刻都要比刚过去的那一刻要更新鲜一点"的事实;其次,我们需要创意,在一个框架内虚构人物,设计背景,制造冲突,填充细节,使"这种普遍性"具有一种特殊性,成为一个能让读者坐下来的新鲜故事。

我们先把这个问题放在这里,看一下电影。

陈丹青说:"美剧就是 21 世纪的长篇小说。"这话是有道理的。随着网络对世界的联接,以及 3G、4G、5G 等数据传输技术的日新月异,我们曾经赋予小说的诸多功能在被迅速剔除出来,被市场用屏幕的逻辑重写。从社会消费的总量来看,与字符相关的消费量呈一个悬崖跳水的下坠。这是一个大趋势。屏幕将构建一个新的传媒帝国。而电影是屏幕帝国的长子,是其宠儿,有百年发展史,同时具有商业与艺术的两面。胡紫薇说"一个大国要有能力输出价值观",美国是如何做的?就是好莱坞,它 100 年不动摇,始终加工生产"美国梦"。

说句闲话。假如人的一生只有两个小时,并且一生下来就被固定在一个已经放映的银幕前(脑电波与银幕上的影像存在一个反馈机制),我们是否会认为银幕上的所有便是全部的真实?当然,我们中的智者,可以看见银幕本身，银幕后面，以及影院里的一切，但他们又如何才有可能理解影院之外的世界？

又假如人的一生有 200 年，我们又将如何面对自己这漫长的一生？人类社会分别会呈现出怎样的面貌？生物学家根据细胞分裂次数（大约 50 次）推算人的正常寿命应该在 120 岁左右。我好奇的是，为什么是 50 次，而不是 500 次？是一个什么样的意志对此做出了精确设定？

电影大致可分为艺术片与类型片两大种。不管哪种，都要讲故事，区别只在于讲故事的方式。方式很重要，有些方式跟潜艇一样，能把你带到十万英尺漆黑的水底；而有的方式只能帮助你在水面冲浪——当然，冲浪是好的，蓝天白云碧水，穿比基尼的女孩子会朝你尖叫。

艺术片太复杂多样，它的规律是没有规律，是一个人在地球上，世界进入"我"心。它不考虑普罗大众。我们今天先讨论类型片带来的启发，毕竟我们已经置身于一个消费社会，而它又有一个经过上千吨真金白银砸出的商业逻辑。这个逻辑大家不仅可以用来写小说，还可以用来创业，或者促进夫妻生活的改善。

常见的类型片通常有：动作片、科幻片、警匪片、灾难片、悬疑片、爱情片、喜剧片、音乐歌舞片，等等。这个标签极其重要，所属的类型能够"告诉"观众可以期待在这部片子里看到些什么。它在"情理之中，意料之外"。如果导演挂羊头卖狗肉，明明是恐怖片，却说成是爱情片，那些在"七夕"之夜跑去看浪漫爱情的小情人们非拿西红柿砸烂导演的狗头不可。当然，现在是一个跨界混搭的年代，这就考验导演与编剧了，他们要清楚各种类型片的 G 点在哪儿，才有可能调制出一杯不错的鸡尾酒出来。过去，我们说类型片有一个相对固定的模式，有三个屡试不爽的基本要诀，比如：脸谱化的人物、公式化的情节、特定的背景。现在随着克里斯托弗·诺兰等新生代大神的出现，各种类型片之间的水与火的融合更让人叹为观止，像《盗梦空间》等，就超出类型片的范畴，具有了极高的艺术水准。

如何理解类型片的生产？它们之间的边界是不是泾渭分明？自己如何也可能成为新生代大神中的一员？

我们举例说明。

一个宅男迎来女儿的诞生，但初为人父的喜悦很快坠入冰窖。女儿患有先天性心脏疾病。这让经济条件本就困窘的他烦恼不已。很快他向银行抵押了所有可抵押的一切，包括房子，但还是不得不把未痊愈的女儿接回家中。妻子接受不了这个现实，悄然遁去。宅男含辛茹苦抚养着女儿，恨不得不休不眠，把每一秒都换成女儿的医疗费。他打三份工。早晨5:00至8:00送牛奶与报纸。8:30到单位上班，开公交车，一直到下午5:30。晚上6:00到11:00去夜市摆地摊。钱总是不够。他去夜店做起"沙包"。这是一种新兴职业，用拳套与头盔保护好自己，可以闪躲，不可反击，以供那些心中充满暴力欲望的男女殴打……

好的，这是故事的开头，用10分钟或1000字就可以交代清楚。很普通。这种类型片会如何接着往下讲呢？

如果宅男在夜店遇上一个愿意与他一起抚养女儿的白富美，幸福再次敲响他的心扉，这是一部浪漫爱情片；当宅男发现白富美曾经是一名性工作者后暴跳如雷，白富美含泪离去，这是一部苦情片；愤怒的他在夜店里把红男绿女们揍得鼻青眼肿，一战成名，成为赫赫有名的地下格斗高手，这是一部暴力片；继承父母遗产的白富美打算包养他，这是一部喜剧片；女儿在白富美的座椅上涂上强力胶，并威胁父亲，若不与白富美分手，就要炸掉埃菲尔铁塔，这是一部灾难片；女儿心脏病发，为了及时取得药物，他在高速公路上拦停一家药厂的车，这是一部惊险片；警察追捕他，这是一部警匪片；他无意中带着警方闯入毒窝，一举抓获被公安部通缉的贼王，他成了英雄，这是一部黑色幽默片；药厂宣布承担他女儿有生之年所有的医疗费，这是一部励志片；他发现白富美其实是他的亲妹妹，这是一部伦理片；白富美全然不顾禁忌，仍然坚持爱，这是一部所谓的艺术片；宅男隐约觉得眼前一切似曾相识，这是一部悬念片；宅男翻看日记，进入梦境，看见世界各地的建筑上都出现一行黑体字：不要相信，这是一部恐怖片；宅男发现白富美行为怪异，暗中调查，发现白富美真实身份是某国情报人员，这是一部间谍片；他准备大义灭亲，这是主旋律片；他反而被白富美催眠，在催眠后惊讶地发现自己是来自 22 世纪的观光客，专门来体验人类的种种基本情感，这是一部科幻片；眼前的白富美其实是一种类似灵体的特殊存在，那个含泪离去的白富美早在他一战成名的当夜不幸死去，这是一部鬼片；宅男准备为白富美找一具肉身，结果白富美的灵魂进入女儿的身体，这是一部荒诞片；女儿要像白富美那样爱父亲，这仍然是一部灾难片；一场洪水后，上帝出现在他们面前，告诉他俩：你是亚当，她是夏娃，这是一部史诗片；宅男说"滚"，结果从夜店的长条椅上掉下来，镜中的自己鼻青眼肿，以为发生的皆是黄粱一梦，而当他跌跌撞撞出了夜店，被一个皮条客牵进出租屋时，赫然发现里面坐着的正是失踪不见的前妻，这是一部国产片……

链子无穷尽地转动。

大家可以随便找一个故事的开头，来编织这个环。它能很好地帮助我们理解什么叫作类型。这不困难。困难的是，你不可能把这所有的类型都同时呈现出来，你要知道你要哪一截，或者说你要知道观众需要哪一截。

这里有一组对应的关系。你，以及观众。这是两个互相博弈的词语。就你而言，这里有一个价值观与方法论的问题。价值观，说到底，就是你想成为一个什么样的人。方法论,就是你如何成为这样一个人。而就"观众"来说,他们是上帝,也是王八蛋。我们常犯的一个错,是把自己或身边一小撮人的意见等同于观众的意见;另一方面,观众是不断变化的。事实上,由于这些年互联网的蓬勃兴起,大家都习惯用迅雷下载各种影片欣赏,中国观众的胃口是与世界接轨的。要满足这样的一个胃口不容易。

你的价值观,你的方法论,如何来把握这个社会所趋,所谓与时俱进?又当如何精准定位故事的受众,真正挠到他们的痒处?

你不可能满足所有观众的胃口,你要学会先找到你的观众;对于类型片来说,你一定要在水面冲浪,你不能搭潜艇去看海底世界——除非你有把握把他们中的大多数都带到水底下去。有朋友告诉我,电影是有规律的。我的看法是电影是先有类型的。首先,要区分类型,然后才谈得上规律。换句话说你首先得知道自己想要什么。其次,电影的规律是跟着市场走的。市场永远在改变中,电影规律得做出相应改变。市场的改变速度很快。观众基本十年一换。试图拿经验来复制成功,不靠谱。

挠观众的痒痒,这是一个有关于信心的观念问题,更是一个不断学习的技术问题。我要强调一点:价值观并非是一个固定不变之物,今天你是佛信徒,明天可能是科学主义信徒,后天又可能是其他主义信徒。一个人的一生,如果不经过一两次彻底的天翻地覆的价值观的转变,他这一生基本是贫瘠的,是一个被他人洗脑比较成功的东西罢了。至少,可说明他是一个懦弱的人,没有勇气怀疑的人。

回到我们刚才的话题。

有本《好莱坞创意手册》,谈类型片的创意,具体列举了八种原型。原型是什么?荣格把"与艺术家的集体无意识相联系的重要概念"称之为原型,比如人格面具、阿尼玛、阿尼姆斯、自性等,认为它们是长在我们所有人身体里的一个精神器官，只要触碰到这个器官，就能发出一个大家都能心领神会的音调。原型理论在认知学科、宗教等领域都有很大的影响。我们这里主要说它在文化上的唤醒。比如当我们谈论鸟的时候，我们第一时间想到的麻雀，或者大雁，而不是企鹅。换句话说，麻雀或大雁，比企鹅更接近鸟的原型。为什么呢？因为麻雀经常看到，与日常有关，与许多童年记忆有关。大雁也老是活动在唐诗宋词里，而当我们想起大雁时，心里也难免会有离愁别绪。这是一个文化事件，是一个根源于集体无意识的经验与情感的传递与分享。理解了这个，我们才能理解这本手册所谈论的八种原型，为什么可以反复使用，生产出各种不断收获高票房的剧本。当然，剧本之外的新媒体营销、演员人选等，是另一个话题。

第一种创意：死去的人

电影《第六感》，布鲁斯·威利主演，一部像用美工刀细致雕刻出来的惊悚片，温情让它散发出光辉。一个男孩能看见鬼，能与鬼说话，被恐惧折磨着，但所有人都不信他。他活在崩溃边缘。布鲁斯·威利扮演的儿童心理学专家试图引导他，帮助他从恐惧中走出，最后却惊骇地发现，自己就是一个鬼魂。

回到我们刚才那个 100 分与 70 分的问题。我们如何用这个创意来做故事？

一对大学同桌，睡上下铺，一个学霸，一个学渣。两人毕业后来到一家公司。很多年后，学霸还是在打酱油，学渣混成大中华区总裁。学霸遇到家庭危机，当年的校花，自己的妻子也跟学渣鬼混了。学霸反思自己这一生，遇到个有自闭症的小孩，在帮助他打开心扉的过程中，也知道了成人世界沟通的重要性，继而找出学渣成功的原因，最终发现自己是一个鬼魂。原来妻子为了与学渣比翼双飞，在昨天就把自己毒死了。

这很悲情。而"一个男人，对自己已经死去多时这一现实感到错愕与惊骇，是会把所有人日常生活的那副面具打碎的，因为从某种意义上说，大部分人的生活都是行尸走肉式的"。他们都渴望改变，但多半无力改变。这种"已死的视角"会帮助他们从另一视角更好地审视自己的生活。人有求生之心，也都有趋死之念，这是所有人的两种本能。前者我们说得多，后者我们说得少，几乎是不说。这两种本能会打架。生与死，其实是人理解这个世界的两种基本视角。只是普通人大多是从生的视角去看，而一小撮人，比如乔布斯，就说"如果你把每一天都当作生命中最后一天去生活的话，那么有一天你会发现你是正确的"。向死而生，这是事实，也是生命观。死可以帮我们更好地理解生。我们要学习从"死人"这个角度来理解这个世界。这对大家是会有好处的。

这个故事属于《第六感》模式。

再做个升级版。比如学霸发现自己是一个鬼魂这还没完，更糟糕的是，他发现自己所谓学霸、学渣的身份完全是一个死者在弥留状态下的逼真幻觉。就是一个普通中年人，在被与上司通奸的妻子毒死后，对自己可能拥有的两种极端生活的想象。这样就将死亡的戏剧性和游戏性推向了一个电影化的极致，会令人久久难忘。

第二种创意：封闭空间

比如《异形》系列、《电锯惊魂》系列、《狙击电话亭》等；又比如韩国的《恐怖直播》等。剧情我就不说了，它们的特点就是要在螺蛳壳里做道场，封闭的空间不断生产出各种无处可逃的压力。它们根源于恐惧症中较为常见的幽闭恐惧，是对它的焦虑、逃避以及渴望（消费）。

回到我们刚才那个 100 分与 70 分的问题。我们如何用这个创意来讲故事？

比如学霸还是一个打酱油的，学渣混成了大中华区总裁。他们相处还好。学渣、学霸与数名大学同学去岛屿度假，发现一个地下洞穴，里面有外星人留下的图书馆，上面记录的知识能让人类文明有大发展，然后大家被困其中。空间的最小化和不断的空间切换将不同人物挤压出各自的野心、贪婪或正义坚持。这个团体开始分化成互相抵制，乃至厮杀的两派。最后学霸与学渣对决，学渣坦言自己的成功之道，学霸呕血而死，或者是一笑泯恩仇，从此就"基友"情深、笑看人生了，也未尝不可。

在大多数时候，我们之所以渴望获得某种东西或者某个人，其最隐私的动机，并非是那件东西或那个人本身的价值，而是后者点燃自身欲望的火。就像爱上爱情，许多看似非理性的、荒谬的行为背后其实是有一个严密的理性逻辑。如果我们能把学霸与学渣的争执，通过商业片的路径，做到这样一个思想高度，那么我们会说它是艺术的。

类型片与艺术片并非一对永远的敌人。它们也可以是你中有我，我中有你。当然，在大多数时候，它们互不兼容。因为一个是为大多数人服务，是消费逻辑，它不想让人难过；一个是为一小部分人服务，是启蒙与价值观的传递，不忌惮把残酷的真相公布于众。

第三种创意：记忆碎片

记忆到底是什么？一个人若完全彻底地失去了记忆，是否就丧失了为人的资格？又或者说，他的记忆是否能帮助他像一个人那样活着？有种病，叫"阿尔茨海默病"，中国目前至少有 600 万名患者。张艺谋拍的《归来》，最煽情的段落也就是女主角发生记忆障碍后，仍然记得天天去车站接丈夫回家。 一个失去记忆的人总能带来无数的可能性，这方面的电影非常多。最炫的或许要算是诺兰用倒叙手法拍的那部《记忆碎片》。但关于记忆这个命题的探索应该说才刚刚开始。记忆塑造了我们，但记忆可以被虚构。这种虚构，是文学上的，同时也是科学上的。我们的每一次回忆很可能就是记忆碎片的重新组合，总有一些碎片会被遗漏，也总难免有一些新的碎片加入其中。我们记住一场爱情，所谓点滴场景，其实都是记忆的"关键时刻"（只是这种关键性对你而显现）。我们对一个人的判断也大抵如此。大部分的记忆都被忽略。而事实上，那些被忽略的大部分，才是一个人真实不伪的性情所在。

我们如何用这个创意来讲那个 100 分与 70 分的故事？

比如学霸发现当年的校花，自己的妻子跟学渣鬼混了，心里无比痛苦，到一家名叫"忘情诊所"的地方，把一切有关妻子的记忆全部删除。记忆清除程序启动之后，他却开始后悔。想起种种甜蜜往事，发现自己并不想真正忘掉妻子，但清除程序不可逆转，他只好在自己的记忆里一路狂奔，在一切消失之前想方设法保全这份爱的回忆。各种纸条、影像等，令人心碎。这个记忆删除是直接抄袭《美丽心灵的永恒阳光》。我们做个延伸，比如记忆增加，学渣也来到这家"忘情诊所"，要求把学霸删掉的，有选择性地植入他脑内，再删掉他不想要的记忆，学霸与学渣合二为一，完美了。但校花不乐意了，她要追求真实。

我们说人要"求真、审美、止于至善"。一个常被大多数人忽视的事实是，真善美并不互相兼容，且经常互相为敌。而在它们各自的内部，也同样可能互不兼容。记忆碎片这种形式其实特别适宜揭示这点，哪怕只是学霸一个人的，他在求真、在求美、在求善，可这三项追求却最后把他弄得人不人鬼不鬼。

第四种创意：虫洞理论

虫洞是爱因斯坦提出的，认为透过虫洞可以做瞬间的空间转移或者做时间旅行。《时间旅行者的妻子》《明日边缘》《源代码》以及《蝴蝶效应》等，都根源于此。为什么它会成为好莱坞电影的法宝？原因很多，比如可以用它来解决各种逻辑悖论，最关键的是：时间与空间是人的牢笼。虫洞理论为人打破这个牢笼提供了一个富有说服力与想象力的噱头。在我们目前栖身的这个科技地球上，没有比它更能俘获人心的假说了。它还有很多衍生理论，像多重宇宙、弦理论等。

我们如何用这个创意来讲那个100分与70分的故事？

比如学霸发现当年的校花，自己的妻子跟学渣鬼混了，心里无比痛苦，穿越虫洞，到另一个平行宇宙，把自己在这个宇宙的经验与另一个自己分享，劝他做人别做学霸要做学渣。另一个宇宙的自己为了朝学渣奋斗天天胡吃海喝，结果也蛮痛苦，比如校花到处跟人偷情。两个世界的生活不断冲突，各有各的好，各有各的苦。学霸都快精神分裂了，最后干脆弄了点药吃，使自己不再具有穿越虫洞的特殊能力了，学会接受老婆出轨、学渣对自己指手画脚的现实了。

这个故事有点伤感，是个悲喜剧。我们也可以把它变成一个彻底的黑色喜剧。比如另一个宇宙的经验就是学霸到了社会上后也是成功人士，虽然学霸想劝另一个自己别做学霸要做学渣，但狗改不了吃屎，学霸还是学霸，并且一路高升成大中华区的总裁，而且老婆也不出轨。于是，他就决定留在彼宇宙不回来了，成为另一个自己的第二重人格。

至于我们这个宇宙，他就像吐泡泡糖一样吐掉了。

第五种创意：精神分裂

人都有多重人格，心里面都有几个小人儿，只不过正常人能管好它们，而精神分裂者失控了。我很喜欢大卫·芬奇的《搏击俱乐部》。他让其中的两个小人儿，面对面地谈话、互殴。叙事不再是日常生活里的那个范畴，人摆脱了现实，这里有一种生命的轻盈。

我们如何用这个创意来讲那个 100 分与 70 分的故事？

比如学霸成了一个精神病患者。一方面，他教导自己的孩子要好好读书，接受学校所灌输的一切；另一方面，他去另外一所学校教书，成功地说服学生举行各种游行示威，反对学校。结果掀起一场孩子们与大人的世界范围内的战争，就是打仗。一方面，他是反抗者的领袖；另一方面，他也是现有秩序的维护者。学渣因为学霸的前妻提醒，发现了那个残酷的事实真相。只要他一枪打死学霸，这场战争就会因为群龙无首而宣告终结。但学渣对学霸一直心有亏欠，认为自己是通过一个逆淘汰才得以窃居高位，高官厚禄其实本应该都属于学霸的。学渣找学霸谈心，要把女人等都归还，只求他不再人格分裂，结果……后来大家可以随意发挥。

第六种创意：梦的解析

关于梦的解析，我认为拍得最牛的一部片子就是诺兰的《盗梦空间》。

电影其实就是一个个梦，但梦本身却不是电影。电影催眠人类，而观众则善于无条件地接受这种催眠。人，都有奇妙的观影体验，数分钟或者数小时。若上帝说：给你数万万个这样的时间段，前提是，你得一直坐在那把座椅上，你愿意吗？我想大多数人恐怕都是不愿意的。事实上，当人在电影中获得璀璨的梦境、无尽的诗意、自由与喜悦时，那个一直不得不安放在座椅上的肉身何其滞重。人在观影中所得越多，所要付出的代价越重。在黑暗的空间，银幕是唯一的光亮。有时想啊，电影真是一场真实不虚的谎言。它把人的一生搁进 120 分钟内。但没有人的一生真的就是 120 分钟。这种技术上的裁剪、叙事，剔除了 120 分钟以外大量的冗余。这些冗余看起来是无用的，是重复且难以令人忍受的，但它是最真实不过的血肉，保障了人的真实性。我们热爱电影，热爱着我们的谎言，不断地为它热泪盈眶。不感慨了。我们如何用这个创意来讲那个 100 分与 70 分的故事？

比如我们写学渣的逆袭，他有了金钱与女人，但金钱与女人是不会无缘无故来敲学渣的门，要想得到就得需要去走钢丝绳。人求自由，人也求安全感。更重要的是，人总是渴望自己所不曾拥有的生活。学渣厌倦了这种刀口舔血的生活，他幻想自己成为学霸，以后入象牙塔做个老师什么的，通过梦他实现了这个愿望，却发现自己的老婆被上司强行霸占了。在第一个梦境中，他绝望自杀，来到第二个梦境，继续做学渣，结果发现时代变了，不再是一个凭个人努力就能混好的社会，而知识的增量总是能更好地给一个人提供出身，结果学霸混成大中华区的总裁，而他只是一个在建筑工地搬砖的。这让他痛苦，便去绑架当年的校花，学霸的妻子。而这个女人也厌倦了上流社会虚伪的生活，渴望自由，与性能力强大的学渣私奔。两人到天涯海角，决定殉情。结果学渣跳了河，女人没有。学渣就来到第三个梦境，准备做一个能在学霸与学渣间随心所欲的人物……梦境有 n 重，围绕着自我、本我、超我、忘我不断递进，要通过学渣在各重梦境的努力，怎么说呢，就像一只苍蝇在一个倒扣着的玻璃瓶的嗡嗡乱撞，来勾勒出人的痛苦与绝望。

第七种创意：神奇力量

《蜘蛛侠》《绿灯侠》《钢铁侠》《神奇四侠》《超人》系列，等等。这个名单几乎可以无穷尽地列下去。它们提供了视觉奇观，但之所以能蛊惑人心的根源，还是让主人公能够飞翔在现实世界之上。这种神奇的力量提供了叙事的更多种可能性。它们赋予电影超现实的力量，但最终讲述的仍然是合乎常情的家庭剧、爱情故事或者合家欢电影。中国古代传说中也有很多这样的神奇力量，比如一只毛笔"制造"实体的神笔马良，可以从贝壳里跑出来操持家务的田螺姑娘，包括《画壁》等。又或者说中国所特有的武侠电影，即可视作为这种神奇能力的获得。

我们如何用这个创意来讲那个100分与70分的故事？

比如学霸从崂山道士的手记里学会穿墙而过的特殊本领，专门跑去吓出轨的妻子与学渣，还成了一个江洋大盗去劫富济贫，把那些不义钱财分给公众，被誉为英雄。又或者说，他认为自己是一个倒霉的人，而且发现不管谁与他在一起，都会立刻倒霉。他想自杀，结果被赌场经理发掘，让他专门去给那些赌客提供服务，好给赌客带来"霉运"。有一天，学渣带着他的前妻来到赌场。他发现自己百试不爽的给客人带来"霉运"的特殊功能竟然失效，一番冲突后，他发现自己竟然还爱着那个该死的女人，是因为爱让他的这个功能失效的，于是他决定去爱在赌场扫地的大妈。如此等等。这就是一部让人啼笑皆非的喜剧片。

第八种创意：正邪逆转

比如《水果硬糖》，人物的对应关系作一个180度大逆转。

我们如何用这个创意来讲那个 100 分与 70 分的故事？

比如学渣与学霸所在公司举办年会，在公海的邮轮上大家陷入致命危机。一开始大家认为是老婆跟了学渣，事业失败的学霸在报复社会，后来才发现这只是学渣设的一个局，因为心理变态。有部电影叫《恐怖游轮》，导入时间循环的概念，很烧脑子。大家还可以把这些比较酷的概念融合进去。

创意只是长征路上的第一步。从创意到故事的形成还有千百里路。这里再讲几条原则性的。

第一，要把故事放在一个大众熟悉的"场"里，让故事从社会的集体无意识里长出。比如你写爱情，这个故事发生在西藏，肯定与发生在北京或深圳不同。西藏意味着浪漫与神秘，北京少不了等级森严的权力话语，深圳多半是商业主义的深情。如果你非要把背景放在老家村庄，基本上，你死定了。在这个消费社会里，中国许多地方都在被赋予特定的文化内涵——比如当人们谈论起丽江时，心里多半还会浮现出一个"文艺青年邂逅之所"的念头——你要理解这个，才不会弄巧成拙。

第二，要把故事与趋势结合起来。"一分故事，十分传播。"大家都在说大数据，你不往里面掺一点相关讯息，怎么去赢得这"九分传播"？要追流行，但不要追速朽的。流行不等于速朽。要让你的故事具有广泛的社会心理基础，有足够的话题性。

第三，写这个故事时你就要想好如何来营销它。把它卖给"起点"，投稿与期刊或兜售给出版社肯定是不一样的写法。为了卖这个故事，你要学会再讲一个故事，比如"2014 年的一个黄昏，我碰到李敬泽老师，他教我认识了一种树的名字。这个名字就在我心里酝酿成一篇小说了"。你把这个故事放在邮件正文里说一下，我想大部分的期刊编辑会打开文档稍微认真看一眼。

第四，大家可以去读一些编剧手册，向他们学习。美剧是 21 世纪的长篇小说（陈丹青语），微电影及各种形态的视频，会不会是 21 世纪的唐诗、宋词以及元曲？我个人觉得包括传统意义上的影视在内的各种视频，将是未来最具有生命力的艺术形式，而不仅仅只是财富的增长点。尤其是由广大底层知识青年创造的草根视频。在经过解构、颠覆、戏仿等喧嚣之后，必有那沉静之青年把热血与智性注入其中。

我们说故事始终是在追求一个更大的公约数，更多的读者，更广泛的情感共鸣，不可避免沦为陈词滥调的命运，无法提供真正的原创性。这些都是对的。但它是有价值的，它承载着最基本的人物关系，是日常消费品，犹如大米。故事的"有头有尾"的完整性也是对现代性中的"碎片化生存"的抵抗。

但我更想说，故事是万物的母体，是一切艺术形式的源泉，是"上帝用七天创世""女娲抟土造人"。我们需要了解种种故事的原型，再离开它们，来到上帝面前沉思，再回到故事的现场。我们才能写出真正具有中国特色，能反映中国人最普遍性情的中国故事。

我一直以为故事是一种魔法，能点燃人们内心最深处的愿望。

我们小时候可能都听过这个故事。"一个美丽又傲慢的姑娘说，谁能在她窗下连续歌唱 100 天，她便以身相许。一个忧伤又天真的年轻人唱了 99 天，便朝着窗口鞠躬，微笑着脱帽离去。"在我看来，这世上，有一些人，他们所有的努力，只为了这个故事，而不是那个美丽又傲慢的生物。

谨祝大家愉快。

语感问题

词语在散文、小说、诗歌等文体间游荡跳跃，如果把后者分别视之为河流、雕像与皇冠，那么它将成为鱼、目光与颂唱。

把这句话换一个表达方式：同一个词语，在不同的语境、不同的叙事节奏里，将化身万千，是明眸少女，亦可为愁容童子。

这两个句子哪个更好呢？

我先把这个问题放在这里，今天我们来谈论一下语感。

语感是什么？可能写字的人没几个私下里不对此犯嘀咕。反正我曾嘀咕得像一个忧伤的小老头儿。语感是铁匠抡锤时胳膊上炸起的肌肉？是花蕊吐出的清香？是树枝在蓝天下的寂寞？是那一剑的光芒？是壁钟指针划破时间的嘀嗒声？又或者说用山与水来比喻——是华山、是泰山、是黄山、是峨眉山、是五台山？是湖水、是江水、是溪水、是海水？比喻让人头疼。事实上，比喻是危险的，好比那明眸女子，一不小心，我们就要被她勾走了魂魄。

从技术角度上来说，语感由三部分构成：首先是语义。一个词语的内涵及外延。翻开辞典，每个汉字都有其意义。随便找一个，比如

"鼻"，它有三个意思：1. 鼻子；2. 某些器物上隆起或带孔的部分；3. 创始的。这是它的内涵。把"鼻"与其他汉字搭配，扔进时间的长河里冲刷所形成的结晶即是其外延所在。比如牛鼻子，它指牛的鼻子，也是一种对中国的土特产道士们不大尊敬的称呼。词语的内涵一般比较稳定，外延就有点白云苍狗，眨眨眼皮，这牛鼻子或许又可以指某人性格犟——在我老家就是这样的。词语的内涵与外延除了辞典上规范的表述外，在各地方言里呈现出较大的区别，不过，这不在我们讨论的范围内。毕竟，我们现在写文章用的是北方那套钦定的符号系统。

这里说句题外话，一个南方人的方言即是他真正的母语，这种母语与普通话的差异有时大得过鸟语。要写点东西首先要摆脱掉母语的影响。我老家说"喝水"是说"呷水"的，且"水"的发音念"暑"。写作很大程度上就是一个把母语扔掉的过程。这很痛苦。但没法子，只能安慰自己，不舍不得。

其次是语音。我不知道英语、法语、德语、意大利语是否有平仄与阴平去入，估计没有。它们更可能是"契约文字"，便于逻辑推理，是理性的。我看过一篇文章，讲英文中的牛肉、牛奶、牛排、小牛、公牛、母牛其词汇截然不同。这固然准确，少有歧义与误读，也有不经济之嫌。而汉字，一个字，就是一个活的生命体，一是因为它们之间组合的效果堪比一个男人加一个女人然后生出一大堆小孩子来，而不是简单乏味的一加一等于二；二是字本身加一横添一竖甚至说伸个懒腰往左边踢踢腿，意思就全变了。比如"人"与"大"与"个"，比如"土"与"士"。不讨论汉字与其他文字之间的优劣，我只是想说，由于汉字的读音，汉字所构成的句子与段落与文章就有了独特的韵律，一咏三叹，余音绕梁。唐诗、宋词、元曲应该是最好的说明。云对雨，雪对风，晚照对晴空，来鸿对去燕，宿鸟对鸣虫。

再次是语法。这个中学语文老师讲得多，主谓宾、定状补什么的。这里我要说的是"无规矩不成方圆"，但拘泥于规矩，这方与圆就是死气沉沉的棺材。"有法"，然后"无法"，这是一个渐进的过程。若要讲"顿悟成佛"，然后"病句撞大运"，除非你是六祖慧能。

语义、语音、语法这三个板块构成语感。这不是说语感就等于语义、语音、语法。把人放在分析天平上，可以测量出体内的水、蛋白质、微量元素是多少，这些都是含量。但把这些水、蛋白质、微量元素加在一起是不能制造出一个人的。前些天读《量子物理史话》，觉得很有意思。那个大男孩海森堡在进行矩阵计算时，发现传统的动量 p 和位置 q 这两个物理变量并不遵守传统的乘法交换率，$p×q≠q×p$，而且 $pq-qp=(h/2\pi i) I$。我不懂物理，不过，我对量子物理所表达的哲学思想感兴趣，它与我的文学观念契合。

语义是内容，语音与语法是形式。内容有质地与色彩，形式有强弱与短长。

我们讲屋子。比如老屋与新屋。老与新这两个字就在我们脑海里把这两间屋子区别开来。新屋里有洁白的墙壁、光滑的瓷板与干净的家具。老屋里有月牙似的门槛、厚重的八仙桌与神龛上祖宗的牌位。但老屋与破屋、土屋又有什么区别？虽然它们是同一间屋子。"老"，包括了时间的叹息，也包括了尊敬；"破"，比较粗暴，破四旧破四害，它是对屋子的空间形状进行描述——屋顶破了；"土"，是说明屋子的物理属性。

我们来造句。

"在河的那边，有一间老屋。"

"在河的那边，有一间破屋。"

"在河的那边，有一间土屋。"

这三句话各自呈现出什么样的效果？第一句话，作者对这间屋子有好感。第二句话，作者对这间屋子有敌意。第三句话，作者只是观察，没让自己的感觉掺和其中。尽管读者没有明确意识到这点，但"老""破""土"这三个字所携带的信息已然在他们的潜意识里扔下一小块石头。

我们继续造句。比如，"在河的那边，有一间老屋，屋顶破了"。

"在河的那边，有一间土屋，屋顶老了。"

这又是什么效果？

"有一间老屋"是虚，"屋顶破了"是实，情感是先发后收。

"有一间土屋"是实，"屋顶老了"是虚，情感是先收后发。

而且"屋顶破了"这个词比较常见，读者看了多半没感觉。"屋顶老了"比较少见，读者的视线就可能在此处顿一顿——"屋顶老了"是怎么一回事？这样，句子的新鲜感出来一点儿了。当然，这里并不是说新鲜感就等于好语感。

我只是想说明，同一件事物，我们可以用许多个甚至说是无数个词汇来描述它——无疑，这些描述都是正确的——这是我们选择的权力，但我们只能做出一个选择——这里，我又要提一下量子物理里电子的"波粒二象性"，尽管并不是那么合适——选择一旦做出，整个句子就具有了区别于其他选择的味道。

怎样选择？接着造句。

"在河的那边，有一间老屋，屋顶破了。一只麻雀在屋檐上站了半晌，看着陈老实突然叽叽喳喳叫了几声。"

"在河的那边，有一间土屋，屋顶老了。一只麻雀在屋檐上站了半晌，看着陈老实突然叽叽喳喳叫了几声。"

这段话里的陈老实估计是遇上了什么伤心事。

这两段话哪个更好？没有区别吗？一定有。如果你的眼睛肯在"老"

"破"与"土"这几个字上稍做停留。

　　语义的质地与色彩应该不难理解。蓝天、白云、青草、细雨、微风、寒星……仔细体会这些单词,"眼耳鼻舌身意、色香味形触法",调动所有的感知器官去理解它们,把它们与脑海里所遇过的自然景色相互印证。如是再三,我们对词汇的理解会焕然一新。

　　再随便举个我写的《网人》开头里的一个例子,尽可能直观地来说一说词语的色彩。

　　"她扭扭身子忸怩地点头。月光把一抹银色轻轻地放在她唇上。于是,她的嘴唇与大红、深红、紫红、粉红、桃红、橘红、茶红、玫瑰红、牡丹红、珊瑚红这些色彩没有了关系,而呈现出一种天使般的梦幻光泽。我吻了下去,它是这样柔软,是这样鲜嫩,这样暖和。"

　　这么多的"红"堆在这里是什么样的效果?色彩在重叠,重叠到最后,是一个有着梦幻光泽的空间,一个柔软新鲜暖和的空间。

　　要想了解语义的微妙,有一个法子,把一大堆近义词放在一块去研究。仍然是上面例句里的"大红、深红、紫红、粉红、桃红、橘红、茶红、玫瑰红、牡丹红、珊瑚红",它们有什么样的区别与联系?当我们对这些描述红色的词汇里面所蕴含的各种信息尤其是它的文化沉淀有了充分了解后,我们就可以把这些词在合适的时候放在一个最适合它的位置上去。

　　"雪地里走过一个大红色的女人。"

　　"雪地里走过一个紫红色的女人。"

　　"雪地里走过一个桃红色的女人。"

　　"雪地里走过一个玫瑰色的女人。"

　　第一句话对比强烈,大红里面的情感最张牙舞爪。它是热烈的、是喜庆的、是流血的。

第二句话包含了一种苦难与母性。它有一种沉。被婴儿咂吸的乳头是紫红的。楠木桌是紫红色的。这些与紫红经常厮混在一块的事物会把自身的特性一并揉入到"紫红"这个词里。尽管读者不会明确意识到这一点,杜甫说得好:"随风潜入夜,润物细无声。"

第三句话是轻盈的,是暧昧的,是色情的。"红"不仅是一种颜色,在中国古老的房中术里还有"男白女赤"一说。它象征着性能力、快乐等。"红"与女人的身体一向密不可分,女人的唇是淡红的,脸是粉红的,月事是鲜红的。而"桃"呢,它有点土气,在许多文学作品中,凡名字里有一个"桃"字的多半是乡间女子。"桃"可以吃,汁多且甜。"桃"加上"红"所构成的"桃红",其实已在某种程度上暗示出第三句话里的这个女人的性格以及这个故事的背景。女人可以接近,或许还可以放到嘴里嚼上一回。这个故事也多半与"乡土"有关,又或是从城市到乡土与从乡土到城市。

第四句话是年轻的、是城市的、是属于爱情的专利。

可能有的读者会被这些乱七八糟的颜色弄晕了头。不妨换几个词。比如,轻视、歧视、藐视、蔑视、鄙视……我们再扩大点范围,加上一些词组,比如,不屑的视线、嘲讽的视线、挑剔的视线、冰凉的视线、鹰隼般的视线、呆滞的视线、僵冷的视线、阴郁的视线……我们继续扩大范围,加上一些句子,比如"眼珠子挤出眼眶""眼睛里飞出几把刀子""眼珠子向上翻冒出白泡"……哪个词?哪个词组?哪个句子?用在这里恰恰是不早一步不晚一步——赶上了?我们一起悟吧。

上面讲的这些词还处于一种平行的关系。若存在其他关系呢?

"桌上有苹果、梨、香蕉、葡萄、水果。"毫无疑问,这是病句,语感差。我这并不是说——这样写就一定不好,在某些特定的环境下,比如诗歌,也可以这样用来营造一种特殊的效果,但前后一定得有呼应。

词要达意,表达时,自然而然就生出力量美。词若不达意,含混不清,那你一定要了解这种含混将带来什么。自己是否需要的就是这种效果?这样,在塑造人物性格时,你才能做到千人千言,不是同一个嘴巴发出来的声音。举个例子,你在小说中写一个白痴,若他说的每句话都与常人无异,那么这个人物的刻画极可能失败。这时候你可以故意来写一些病句。它们在整篇文章里反而会生出奇异的效果。换句话说,单个地读这些句子很糟糕,但读全文,语感却好得不得了,这些病句在里面扮演着珍珠的角色。有兴趣的朋友不妨读一下福克纳的《喧哗与骚动》。

语音与语法是形式。形式有强弱与短长。形式臻于极处,也是内容。语音说起来其实也简单。我们先看一组据说是挂在山海关孟姜女庙前檐柱上的对联:"海水朝朝朝朝朝朝朝落,浮云长长长长长长长消。"怎么念?上联三、六、八字读 cháo,四、五、七、九字读 zhāo;下联三、六、八字读 zhǎng,四、五、七、九字读 cháng。若有读者觉得这个复杂,不妨再念念"好读书,不好读书;好读书,不好读书"。汉字的一字多音这种现象比较极端地说明了语音可能造成的效果——意思都可以完全不同了。它讲的其实也就是一个"韵"字,"韵母"的"韵"。

我曾写过一个偈:走在人生边,深思不想言;酸甜苦辣咸,苦在正中间。

最后一字都押"an"韵。若做一个小手术,效果如何?比如:走在人生边,深思不想说;酸甜苦辣咸,苦在正中间。意思没变,但"言"换成"说"后,这个别扭劲,恐怕得自个兜头浇上一盆冰水。

要训练语感,有件必须做的基本功——朗读。读唐诗、读宋词、读元曲,至不济也得读读早已被我们扔到爪哇岛上的"蒙学"。这玩意儿是内功。语音还包含语气。语气重或者轻,意思可能截然两样。姑且用标点符号来表示语气:你好?你好!你好。你好……或疑问或感叹或陈述或犹豫。又比如：李明被朱强骗了。李明非常生气，对着朱强大喊了三声："你好！你好！你好！"

然后是语法。不提因果句、排比句、宾语前置，说到底，语法问题就是字、词、句乃至段落的排列问题。"屡战屡败"与"屡败屡战"有着天壤之别。前者沮丧，后者凶悍。这或许也是中国汉字的神奇之处吧。"你是放屁狗。""你是狗放屁。""你是放狗屁。"这三个句子的意思我就不解释了，地球人都知道。我只是想说明——语法在语感里面很重要。

再就是句子。这是一个不断练习的结果。每个句子本身所具有的重量、明暗、体积、速度与其他句子之间的比例、差异，如是，等等，即是语感的魂灵所在。比如速度，有的句子是在走，有的句子是在跑，速度并不一样，这样，这个段落或许是河水，下个段落或许就是湖水，再下个段落就是瀑布。又比如重量，有的句子轻，有的句子重，这样就会产生虚实现象。

我们不幸福的根源

一

我不认同"人类生活的根本目标即是追求快乐、减少痛苦"。人类尚在进化,地球正在演变成一个现代化社会。纯粹就幸福感这个抽象命题而言,这个建构在平等理念基础上、强调践行个人价值的现代社会,与过去尊卑有序的等级社会相比,未必就能提供更多——只要后者发自内心地认同"三纲五常",对自身所属阶层有着极强烈的认同感。

这个"发自内心"大抵只是一个洗脑技术,一次规训与惩罚的持续过程,一种"斯德哥尔摩综合征"人格的形成。千万个"发自内心"则意味着社会共识的普遍达成。这个共识通过居庙堂之上的法律条文、处江湖之远的风土习俗,以及文化艺术所提供的各种形象与故事等,对人的思想与观念进行规范、改造,使人成为时代的产物。它不是天然的先验之物,因为"正义""道德""信仰"等词,它获得了一定量的神圣属性，使胆敢挑战它的行为被视之为亵渎，相关人等是要被扔在宗教裁判所架起的火堆上烧死的。与此同时，"饿死为小，失节事大"等后人觉得匪夷所思的行为，会在那个特定时期被大力弘扬与鼓励。那些为殉夫而甘愿饿死的女人，因为献身于"贞女烈妇"这个被信仰化了的意识形态，从一个血肉之躯的"我"上升至一个符号形式的"我"，以及这种"崇高的利他行为"对她的亲属、族群与阶层所可能带来的现实收益等，获得回报与满足。事实上，这个符号形式的"我"，是可以视作人类知识生产中的一个精神产品。对精神产品的消费，与对物质产品的消费，都会遵守经济学的若干基本原则，比如权衡取舍、机会成本、交替关系，以及边际效用递减规律，等等。

这种满足感是不是幸福感？"我献身我快乐"，这种观念为什么能有效刺激多巴胺分泌，在人体产生一种类似毒品的麻醉感与一种令人如痴如醉的崇高感，使那些被罗马帝国迫害的圣徒们，不仅有勇气，也能在生理机能上克服饥饿，克服被狮子撕碎的恐惧，克服一个生命体对生本能的渴望？这种克服极其困难。从 DNA 层面说，人是他那个肉身的奴隶。遗传微粒在相当程度上决定着一个人的性格与命运。生物学家对多巴胺系统有极精彩的描述，但正如他们所宣布的"爱情其实就是多巴胺大量分泌的结果"，我这样一个始终不渝想念着某人的爱情信徒并不信服他们的结论，我不相信人对一些事物的热烈追求只是脑内一些微小物质的化学反应。这就好像我们不能指着钟表后面那些齿轮说："这就是时间。"我们只能说，若没有多巴胺这种神经递质，人们就很难感受到幸福与欢愉。它是必要条件，不是充分条件。

慷慨激昂易，舍生就义难。我们永远无法回到舍生就义者的内心，去追问他："你幸福吗？"我们甚至很难对幸福感下一个准确的定义，也无法通过对某些可被计算数据的归纳与分析得出幸福与否的结论——在

辑三　溢出

这点大家应该能达成共识。但这又意味着什么？

意味着：一个社会的现代化程度越高，这个社会的普遍幸福感就越低。这个结论让人很不舒服，它违背了人们的直觉与日常经验。为什么这样说？

第一，这是现代化对人类生活与生产方式的全方位数字化改造（现代性的根本特征之一），与幸福感不可被计算这两种内在属性之间的冲突。

第二，现代性对人类社会结构进行了一个不可逆的改造，不确定性增加。现代性是对"人生而平等"最真实不妄的践行。随着平等这个抽象之物的普及与深入人心，原有被视为圭臬的秩序冰消瓦解，传统价值分崩离析，整个社会结构开始处于一个很奇怪的流体状态。是的，湍流，一种同时包含了混乱与秩序的运动。

湍流有一个特性，流速小的时候，流体分层流动，互不混合；当流速增加，摆动的频率与振幅相应增加，形成过渡流；而当流速很大，层流被破坏，流体作不规则运动时，即湍流。

但今天社会各阶级不再是以往那种清晰可见的层流，而是呈现出一个异常复杂的紊流状态。它在物理上是具有无穷多尺度的漩涡流动，在数学上具有强烈的非线性。正因为如此，人们会特别感受到现阶段权贵阶层的不可逾越，以及向上流动通道的被堵死。这种感受在等级社会难以成为社会共识，那时的人们理所当然地认同"非刘氏不可封王"，而不是动辄"彼可取而代之"——后面这个声音只会发生在王朝更替、整个社会结构大崩坏的战乱时期。这种感受也从另一个侧面预言了变革以及可能的更替与大崩坏。而现阶段的"不可逾越"与"被堵死"说到底也只是权贵阶层害怕失去既得利益时巴甫洛夫式的焦虑反应。

我个人觉得阶级这两字本该是中性的。在一个全球化的视野下，严格说：讲阶级斗争是要好过提倡民族斗争。阶级是可以流动的，左中右的观点可以改变，这是一个理性框架下的博弈；但民族不同，民族观念一旦形成，便被不断固化，与信仰与文化捆绑于一处，很难在世俗层面心平气和地讨价还价。

尤其，在不可抗拒的现代性面前将更加艰难。现代性有三大根源。第一个根源是民主自由原则，第二个根源是工具理性。这两者的内在属性，必然要求把层流改造成紊流，使人出现在漩涡里。个人与各种漩涡实现广泛的能量交换，从中获得作为现代人的属性及意义。漩涡大大小小，当其中一个漩涡得到广泛的瞩目，其他漩涡降低流速，乃至于悄无声息地消失。某个大漩涡有可能成为一段时间内河面上全部的风景。现代性的第三个根源是国族利益，使众多漩涡汇聚成河，沿着河道奔腾流淌，虽时有漫出，终究是一个大江大河的模样。正因为不确定性是紊流的主题词，其间漩涡又多，流速也急，作为个体人要想自始至终保持平衡与理性是极困难的。现代性三个根源所能提供的能量并不一样，强度有区别，性质也有矛盾。这三种根源构成社会的五种基本冲突：一是知识体系；二是资本与权力；三是国族利益；四是技术与伦理；五是代际。

在现代性的三大根源中，引擎功率最强大的是工具理性。它要完成对人及社会的全部数字化。这种数字化的广度、深度与速度远远超乎所有人的想象。它要在根本上重塑人的概念。而今天尤其为我们所痛恨的权贵官僚阶层会日益缩小，将逐渐失去特权，这并非传统意义上的"历史周期律"在起作用，所谓"君子之泽，五世而斩"，然后社会震荡再换一批"君子"骑到人们头上来，这是一个被工具理性重新架构的现代社会的结构性要求。它渴望更扁、更平、更少等级、更多元复杂，为此它不惜把一个人与一个蓝色球体直接连接——移动互联的浪潮，使我们在事实上进入了"一个人的全球化时代"，个体生命成长所需要的经验知识的来源,乃至真实的人际关系的交换,不再囿限于传统社会里的"熟人",地球作为一个日益显现的生气勃勃的有机体,在为所有人提供能量与视野,让他们在这个蓝色的星体上更好地寻找自我的意义。

不是所有人都能适应这种趋势。就是对于渴望变革的人来说,他们中的大多数也很难在紊流中获得幸福感。不再有安全感,不再有一个可预期的、收益模式相对清晰的未来,不再有一个主的声音许下彼岸与来世的承诺。所有的问题都要在现实这个层面得到解决,包括生与死等这种原本无法解释的终极问题。

三岁小孩都能看到的一个现实是,金钱总能解决更多问题。为什么是金钱,而非其他?因为这些漩涡的流动、碰撞与融合,需要介质;而金钱与工具理性的本质一致,都是奇异的数字。

中国有句古话,钱能通神;后来是"钱不是万能的,没钱是万万不能的"。金钱在这里扮演一个伪神的角色,它还是权力的哈巴狗;在当下这个社会结构日趋扁平、权力呈复数形式的消费社会里①,它正在被赋予唯一真神的地位。金钱资本(最有创造力与想象力的资本,是人力资本),已经在全球建立起一个为越来越多人所接受的伦理体系,能交换到一切能以某种测量单位计算的物,以及性。为什么要特别强调性?因为大多数人太习惯于以爱情的名义来获得它,以至于在很多时候认为爱情也可以买卖。而资本伦理的实质,即数字的繁殖与自我增值,乃至于趋于无穷。

---

① 消费社会最大的特点即是,人所消费的是与他人的不同,不是产品的某种具体功能或属性。它必然导致传统意义上的奢侈与浪费。这种浪费的实质是对符号,或者说隐藏在这个符号后面的文化观念的消费。因为消费所衍生的市场规则重新解构了人与他者的关系。在一个成熟的消费社会里,政府同样是一个消费主体,要遵守相应的规则与契约。"人,首先是一个生产者",与"人首先是一个消费者",这是对人完全不同的两种界定。

假如用当下关于资本与利息的观点重新审视《威尼斯商人》,还有多少人会觉得安东尼奥是正义的呢?安东尼奥"借钱不取利息",固然可视为一种朋友之间的美德,但无益于资本主义社会的形成。莎士比亚这样写是容易理解的,这是古老的封建权力秩序与新兴的资本伦理之间的冲突;后来诸世纪人皆赞叹鲍的机智,认为夏洛克是咎由自取,这是"正义的审判",这就让人不得不感慨文学的力量,以及反犹的传统,等等。天下熙熙,皆为利来;天下攘攘,皆为利往。所以当得知子贡赎回鲁国人不取赏金后,孔夫子会摇头叹息。

钱已成了神,但人对神的跪拜并非无条件。"主啊,我交出了我的所有,在这里恳求你的仁慈。"这种祷告即是人与神所签订的契约。为了维护契约的神圣严肃,宗教给出彼岸(梵、天国等)这样一个形而上的不存在于世俗的概念。钱,这位世俗之神对此无能为力。它必须在这个现世里回答信徒们所提出的一切疑问。说句笑话,钱若有灵,也会很痛苦纠结,比如该怎样才能弄来一粒阴阳和合散,去满足一颗"再想多活500年"的饕餮之心。

搜狐总裁张朝阳有一个很著名的苦恼:"我这么有钱却如此痛苦。"这话相对于吃不饱饭的人来说有矫情之嫌,对于吃饱饭了的人来说这就是一个亟待解决的心理问题。

"饿时有饭吃,困时有觉睡。"这是一个基本温饱的问题,要让它得到普遍满足并不容易。它的内涵会随着时代发生匪夷所思的变迁。阎连科在解释他为什么要写电影剧本时说,"我要解决生活需要",换句话说,每年至少数十万的小说版税不能满足他的生活所需。另外,从整体上,人类的产出已足以确保所有人的温饱,为什么仍然是"朱门酒肉臭,路有冻死骨",而每年饿死的非洲饥民又有数百万之多?是因为"天道损不足而奉有余"这种冷漠后面所隐藏着的对社会效率与社会各阶层流动性的追求？

　　金钱的数字本质，能有效刺激多巴胺的分泌，使人获得小白鼠被电击时的快感，电击强度越高，越容易嗨。一旦越过某个阈值，由于这种数字本质对"彼岸与来世"这类不可计算的问题的拒绝，这个"嗨"便不会转化成真正的、能让人身心悦服的信仰，而是变麻木。多巴胺这套人体自我奖赏的系统失灵，再大的剂量也无济于事，所谓边际效用递减。从某种意义上说，麻木吻合理性，这种冷眼旁观是人对风险的本能警惕与自我保护。它自私，但不必然导致道德败坏，犹如私有财产之神圣不可侵犯是现代社会的奠基石，自私同样确认了人类的道德底线。

　　金钱不等于幸福，这已经是一个常识。令人啼笑皆非的是，在现实生活中，一个人捡到十万块钱时产生的快感（它是幸福感的主要来源），与他随后弄丢了它们产生的痛苦感，强度并不一致——后者显然更强烈。这种心理所造成的狗血剧情在中国股民中间尤其普遍。人为什么会有这样一种普遍的心理？我们容易不过脑子地说，这是人性作祟。人性为什么会这样？因为快感其实是快消品，痛苦才是我们入嘴的米饭么？

　　我在微博上读到过许多人对幸福的理解。在这里抄一段很流行的文字：

> （其实幸福很简单）如果你有吃穿住，你已比世上75％的人富有。如果你有存款，钱包有现金，还有小零钱，你已是世上最富有的8％。如果你早上起床，没病没灾，你已经比活不过这周的100万人幸福多。如果你从没经历战乱、牢狱、酷刑、饥荒，你比正身处其中的5亿人幸福多。我们在生活中大可少一些抱怨。

　　它是心灵鸡汤，逻辑混乱，是把马斯洛提出的五种逐级递增的人类需要放在一口锅里烩了；它并非是在解决问题，而是通过诡辩旨在引起某种情感共鸣。这种心灵鸡汤能帮助人获得幸福感吗？如果能，说明幸福并不具有多少道德属性，不过是自私与冷漠、无耻与不义的产物。你的幸福感是建立在他人的不幸上。幸灾乐祸说的就是你。

要认识到这点并不需要多么了不起的智性与德性，为什么多数人会对这种"不义"视而不见，反而从中汲取幸福感呢？我把这个问号放在这里，先提另一个问题，即：如果《唐顿庄园》告诉我们：做奴才是可能幸福的，你是否愿意去谋取这个主奴关系温馨的幸福？是想谋求当主子，还是干一份奴才的差事？你觉得自己在当今社会中是一小撮还是人多数？

微博上还有一种禅师体很是流行，"其实幸福很简单，饿时吃饭，困时睡觉"。这没有什么好批判的。禅，是中国士大夫与高僧大德们发明的一种大脑体操，是古典农耕社会遗留下来的一碗心灵鸡汤。佛是觉悟，富有智慧的思辨，但隐含着"万物到此为止"的意味，是历史终结论的另一种表达，所以圆寂，并给出三千宇宙的想象。从某种意义来说，佛的山顶，就是一个小土坡（哪怕它是宇宙终极真理）。科学家路过他们，继续攀登。冶文彪认为"禅宗是打破现代性牢笼的重要力量源，原因有四点：它是解放，不是安慰；能打破逻辑的局限性与思维的惯性；能清洁心灵，在人与物之间画出界线；它不对世俗社会提出挑战"。怎么说呢，禅是一种未经现代知识污染的思维方式，很多时候会带来惊喜，尤其是在这个数理语言构建我们心智的时代。

但它是有问题的。它的底子是小农经济，是古典社会的产物。在全球化分工协作生产的今天，在这个越来越智慧的地球上，它几乎不可避免"鸡汤"的命运。当然，人越来越孤独，禅宗会变得越来越有用。它根源于人对自然的崇拜，对肉身的迷恋与误解。从某种意义上说，它是对"人之意义"的摒弃,对人类文明史的反动,是反智,是人的退化。在它面前,人类的任何进步、任何千辛万苦获得的知识经验,都是可笑的,且毫无必要;更毋论通过它来建设起一个现代社会所需要的社会心理结构。

这种沉溺于生理需求所衍生的幸福感是可耻的,这是因为它对事实的否认,更因为它本身并不创造,它在享用他人的辛苦创造,如 iPad;另一方面,它又用 iPad 上网发微博冷嘲热讽。当然,在消费社会里,它的冷嘲热讽能让金钱不那么"伟光正";它也确实有思辨的智性魅力,与这个禅的传统所形成的文化之魅。它更大的好处是让欲望停止。欲望停止下来,人对自我之局限便有了相对清醒的认识(尽管大多数时候是错的),知道自己是石头,是杯子,绝对不是什么变形金刚与钢铁侠,所以要安于作为石头与杯子的命运,被砌入墙体、被人使用与被人不小心摔碎。一种无机物式的幸福感便油然而生了。

又或者说幸福就是"桃花源"?世上没有桃花源。桃花源是子宫的隐喻。就像在许多作品中出现的洞穴一样,都是人因为恐惧未知的"后退与逃避"。从某种意义上说,那些权贵阶层的别墅与庄园就是"桃花源",但在那里生活着的人幸福吗?再形而上说,一些写作者视"深夜里的书写"是桃花源,把那张搁着盏台灯的书桌当成净土,但真正的思考与写作(对人类文明史而言有某种独特的价值)从来就不是"人之唾余",而是人与世界互相生成时的一个痛苦的分娩过程,如同巴尔扎克在债主上门前对《欧也妮·葛朗台》的书写,如同卡夫卡在不知名的恐惧前对《城堡》的书写。这个过程可能是"一切障碍粉碎我",也可能是"我粉碎一切障碍","我"与"障碍"是贯穿始终的主题词。

"一切幸福与痛苦皆由此衍生",这是写作者的普遍经验。这里的幸福感更准确点说,是痛苦"由量变到质变"的过程,我们与每个字词搏斗，塞入嘴里用牙齿狠狠地来回咀嚼，看着它们在屏幕上形成湍流，有的句子快点，有的句子慢点，渐渐它们有了马的形状。我们跳到马背上。这一刻，幸福来了。马开始奔跑，四面八方的风都有了喊声。写作者在某个奇异的时刻忘掉"我"，忘掉了桌上的电脑、电脑里的A片、电脑旁边打碎的茶杯、妻子在隔壁房间的抱怨，他在这时成了一个完美的魂灵，整个宇宙的奥秘都为他打开。然后，马到了终点，枪响，电子显示屏上打出成绩单，幸福瞬间不见了。作品的发表、编辑的潜规则，等等，永无止尽的挫折感与焦虑感在等着他。

那么，是不是可以说幸福就是瞬间涌现的"蜜糖"？不，不是这些蜜糖。这会让人更为绝望，这意味着人就是吸毒者。事实上，存款、现金、健康、闲暇、舒适、性高潮，甚至是"一个人全部欲望的满足"都不等于幸福。幸福就是一个观念，而非某种实际存在。那些痛苦的总和，或者说某一时间段的和，同样可以被幸福所定义。

又或者说，许多人把自己的一生都浪费在对晚年的恐惧上。为了拥有一个"幸福的晚年"，不惜做牛做马做狗做蚂蚁，就是不敢做人。真是匪夷所思的一件事啊，可大家都觉得很正常。

从纯粹的机体生命质量来说，青年无疑要胜过老年。说得通俗点：到老了，连一块排骨都啃不动，更别说品咂出其中美味。为什么年轻时不去啃排骨，"在我最好的时候，去体验这世间所有"，反而要省吃俭用把钱储到啃不动排骨的时候呢？因为恐惧。克服恐惧是这世上最难的事。晚年是每个人都会有的，幸福却未必。一个人若不能在年轻的时候理解什么是幸福，他一辈子也就不会幸福。

我这样说就是对的么？对与错何其狭窄啊。明辨是非是这世上最困难的事。严格意义上说，简单的是非观（这几乎是我们头脑里的固有之物）并非是理性思维的结果，而是情感的粗暴表达。

任何事，它都可能同时是对的，也是错的，关键取决于你怎么去观察它。这是量子力学里的一个基本原理"测不准原理"。同样的，观察者也必定影响这件事的"正义与邪恶"。哪怕它只是一棵普通的马尾松，但你小时候，在某个下着大雨里的夜里，以为它是披着蓑衣的鬼，被惊吓了；你长大后，也会在潜意识层面憎恨马尾松，以及一切与它类似的事物，认为它们是邪恶的。有一天，你成了名人大V，你的观点会影响更多人，一旦达成历史共识，形成人类社会集体无意识的沉淀，那么马尾松就真的要沦为邪恶的代名词。

我们总以为我们在正确的道路上。如果一直永远正确，为什么国族会有衰亡、历史会有反复？我无意再批判历史决定论及所谓的必然性了。换个角度或许会更有趣一点：世界很可能是由一系列的错误（而非正确）构成的。这些错误是弦。为什么这样说？因为从数学角度来说，被践行的现实只是万千可能性中的一种，是种种因素博弈下的一个"黑天鹅事件"，相对于至善的上帝，那些被忽略掉的万千可能性所蕴含的"正确"应该更多。事实上，人类各领域的杰出者，包括那第一个跳下树枝走向草原的猿人，以及跟随着它的亲人朋友（对达尔文的进化论，我很是狐疑），他们一开始都是"错"的，都是对传统秩序的不服从，都是要被送到精神病院的"病人"。"疾病"唤醒他们体内另外的才能，使他们的神经末梢上总是冒出火花。这是一个紊乱的、自相矛盾的、被痛苦与欢喜反复折磨着、令人崩溃的过程。他们很难感受到作为普通人所能感受到的幸福。他们是"疾病"的牺牲品，是人类社会献于上帝的祭品，虽然他们使"人"行走于大地。

亲爱的人啊，什么是对？什么是错？相对于经典力学，相对论与量子力学是错的。相对于古典社会的审美体系，现代美学观念错得一塌糊涂。相对于人类进化的渴望，北欧的福利社会是错的。各种层出不穷的理论与概念，只能气喘吁吁地追逐在现实身后。我们只能讨论一个取景框内的事物。而这个框的边架因为现代性过程不再清晰确定。原本人心里所固有的对错观念，越来越像一个形容词。

湍流在急速改变一切，并试图重新定义一切。也许新的、可以指引未来人们千年生活的道德观会在不久分娩而出。在这个分娩过程中，人类已有的美德①观（它与快感一起构成幸福的两大来源），那些无一不是与人之天性做艰苦斗争才得来的结果，也会有着新的呈现形式，比如富有同情心，可能就不再只是对弱者单方向的施舍，还包括了对强者的理解。

世界在发生根本性的变化，这200年的变化比过去2000年的总和还多。这种结构性的深层变化，越来越复杂。不仅是社会层面，也包括个体的魂灵——体内人格的增加，一个人可以是过去的数个人，甚至其中几个人格互为敌人；及时重新审视那些支配着我们数千年来的情感及日常的观念，是有必要的。这种审视是理性的。即：未来社会虽然多元复杂，但必定是建构在理性磐石上。

许多人相信我们不幸福的根源就在于未能充分践行民主自由原则。福山著《历史终结论》，讲"当代人类政治出现的诸多问题，不是民主自由原则本身造成的问题，而是没有充分实现民主自由原则带来的问题"。附和这个声音是容易的，也会获得普遍的掌声。但我还是有疑虑。对物理有点兴趣的朋友，应该听过开尔文勋爵在19世纪末发表过的一篇后来成为物理学史上著名笑料的新年致辞，说"物理学只剩下一些修修补补的活"。而随后不久即是X射线、放射性和电子的发现，以及波粒二象

---

① 我原来说，人之美德，无一不是与人之天性做斗争的结果。我对理性大加赞颂。后来又觉得，若没有人之天性，美德毫无必要。人类尚在进化时。这些不真善美的天性，为这种进化提供了最富有激情的力量源泉——我不知道是谁设计了它们。美德，不过是进化各阶段时的产物，一夫多妻是，一夫一妻亦然。

性、狭义相对论、量子力学的建立。那次物理革命重构了人与世界的关系，使 iPad、航天飞行、核电等成为现实。但物理学并未到此止步，相对论和量子力学之间的不相协调或无法统一等问题，仍然意味着人对世界的认识，仍然是"路漫漫其修远兮，吾将上下而求索"。

在这样一个认知背景下，说自由民主制度是"人类意识形态发展的终点"，是不是有点太轻率了？

第一，这意味着人的匮乏，是哲学上的人之死。人的思想已经枯竭，日光之下无新事，所有的未来都能在图书馆里找到，区别只在于人名、地点、工具，与事件的排列组合。"人之死"要大于尼采说的"上帝之死"。第二，这意味着宇宙不应该像它目前所呈现的这样辽阔，这种无垠性完全没必要。或者说，人对宇宙的理解已经接近终点（我承认，宇宙这种能被理解的特性，简直匪夷所思），那个浩瀚的星空不是给人类准备的。第三，这意味着人类历史的进程是不受人类知识增长的影响，不管物理学家们是否能找到上帝粒子，建立起统一场论。第四，这意味着这个原则有能力解决人所有的问题，包括那些尚未发生的，且无一遗漏。这是一个在要素不完备的情况下所进行的完全归纳法。从逻辑上讲，这很荒谬。在这点上，它与许诺幸福无限量供应的乌托邦思想没有质的区别。从《老子》开始，我们就非常善于用归纳法来得出自己想要的结论。但在逻辑上，只有穷尽某一类事物的全部对象，且判断皆真实的完全归纳法才能得出这种必然。在研究历史时，归纳法所得出的结论，基本属于偏见。吊诡的是，对于历史这个充满偏见的文本而言，这种归纳法又是必需的——它有足够的抒情性。第五，这意味着至少是民主与自由之间不存在着难以调和的根本冲突。但自由说到底是个体理想的量子态；民主是这些量子之间的博弈，是一个社会化的过程。人是社会的产物，而这只是人内在属性的一种。社会化越多，自由就越少。

在我看来，福山这种自负不会比哈耶克批判的"理性的自负"好多少，仍然是一个"必然性"的逻辑，一个对"确定性"的渴望，一个经典力学框架下的思维模式。不仅是福山，许多学者的史观，总是被唯物唯心、历史的必然性与偶然性束缚着，蹲在一个经验理性的寒臼里出不来。

历史更可能是一种量子态，不确定，遵循测不准原理，是概率在起作用，所谓概率宇宙。这种量子观能在实然与应然间架起桥梁，解决必然性下的很多自相矛盾处。另外，自然科学界有一张元素周期表，人们的思想是否也有这样一张隐秘之图？人类各种政治制度设计，在人类史上有过重要影响的各种思潮，是不是也都有着各自的原子核、核外电子、内部结构，以及相互联系的规律，也是可以绘在一张表格上的？它们之间的关系，不是谁是谁的终结，不是一条从低级到高级的演化路径，而是众多元素，共同作用于人类的历史进程，此时是氢与氧的反应，彼时是氢与氮？

人类社会起源于工具理性。它不应该有尽头，除非人类已经来到世界尽头。它更不应该就在此时打上休止符，我们已经看见这个巨大的未知，人类正在进化时。这个未知是进化的舞台。我相信，随着人类跨出地球，其社会结构肯定会呈现出更复杂的，甚至让如今的人们觉得匪夷所思的形态。

福山后来对"历史终结论"做出重要修订，说："如果社会想要现代化，除了市场经济和民主政治体制之外就别无选择。当然，并非所有人都想要现代化，而且也不是所有人都可以建立让民主和资本主义运作起来所必需的机制和政策。"这里仍有一个很深的误读。毫无疑问，民主自由原则是这个地球上目前最好的一个原则，具有强大的自我纠错能力，是对平等理念最真实不虚的践行，它是现代社会的起源之一，但只是

"之一"，不是全部。另外两个是工具理性以及国家与民族。

工具理性所意味着的技术进步、科学信息的增量、生物基因研究的革命性突破等，才是现代化最强大的引擎。它在创造，创造凡人该有的世俗乐趣。它在逐渐建立其自身的伦理，且有对传统道德强烈的越界覆盖的冲动；而两者间的剧烈冲突在打开一个更富有景深的现代性结构的社会。它是一辆不掉头，且不断加速的列车，载着地球奔向光速，无人可置身这场风暴外，亚马逊原始森林里的部落也不能够。工具理性通过"科学朝信仰的成功转化"，以及数字化浪潮，使作为整体存在的人类社会有了一个不可思议的未来，能够参与到浩瀚宇宙的演化中。现代化的根本特征是社会生活与生产方式的数字化，它不会因为一个地方未奉行市场经济与民主政治体制就不降临。这只是一个时间问题。现代性是属于全体人类的一个至死不渝的求索过程，不是对某个时间节点的阐释。时间一旦开始，便无法停止。

对现代化有着种种争论，一方面它给予了人前所未有的自由，手机、高铁让人咫尺天涯；另一方面，随着工具理性不可避免地蔓延至社会领域，它让人的面貌趋于千篇一律，标准规范，可量化，可替代，其行为可预期。由于工具理性，世界已经祛魅。这种以精确计算、准确预测、有效控制为主要特征的工具理性是能够为人类的社会结构提供一个能让人甘心沉溺于其中的"理想模型"，以及通往该模型的最优通道，换而言之，相对于古代专制社会，这个由工具理性主宰的现代社会将更容易实现对个体的控制，对人的奴役。

我所说的工具理性是包含科学两字在内，约等于广义的科学。科学已经成为宗教，因为它建立在数理语言上的实证能力，更具魅惑。世界已经是对科学的践行，不可逆。科学（工具理性），是现代性的根源所在。包括我现在说的"历史是一个量子态"等言论都是对科学所提出的各种理论与概念的借鉴。

而大家都能看得到的另一个现实是：一旦民主自由原则与国族利益发生冲突时，前者通常失语。国族是近代发展起来的一种意识形态，是诸神凋敝后人的栖身处。它不是一个或几个民族在漫长的自然进化过程所得出的结果，而是有意识的政治建构。它不具有天然属性，但地缘是其核心要素，为其边界，具有本能的扩张冲动，对外它要输出价值观，对内它要整合。《礼记》曰：歌于斯，哭于斯，聚国族于斯。

但国族这个概念，不仅是地理的、GDP的，也是历史的、文化的、语言的。这些东西不可被分配，只能是征服与被征服，区别只在于征服的武器是坦克或飞机，还是麦当劳与肯德基。

我在微博上曾说过两句话："我不需要所谓的幸福。人之骄傲便在于不去求那并不存在的。""幸福就是被雷劈。它让你激动，很快就让你更为绝望。"

作为个体，我可以这样去理解世界，但作为一个世俗社会，它是需要幸福这个虚妄之词作为稳定剂、润滑剂、减压剂、安慰剂——哪怕是能谈论它，那也是幸福的。另外，我们常把社会比作河流，把个人比作一滴水。这个比喻不对。没有哪滴水能够确定河流的方向，但某个人的意志会决定着一个社会的形态与变化。这种抒情修辞，妨碍了一个世俗社会的伦理构建。现代社会越来越原子化，孤独几乎是每个人不可救药的病。要治这个病，就要把个人与社会打通。一个人越沉溺于内心，这个病越无法被治愈，哪怕他是天才。而世俗社会也要有一个能够不断产出块茎组织的机制。对个人而言，他是否成熟，在于他有没有树立起一个相对清晰的核心价值观，万丈高楼平地起，没有这个核，人立不起来；一个世俗社会，它的核心并不是去做是非判断，是指在一个框架内众多价值观的博弈与布朗运动，是它们的量子态。这个框架是衡量一个世俗社会是否成熟的标志。

幸福的一个重要特征是"期待"。要把"期待"转化成可以感受到的世俗幸福，而非焦虑，就要学会把现阶段的生活分解成许多具体而微的目标，给它们赋予某种意义，并设置相应奖励。比如——

目标：明天修好马桶。

意义：我是一个注重家庭生活，有责任感的男人。

奖励：给老婆一个吻或让老婆给自己买条中华香烟。

这种分解能力是不二法门。当一个人能在日常琐碎上找到意义及相应奖励时，幸福感就随时会来敲门。"目标、意义、奖励"三者将形成一个完整的反馈链，为幸福人生提供澎湃动力。这里的意义不能是形而上的，要符合当时的主流伦理秩序，在美德的范畴，是所谓正能量的输出。因为阈值的问题，最好搞一个五年规划，去设置一批"跳一跳脚就能够得上的目标"，如去一趟江西的龙虎山，但不能把"和奥巴马一起去龙虎山"当成生活的目标。

要像信仰主一样，认定幸福的真实不虚。甚至不妨把柏拉图在《理想国》洞穴寓言所描述过的那根火炬比喻成幸福，这种对火光所形成的"众多影像"的追逐就是对幸福的不断接近。

还有，必要的时候，你得让自己变得更"蠢"一点。

不要去阅读一切与思想有关的书籍，离美食近点，离美色再近点，离一切与欲望有关的事物更近一点。欲望与快感都属于身体的范畴，它们之间存在着一个正反馈的机制。这是上帝对人最慷慨的恩赐。消费社会源源不断的"物"就是针对这种机制（或者说人性的弱点）设计的，极易上瘾。我们骂小孩子沉溺网络游戏，可谁能否认孩子在网络游戏里所获得的快感？假如一个孩子家境优渥，不必担心一辈子的衣食住行，父母也不期望他为社会做贡献，他就想玩一辈子的网络游戏，并认为在游戏中所获得的快感就是全部的幸福感。我们能说他对这种幸福的追求是错的吗？快感的实质就是多巴胺，不会因为其来源是与美女嗨还是抽烟喝酒有什么不同，区别只在于强度，只在于匮乏与被满足的程度。快感并不必然地转化为幸福感。"一个人全部欲望的满足"时，他的幸福感归零，这里可以列出一个很有趣的数学矩阵。在一定范畴内，快感与幸福感成正比；越过某个临界值，成反比。这也是张朝阳们不幸福的根源所在。

这个"蠢"没有什么不好，所以我加了引号。相对于爱因斯坦我们都是蠢的，智力的些微差异都得忽略不计。这个"蠢"还将让现实生活相对游刃有余。人的精力有限，要想运动神经与大脑神经一样发达，这很困难，尤其是在这个门槛不断提高的现代社会。你可以成为一个二三流的音乐家、小说家、历史学家，但千万不要去尝试成为一流的。

我再重复一次：离大脑远点，离身体近点，你会幸福的。再刻薄点说，人感受幸福有两条基本途径，一是作为苦难幸存者的"心有余悸"；二是对他人不幸的想象。幸福不是一个数理模型，不是一组量化数据。再简单点说，它是人发现自身软弱无力时的修辞。

宋石男写了篇《乐山风物志》，谈他的一个朋友喝"油珠儿茶"的故事。为什么一个年收入大几十万的青年"精英"要去乡下找那种几十块钱一夜的老妓？

不是因为他的朋友是葛朗台，而是那些衰老的肉体有着这个人世最苦的经历。在与老妓的交易中，他肆无忌惮地闯进她那个家徒四壁的草房，贪婪地阅读她的人生故事——她的痛苦落在他舌尖，能分泌出盐。这能有效缓解他的焦虑。

薪水与焦虑相伴生，犹如煤与瓦斯。收入越高，焦虑越深；焦虑越深，人越容易变轻，像飘在黑夜上空的纸片。这是一个不断异化的过程。

更可悲的是，他们知道自己正在异化中。现在，"他者的重"让"自我的轻"有了观照之镜，他们可以暂时克服失重感，找到一条通往内心的道路——这是那些在城市霓虹里漂着的女孩子无法给出的。她们的脸光滑精致，眼角的泪，被脂粉一浸，都太甜太浅太薄了。

人需要消费他人的不幸。这种消费能帮助他们以一个幸存者的心态，日复一日地挨下去。挨——也就是"活着"，这是中国人最大的哲学。吊诡的是：这种情形不堪的消费，因为这种对人性终极问题的抵抗，也获得了某种道德上的正当性。当然，宋石男的这个朋友还可以从"卖淫合法化"的世俗层面进行自我辩护。

我只是突然想到，当他进入老妓的身体（进入坟墓），他的心该有多么绝望啊。他又是否能在某些时刻瞥见她们也曾短暂拥有过的美貌与幸福？我希望他能。这才是她们真正给他的。换一个说法，她们把时间给了他。

对所有人来说，这个世界糟糕透顶，一向如此，几千年来就一直在让人掉眼泪，渔色的男人和守贞的妇人、皇帝与被他杀戮的臣子、扮演启蒙者的老师与莘莘学子，心底有着同样的痛苦。但就人类这个物种而言，它又是这般壮观、无垠、匪夷所思，除了神迹没有其他词汇可堪形容。有时想啊，人类之所以能在这短短数百年内发现核能，了解基因的秘密，掌握航天航空技术，并不是为了自相残杀，更不是为了让人活得更舒适一点，又或者是那根深蒂固的求知欲（这种根深蒂固性从哪里来的呢，是因为地球在宇宙中的孤独吗），而是为了迎接即将来临的尚不可知的，也许是全球灾难性的挑战。

还能再说点什么呢？

半夜，那些睡着的房子面容松弛，好像得道高僧，躺着、卧着、盘膝坐着，身上落满许多阴影。这是月光披在它们身上的百衲衣。有的衣裳口袋里还塞着树枝的侧影、虫鸣、露珠等不实用但有趣的东西。我深一脚浅一脚地走着。路犹如覆盖着阴影的小溪,在脚下缓慢地流动。我突然觉察到某种难以抑制的欢喜,觉得能作为一个人活着,真是幸福啊。

辑四 对谈

这人眼所望处
——关于文学的一些问题，一些回答

郭洪雷　黄孝阳

每一个时代都有每一个时代的代表作家。黄孝阳是文学界公认的70年代作家中的佼佼者。有人惊艳于他的文字创造力，有人夸赞他的想象力，有人说他深谙思维的乐趣，有人说他勇猛叛逆，也有人说读他的作品能收到来自智性与德性的双重奖励。莫言称他的《人世间》是犹如万花筒般丰富多彩的"江南才子书"。李敬泽先生在点评2012年《南方周末》年度致敬图书提名（文学）时，说："昔日马原今何在，2012年如果有人如此呼唤，他找到的大概不是《牛鬼蛇神》，而是黄孝阳那本奇崛褊狭的《旅人书》。"

郭洪雷：最近读了你几本小说，知道你也会下围棋，论年龄，你喜欢上围棋也应当是在"擂台赛"时代吧？

黄孝阳：1990年在学校念书时迷上围棋，通宵达旦地下。正是"中日擂台赛"如日中天的时候。那时候不知道聂（卫平）、马（晓春）两者的，是要被排除在雄性生物这个种群外。这种对智性的崇拜与当下年轻人对郭敬明的追捧形成一个很强烈的反差。1997年，这项比赛改成仍然是 NEC 冠名赞助的三番棋，不再是"打擂"这种更富有话题性与观赏性的形式，逐步退出公众视野。

郭洪雷：其实老一点儿的棋迷都会有一种感觉，时下 90 后一代下出的棋，与聂、马等 20 世纪 80 年代棋手有很人不同，好像人们对棋的理解和认识有了很大变化。那时讲棋形、讲美学，现在棋盘上充满暴力，一切决定于计算；那时输赢一目半目的棋很常见，现在挺过中盘收官的棋明显减少。我觉得先锋小说仿佛也有一个类似的变化。现在读你和七格等先锋新锐的作品，感觉在心智结构上与马原一代先锋小说家存在非常明显的差异。按理人类的心智结构短时间内不会有大的变化，30 年时间说长不长，说短不短，但这种变化给我留下了很深印象。不知你是否产生过类似感觉？你觉得产生差异的原因有哪些？

黄孝阳：我们这一代随着互联网成长起来。如果没有互联网，我们很可能就是另一个马原和格非。这并非是说他们不好，而是不够。对于文学这个星空而言，已有的星辰总是不够。互联网，以及它背后的现代性浪潮从根本上塑造着青年一代的心灵，它有种种的好，亦有许多的弊。不管大家对利弊有什么样的争论，这已经是一个不可逆的过程。又或者说，80 年代的作家多半是启蒙者的形象，一个居高临下的精英姿态，是等级社会的产物。随着技术进步推动的转型，社会结构日趋扁平，启蒙转而为"一个人与世界的互相生成"，是个体在全球背景下的自我觉醒与自我进化。权威的声音在于指引，而非服从。若说作家还有什么特权的话，是他比普通人更能清晰地意识到边界所在。边界的确定需要技术含量、德性以及更多的智性。

你说，"按理人类的心智结构短时间内不会有大的变化"，这个理是什么呢？人要有常情、常识、常理。也要警惕其陷阱。一个成语，朝三暮四，大家都知道其最初的本意，那些猴子太笨；但在今天，早给的那颗核桃是能产生利息等财产性收入的。事实上这 200 年来，整个人类知识的产量，已经远远超过之前 3000 年的累积总和。而随着互联网对知识传播的加速、生产方式的重组等，今天的 30 年就其知识生产的效率而言，超过大清 300 年。从古至今，一直有两种人，一个是生活在经验与秩序里，随心所欲而不逾矩；另外一小撮渴望改变，往往头破血流。他们的出现是小概率，但决定人类进程的总是他们创造的那些小概率事件。

郭洪雷：的确，马原和格非一代先锋小说家起步时 BP 机还未出现，而你们这批人以先锋姿态出现于文坛时，BP 机早已无影无踪了。"大哥大"在 20 世纪 90 年代是"腰里横"，现在谁要是腰里别个"大哥大"，人们会怀疑他是文物贩子或精神有毛病。网络技术、现代传媒大大改变了人们的感受时空方式，也会改变人类对自己想象和理解的方式。但我对你说到的"启蒙"问题另有想法，找机会我们再聊。这里我感兴趣的是，这种心智结构的变化在你自己的写作中也有体现，从 2004 年的"时代三部曲"到去年的《旅人书》，读者会发现一个明显的蜕变的轨迹。

黄孝阳：我喜欢蜕变这个词，犹如蝉蜕去壳，这是一个有着异乎寻常的痛感与美感的奇异过程。对我而言，每一部长篇小说，相对于前一部，至少在结构、主题上要有变化，甚至于语言。比如《旅人书》是一种诗化的当代汉语,而《乱世》(又名《民国》)是文白杂糅。至于写作技艺,作者总是渴望能一部比一部写得更好,但起伏不可避免。山峰尚有重峦叠嶂,何况肉身皮囊。不管我的写作过程是不是一条阳线,我都不喜欢在平面上滑动。滑动有惯性,是会上瘾的,要改变。我说"我是我的敌人",这话是什么意思?人需要自我否定,因为他不是上帝。人极易沉溺于把他装起来的那个现实,因为安全感的匮乏。唯有与现实保持紧张的关系,才可能不断进化。这不是唆使小说家不与人为善,动辄与人白眼相向。小说就是脑子里的暴风骤雨。不要满足于人名、地名与叙事手法的改变。一个小说文本是不是好,一是呈现;二是追问。它呈现了哪些可能性,若有必要,是不是可以用10倍的篇幅阐释它,不仅是评论与解析(如《微暗之火》),还有对叙事过程所拥有的种种维度的呈现。至于追问,就不要满足于"人性"这种不动脑筋的说法。如果把世界比喻成河流,人类的已知顶多不过是其中的一个小水滴。而当代一个中国写作者的经验大概也就是这个小水滴中的几纳米吧。我相信是这样。

郭洪雷:你这里所说的"呈现""追问"对于先锋写作而言非常重要。有很多人,包括许多先锋小说作者都把对先锋小说的理解指向写作技艺层面、形式技巧层面,很少有人能在追问的能力方面反思自己的写作。你的一些理论文章在这方面做了非常深入的思考,给我留下了极为深刻的印象。我有一个极端而又粗浅的看法:形式技巧问题对中国小说家而言不是问题,只要假以时日,我们强大的"山寨"能力足以使任何舶来的先进的、新鲜的、独创的技巧和手法落满灰尘。中国先锋作家往往是独创性技巧和手法的消费者,而不是生产者;中国是这些技巧与方法的旅游目的地而不是出发地。当然,这里原因很复杂,但归根结底与我们思想和思维能力的低下有直接关系。而思想和思维能力的低下往往表现为回避呈现的可能性问题，拒绝或者说没有能力对"人"与"世界"的基本问题进行追问。看到一些先锋小说家得意地拍着自己装满零碎儿的"百宝囊"的样子，真是让人着急。你所提倡的"量子文学"及你的小说对佛学的借鉴使我看到了你在提高思想、思维能力方面的努力，让我看到了新世纪先锋小说发展的一种可能的方向。《人间世》《乱世》特别是《旅人书》的结构、语言和文体风格都渗透着你的思考和追求。不管最终结果如何，最起码《旅人书》让读者耳目一新。这也是我关注你的写作，推重《旅人书》最直接的原因。你对"量子文学"的兑现，让我看到了形式技巧之上的东西。

黄孝阳：谢谢你的鼓励。人都喜欢听好话，我也不会例外，但要自省。对于一个写作者而言，哪怕他的文章已然不朽，他也是小的、卑微的、极其有限的。"不朽"是别人给出的，是外来之物，不是一个生命内部的秩序，不会成为勇气与智慧的源泉。

王安忆在《文学》杂志创刊座谈会上谈写作与批评的关系时说"如今文学批评使我恐惧"。为什么会恐惧？这是一个很复杂的问题。一般说来，人之所以恐惧，是因为害怕失去，失去生命、爱、对上帝的信仰、某种权力。这是人的自我保护的本能，属于人之常情，可以理解。但一个写作者也要敢于挑战常情，像堂·吉诃德挑战风车那样，愚蠢、笨拙、滑稽、可笑，在这一时刻，他被一切障碍粉碎；在下一刻，他又能粉碎一切障碍。其实，所有的批评，都可视为自己文本的某种延伸，再激烈的苛责与再匪夷所思的误读也是"自己某个对立面"的呈现（把文本看成光，它照在不同物体上，便有了各种形状的影子）。我能理解王安忆。一个写作者，能够有效保持着紧张、焦虑、对世界的敌意，并不一定就是坏事，内心深处无数量子碰撞湮没，不断产生核反应，能量源源不断地生出，倒还是能做点事；而若是真正平静了，也就是一个脑瘫了的阿罗汉，怎么躺怎么安逸。恐惧与欲望就是写作者的骨与血。这是最大的道德。

我很赞同你说的"消费者与生产者"，前不久，有人批评我的小说设计感太强。我想说的是什么呢？

第一，是设计之美。这人眼所望处，无一不是设计，建筑、桥梁、音乐、书本。就是那山水，也是因为我的注视有了喜怒哀乐。"小说是现实分娩之物，是一个自然而然的过程"，这曾经是对的，现在是不够的。因为"未经思考的人生不值得去经历"，许多作家在文本中所描摹的现实在很大程度上是一个伪现实。而"自然而然"更多是一种想象的美学。一些编辑说你的文章要写得自然一点。这里的"自然"多半是传统的代名词，是规训的隐喻。理解了这点，我们才能理解相应的奖励与惩罚。自然是人的敌人，一直是这样。我们崇拜自然，是因为我们不再是自然之子。人之文明，是对自然的逃离。古典社会一去不复返。我坐在空调屋内所感受到的清凉，从整体上说是需要更多的耗能（熵增）作代价，如果自然有感知，它会痛苦。我喜欢"盖亚意识"这个提法。如果把盖亚视作父亲，现代性就是人类的弑父行为，为了成为父亲。（在今天这个社会里，有太多的戏剧性、偶然性与不确定性，所以现代人多渴望回归自然。相对于叵测人心，自然无疑更清晰、可靠，能提供安全感以及几千年来所沉淀下的那些美学符号。认为自然具有一种超验神圣属性，或许是对的，整个宇宙也许的确是上帝的手笔；但认为人通过对自然的模仿便能求得延寿之道，应该是错的。蜉蝣朝生暮死，草木四季枯荣。大自然中，能比人更长寿的动物寥寥无几。）

第二，我的设计完全在他的经验之外。这不是他的错，也不是我的。今天在微博上看到一个人在感慨，说自己读刘慈欣的《三体》，读了四次，读不下来，幸好坚持下来了，没有错过它。这样的话，我也在一些读者那里听到过。坦率说，我追求难度。小说的难度在哪？在于你的每一次言说，都推开了一扇门，门后有把你吓一跳的狮子与雪山；在于你说尽了世间词语，却发现自己什么也没有说，而你又不得不说。难度不仅仅是一个技术问题，它还是一个价值观。世界的起源（意志）应该是简单的，但它的表象极其复杂，且日趋复杂。我觉得对复杂性的追求是作为人，作为人类社会，作为文学艺术，乃至于宇宙本身最根本的追求。唯有这种渴望，才能解释所有的过往及我们可能拥有的未来。

复杂性是什么？我原来说过一段话：

复杂性不是简单的 H_2O 的累加，它要有构成河流、湖泊与海洋的愿望。系统内充满大量元素（H_2O 是其中一种），且呈非线性的一个相互作用，是开放的，犹如被风吹动的千万树叶，每片树叶或许并不知道树与自身的名字，但它们却在这个下午构成了这株树所有的形象。

一个真正具有复杂性意味的文本（或者人），绝不可能适用于"奥卡姆剃刀"；能被简化的，即是伪复杂。简笔画可以勾勒出人的轮廓，但它毕竟原始。艺术永无终结之时，除非人类历史终结。比如我们说人的复杂性。首先，他需要确定性，如等级、秩序等，这固然是因为安全感的匮乏，更有助于他们厘清自身与世界的关系，是自我认知、自我进化、自我溢出的跬步与台阶；其次，他需要不确定性，这也是他作为人的与生俱来的冲动，即自由。这里蕴藏着所有的可能，枪炮里的玫瑰。什么简笔画能把这个矛盾体勾勒出来？

你提到了我的小说中的佛学意味。我妈妈是信菩萨的。小时候再穷，也会隔三岔五去庙里捐点香油钱。对佛学，我打小就充满好奇与兴趣。成人后，阅读甚多。它确实是一种了不起的人生智慧，是"觉悟"。但总的来说，佛学是厌世的，讲的是一个"空"字，入了佛门，连亲情血缘都要一并斩断；现代物理学根源于理性，相信世界可以被理解，相信人类的认知并未就此结束。基调是乐观的。它们都是"我"的一部分，都在以它们的方式渗透、改造"我"——这个不可捉摸的魂灵。虽然我对它们都只能算略懂皮毛。这是两种截然不同的价值观与方法论。当然，它们在某一方面都是统一的，比如"信"，宗教上的"信"这个就不多做解释；科学也是，比如，搞物理研究，目前，你必须相信光速不变。

　　对佛学与自然科学的好奇，在作品结构、语言、文体风格上会有什么影响呢？这个说起来就是长篇大论。比如语言，"他活得像一个波函数"。这里的他就至少有双重属性，第一，他是个谨小慎微的人，因为波函数适用于微观状态；第二，他是一个难以琢磨的人，因为波函数是对测不准关系的描述。人类的知识，大抵上可以分成自然科学、社会科学与人文学科三大类。前两者，它里面的许多术语都具有相对清晰明确的意义，不像人文学科里的"真理""道"等，人都有他自己的说法。这便于大家的沟通交流。同时，它也能赋予句子以奇妙的重量感。又比如结构，我把《旅人书》分成上下卷，上卷形而上。旅人在天上，是观念之物；下卷是尘世。旅人以"你我他"之名在地上的行走，是红尘悲喜。这是我自己最初始的设计。一位学现代物理的读者前些日子给我发来一封Email，说："当我看到这本书的开篇，我疑惑于那首诗《高歌取醉念昔时》在开篇到底有何作用，忽觉那就是一个希尔伯特空间里的完备基矢嘛，旅人的生活在这样的空间里（每一座城池）被展开叠加，各种奇妙各种有趣。"

　　郭洪雷：《旅人书》我读了两三遍，那种轻盈、简洁、空灵深深吸引了我，开始时我想到了卡尔维诺的《看不见的城市》，读着读着觉得不够了，就找你的其他作品来读，我感受到了非常陌生、新奇的东西，想进一步了解，就把你的几篇理论性的文字找来读，初一接触还真有点儿懵，就到图书馆借了几本量子力学方面的书恶补了一下，科普的那种，慢慢地还是有了一些理解。对于现代物理学、佛学对你的小说的影响，我不想从"科学"和"信"的角度来认识，毕竟人的肉眼是看不到一只网球在以时速数百公里飞出的不确定性。我更看重你把宏观世界与微观世界套叠在一起对你的写作产生的影响。用老话说那会产生一种世界观，同时也意味着一套相应的方法论，二者结合起来构成了一种启悟，一种属己的生命哲学。这些一旦映射到你的写作中，就会产生一种令人惊异的美学风貌：它轻盈、简洁、空灵，但不会让有经验的读者将它直接归因于卡尔维诺、卡佛、博尔赫斯等中国先锋小说的那几位外籍大神，它意味着更多的东西，它是从你的那套生命哲学里滋生出来的。我前面说你的写作对新世纪先锋小说意味着一种可能的方向就是这个意思：机杼自出而又圆融无碍。当然，以上只是"文科生"的臆说。至于《高歌取醉念昔时》我倒觉得没那么重要，更不会坐实到"希尔伯特空间里的完备基矢"上去，那是专家或"理科生"的事情。读《旅人书》的时候我就想过：只要重复的字不是太多，随便换哪首诗，作者都能拎出一长串故事，不过有一样东西不会变，那就是悲郁、欣悦交集的生命情态，也就是你所说的"红尘悲喜"。

黄孝阳：宏观与微观的重叠，新的世界观与方法论的产生……你说得真好。几天前我在微博上写了一段话："当你说出你的名字，世界便有了声音。当你说出你的名字，世界便有了色彩。当你说出你的名字，世界便有了万物生长的秩序。当你说出你的名字，我的心里便有了古怪而又悲伤的爱。"我可以毫不羞愧地说，我对这个世界充满深情，有种种"古怪而又悲伤"的爱，对它总是抱有最天真的幻想（并不是奢望它会更好);所以一直在胼手胝足地去做事,一头汗,一些烦躁,许多欢喜,以及无数感伤。我想这些都源于你说的新的世界观与方法论。有时,觉得自己的身体里充满了湍流。湍流,物理学上的一个名词,是对复杂与秩序的同时概括,犹如暴雨将至。应该说,我现在写的小说,个人风格极其明显,一眼就能看出是一个叫黄孝阳的汉人写的。这是好事,也是坏事,所以我一再说"我是我的敌人"。我看过你写的一篇关于《旅人书》的评论,觉得挠到心头的痒痒肉,当天晚上就想去学王子猷。

郭洪雷:呵呵,不知那天晚上下雪没有。不过要想做知己还是得交交底,前面提到卡尔维诺、博尔赫斯等人,我想问一个不大该问的问题:哪些作家或作品对你的写作影响比较大,或者说比较直接?对一位作家特别是一位先锋小说家问这样的问题不大礼貌,就像问人家一个月挣多少钱一样,有掏家底儿的意思。

黄孝阳:我不大喜欢中国文化里"留一手"的传统。当然,在一个匮乏时代,教会徒弟确实有可能饿死师傅。但在这个现代性的开放社会,我觉得没有什么不可以说,人的透明化几乎是不可避免的命运(不管他多么渴望捍卫隐私)。哪些作家(作品)对我影响比较大?太多了,最早是唐诗宋词,现代诗;后来是中国五六十年代的那一批作家;接着是拉美欧洲的一批;再后来就少读作家的作品,改读人文思想历史时政科普等。这倒不是一个"望尽千帆皆不是"的心态,而是说,我想跑到外面来看看"小说"。在它内部待久了,难免"不识庐山真面目"。尤其是现在,这种"从外面看"的视角特别重要,它会给当代小说注入新的血肉。

对小说而言,最好的时代已经远去,但最激动人心的时刻尚未来临(当它进化成更与个人心灵息息相关的当代小说)。现代性正在把人打碎,时间、知识结构、人际关系、对世界的理解方式等，要回到作为人的整体，作为"一"的自洽，只能是求诸上帝，或者在某些时刻去阅读文学，而不能指望理性与逻辑——没有比它所导致的傲慢更糟糕的事情了。

在我看来，至少对于新一代的批评家而言，要有能力区分小说与当代小说，就像区分长城与埃菲尔铁塔（这个比喻过于陈旧）；或许应该这样说：就像区分亡灵与生者的容貌。我喜欢这两个"就像"，前者说明我尚是可以理喻的生物，不必跑到街头抱着马头痛哭，而后者直接把一束光投入我内心深处最隐秘的裂缝处，使我看见"我"身上那个巨大的马头。

当代小说最重要的职责将是：启人深思，帮助人们在喧嚣中发现孤独，发现生命，在众多一闪即逝的脸庞上瞥见天堂。从某种意义上说，当代小说的任务不再是对永恒与客观真理的追求；不再是对那些结构工整、旋律优美之物的渴望；也不再迷恋对道德及所谓人性的反复拷问。那些已被发现的，已经被盖成楼堂馆所的，不再具有重复建设的必要。在由故事构成的肌理之下，那些少有读者光临的小说深处，世间万有都在呈现出一种不确定性——而这是唯一能确定的事件。

郭洪雷：问你这个问题时我思考着先锋写作与阅读的关系问题。当然，不管一个人的写作属于什么性质，书总是要读的，但对中国先锋小说而言，阅读尤其重要，它涉及中国先锋写作的筋骨。80年代的经验告诉我们，你只要读在前面，写在前面，用在前面，你就是先锋。一个人的阅读路径决定着他写作的走向，陈希我在先锋小说家中比较另类，很重要的原因是他的支援背景来自陀思妥耶夫斯基及川端康成、谷崎润一郎、三岛由纪夫、芥川龙之介等日本作家，他的尖锐、阴狠，他对人性中黑暗的专注，与他的阅读有直接关系。一个人阅读路径的调整，他的创作也会发生相应变化。格非也曾说过，他能拿出"江南三部曲"与他阅读范围的扩大不无关系。但我总觉得中国先锋小说作家阅读方面存在一些问题，这些问题早就存在，现今也没有多少改观。一是人爱读小说；二是就读那么几个人的小说。时间一长，给人中国的先锋小说家都是一窝生的印象，都是一奶同胞。只要读读先锋小说家们记述自己成长的文字就会发现，总是那十来个人十几本小说在那里晃来晃去。记得顾炎武《日知录》曾举过一个铸钱的例子，铸钱有两种方式：一是取铜于山；二是毁旧钱铸新钱。当下先锋写作走前一条路的太少，走后一条路的太多。刚才你的回答印证了我的一些想法：阅读视野要开阔，多读杂书，也就是你说的"要跑到外边来看看'小说'"，要学会"取铜于山"。哪怕就是没事上上网、看看电视、读读报纸、浏览浏览文摘，静下来琢磨琢磨，没准儿还能写出《第七天》那样让人争议的东西。成天泡在那么几本小说里，经典倒是熟了，可你的创造力可能无形中也就枯萎了。前些日子看了一个电视节目，那些用来抽取胆汁的狗熊被解救出来，管子拔掉了，伤口愈合了，被放到动物园里。可是它们总是在原地打转转儿，连一步也迈不出去。有形的铁笼子被打开了，长期的囚禁，无形的铁笼子仿佛已经镶进它们的身体。这倒让我想到了一些先锋小说家：左转半圈撞上卡夫卡，右转半圈碰上马尔克斯，迈前半步和博尔赫斯撞个满怀，退后半步又被卡尔维诺绊了个跟头，就是原地不动，睡觉做梦也还是昆德拉式的。那情形，真让人心疼！

　　再有，阅读的重要还在于它会帮助一位小说家建立两套谱系，一是技术的谱系，一是精神的谱系。当下先锋小说作家经营前者的很多，构建后者的寥寥无几。不过我注意到一个现象，中国先锋写作如果真的有所谓神谱的话，八九十年代的大神肯定是马原。但在你们这些先锋新锐眼里，王小波地位可能更高一些。例如你的"时代三部曲"，可能就瞄着王小波在使劲。你对他怎么看？

黄孝阳：我的本职工作是出版社的编辑，替他人做嫁衣。前些天，太阳很大，我在马路上走着，走在朝九晚五的上班途中，突然深感厌烦，就问自己想去干什么，蓦然想起王小波说的一句话——以后活不下去，改行去当货车司机。今天的我已经不好意思说"原来小说可以这样写"，也不愿意说，"我也能这样写"。但我必须得说，王小波是我的精神源泉之一。这倒不是因为他的深刻，他也不深刻。不是因为他的幽默与诙谐，郭德纲更幽默与诙谐。不是因为他对常识的不遗余力地推广，也不是因为他在文坛外默默奉献出汉语小说的一种美学（尽管是有限的），而是因为他的不服从。简单说，对传统的颠覆。这种颠覆，首先是思想层面的。几年前，我写过一篇《王小波十年祭》，有兴趣你可看看。

郭洪雷：一般而言，一个作家风格的形成要经过模仿、摆脱、自成一家三个阶段，我记得你的"时代三部曲"封面上曾有过自报家门的字眼，我们姑且把那个阶段看成是模仿吧，那么从《人间世》到《旅人书》，你自己的东西出来了。当然，我们还不好意思说你的创作已然"自成一家"，我觉得你的可能性还远没完全释放干净。博兰尼、殷海光、林毓生一系的思想里非常强调对原创性思想和经典的揣摩和模仿，只有经过这一段，你才能拿出真正具有原创性的东西。也就是说只有谙熟传统，才谈得上创造型转化。王小波颠覆传统的前提是他对传统的熟悉，包括留美期间他与历史学家许倬云之间的闲聊，他对知识分子问题的反复思考，等等，都能使他的颠覆认识精准，力道强劲。其实就知识分子的精神传统而言，在王小波身上我们还是能够看到孔融、阮籍、李贽、金圣叹等人的精神脉息。传统的强大在于它的内部好像有一个装置，它一方面能把反叛者、颠覆者设置成自我维系的"他者";另一方面又能把反传统、颠覆传统者纳入到传统中来,使他们成为传统的一部分。反抗传统、颠覆传统几乎是中国先锋小说作者的"袖标",但只要对他们的小说进行文本细读,传统的经脉也就露出来了。在我看来,中国先锋小说作家对传统的认识过于狭窄,过于模糊。其实他们所说的传统往往指向"现实主义"或文学史,他们的"弑父"冲动远远大于他们思考、分析、触摸传统的欲望。这也是他们中许多人和王小波比较显得轻浅的主要原因。

黄孝阳:你说的是。"他们所说的传统往往指向'现实主义'或文学史。"怎么说呢,以反抗之名行的事,多半还是日光之下无新事。几千年文明告诉我们,解放者往往就是不久之后的暴君,且在组织上更具有效率。当然,所有的反抗都是有意义的,人生而自由又无不在枷锁里。反抗,意味着挣脱,对自由的渴望。这是一个生命哲学的问题。但反抗未必就是有利于社会整体福祉的增加。它是浪漫主义最极端的表达。我热爱传统,一个关于人的传统。我只是说"传统虽好,已然匮乏"。从某种意义上说,"人所能唯一必须去捍卫的,就是形成他的那个传统"。所以,在很多夜里,我总会去想那个能让人把自己献祭出去的东西,它应该包括:权力、恐惧、性、爱情、对上帝的沉思、口腹之欲、公平与正义,以及星辰,等等。这些词语看上去风马牛不相及,但在让人"心甘情愿"的维度,它们取得惊人的一致。

我总是在沉思天堂(它至少有 1001 种形式),当我还待在人间的时候;我很好奇,等我来到天堂,我将沉思的是什么。是那 1000 种我已经看见过的形式吗?肯定不是,若是,就有悖论,有种种纠结与痛苦。天堂也将摔落于地。那么,一直让我沉溺其中的究竟是什么?

我把这个问号放在这里。过一些时候,问号或许即答案。

郭洪雷:呵呵,看来在这个问题上你也挺纠结。你用"献祭"这个词,让我感到了一种悲凉。我想这种悲凉感受既是形而上的也是现实的。说句俗话,这个时代做小说家难,做先锋小说家更难,做一个客观上拒绝了电影、电视剧的先锋小说家尤其难。你那一串串的小故事,你对量子文学的经营,你对"当代小说"的强调,让我看到了一种拒绝,也看到了先锋小说生存的艰难。不过我觉得一个没在先锋写作里边"打过滚儿",上来就写顺滑故事的小说家未见得有太大的出息。莫言、贾平凹、张炜、王安忆、韩少功、刘震云这些被认为写得好的人,不同程度都曾与先锋小说有过染,或"偷"过先锋小说的东西。我们不能只看到莫言现在"收麦子",就忘了他"挖垄沟"的日子。

黄孝阳:被认为"写得好不好"其实不重要,"尔曹身与名俱灭,不废江河万古流"。人呐,就是太在意名利了。名利是门,要进去,更要能出来。至少对于我个人而言,写小说,为的不是"出息",而是我开始说的"与世界的互相生成",是自我教育、自我进化,是为了德性与智性,是对"我"的好奇与上下探索,是为了理解少女唇上的笑与老者额上的皱纹。我很喜欢殷海光说的一段话:"我们实在无力去揣摩包含了人类心灵的宇宙是怎样形成和为什么形成的……据我所知,道德标准、正义感、对自由和幸福的追求,等等,二次大战以后,这些可贵的品质已受到严峻的考验,代之而起的是对权力和财富的追求。但这些心性不曾消失,有些人继续珍惜着它们,这也许就是人类希望的幼芽。"

你说的先锋小说的生存困境,这是一个现实,但对于我个人来说,是一个伪命题。因为人不是一定要屈服于现实。人,完全可以成为艺术的尺度,所谓诗意地栖居。我们说时代潮流逆之者亡顺之者昌,其实,对于人的心灵生活来说,一个时代若太操蛋了,就有理由绕道而行。

我们现在所拥有的生活,并非就一定是人必须拥有的。这倒不是暗示我是一个道德情操高尚的人,或者投胎技术好。而是这个消费社会对先锋文学完全不屑一顾。既然我热爱这样一种富有智性与德性(我可以潜入文本,成为我渴望成为的那个人)的创造活动,这本身已经是对我最丰厚的回馈,我又何必在意它能换来多少银两?宋徽宗写瘦金体,也不是为了卖钱。我不是宋徽宗,但我可以做别的工作养活自己。我也觉得自己是一个有文学才能的人。而所谓的先锋与传统这两个概念在一个更长的时间段来看,只是一个叙事策略。宋词相对于唐诗,是先锋;几百年后,它们都是传统。

郭洪雷:我曾经写过批评《牛鬼蛇神》的文章,批评马原在这部长篇里玩"旧作接龙"。不过我打心眼里还是喜欢马原的。这倒不是因为他小说写得如何好,喜欢的是他谈起自己小说时那股牛哄哄、舍我其谁的劲头儿。那劲头儿里有一种尊严,有对文学的雄心。由于是同事,平时和陈希我接触多些,一次闲聊时我问他:"除了形式技巧之外,80年代先锋小说的主要遗产是什么?"他说:"形式倒在其次,最主要的是对文学的雄心。"不知孝阳兄对这个问题怎么看?

黄孝阳:陈希我答得巧妙。但这个"文学的雄心"还是在文学的内部,是在一个全球化背景下对自身写作技艺的信心与期待。"文学的雄心"还可以从另一个层面阐释,比如我刚才说,在现代性把人打碎的一个历史潮流中,它对人整体性的还原,把碎片黏合,对深埋于技术人、理性人深处"作为人的情感"的挖掘。

文学在这里是可以像上帝一样让人得到安慰的。"文学的雄心"还不仅于此。我们知道，从某种意义上说，文学与科学都是在"求真、审美，止于至善"。

一个常被大多数人忽视的事实是，真善美并不互相兼容，且互相为敌。而在它们各自的内部，也同样可能互不兼容。

美的不兼容，这个最好理解，萝卜青菜各有所爱。它在特定时期也有一定的强制性，比如80年代初谁若穿条喇叭裤，那他多半就是想要流氓。善的不兼容，这个也好理解，中国传统文化中向来有一个忠孝不能两全的命题。善是一个极复杂的道德范畴。我们把它搁在一边，谈论一个技术问题。

为什么我说真也是不互相兼容的？桌子不是桌子，难道是鬼不成？大家都知道，宇宙是加速膨胀的，这是15年前美国宇宙学家的发现。牛顿的万有引力理论失效了。这意味着什么？我们把肉眼所察觉的牛顿力学体系里的种种现象命名为常识。但宇宙在一个更深的层面，不断阐述着常识之误。这种启示是否适用于人文学科？若适用，又会有一个什么样的深度与广度？今天的中国，人们太喜欢用"常识"两字打人了，好像不附和一声苹果是会落地的，就不配为人。常识究竟是谁的常识？如何证伪？或者说如何去求解公约数？要证伪，只能指望事实与逻辑。但事实从来就是主观的事实，是罗生门，是薛定谔的猫，是一个被利益、本能、人固有的缺陷等所决定的波函数。我们说要求真。这个真随着人对世界认识的不断深入，越来越呈现出一种不确定性，是随机的，由概率支配，某种程度上，是根据观察者的意愿而呈现出他们乐于见到的结果，所谓人择原理。而逻辑这座"不可能的楼梯"也常把人引入歧途，事实上，由于公众语境里叙述技巧的需要，所有人都在设法强调观点与结论，忽略前提与条件，甚至是选择性忽略。白粉与米粉都是粉，但白粉吃了是会死人的。"白"与"米"是定语，是前提与条件，不能说所有的粉都好吃。

换句话说，要证伪，光有科学与理性是不够的，还要诉请一种作为人的基本情感，要有慈悲，感同身受，己所不欲，勿施于人。要警惕理性的自负，要谦卑。只有这样，我们才有可能成为一个常识的捍卫者，良知的践行者，在这个飞速膨胀的宇宙里，以一个人应有的尊严，去追寻那无尽的迷与那无限的美，而其中的某一刻停顿、某一个难以言喻的呈现，即是文学。

郭洪雷：最后问一句，最近在忙什么？

黄孝阳：在写《众生》。这个小说在脑子里想了九个月。在这段时间，我要让我的文字辽阔起来，像入海口的河面，而不是峭壁上滚落的石头。什么样的虚构才是我们的现实啊？众生的脸庞，什么时候才能被我的手指敲进一个个汉字一行行句子？若说《旅人书》是观念与形式之物，是当下某种美学风格的确认，《乱世》则是回眸看民国的一段历史，是过去（这个小说曾以《民国》之名刊发在《钟山》长篇小说增刊上。我喜欢《民国》这个书名，这里蕴藏着许多隐喻，但没办法，世上许多事都是个人没办法的）。这个《众生》，我希望它是站在通天塔上对未来的眺望。"荡胸生层云，决眦入归鸟。会当凌绝顶，一览众山小。"

《乱世》里的问答

陶林　黄孝阳

陶林：如同问一只鸡为何要下蛋，尽管很蠢，但千万个读者依然会有千万种这样的好奇，就是追问你写一个东西的动机，为什么要去写。追寻写作动机这件事，其实充满了趣味，在我看来包含了作品三分之一的意义在里头。你看，鲁迅这人就特别爱晒自己的动机，为何从文，为何写这篇小说那篇小说，等等，比他的作品本身还要头头是道。我看来，一般人写点啥的动机有两种，一是价值驱动，取悦某人，挣稿费、版税，或者追求艺术史位置，弄清楚一些问题，等等；二是非价值驱动，弄不清楚一些问题，自我娱乐，纯粹写着玩，乃至泄私愤都可以。而还有一些小说家，在此之外，有别的动机，诸如精神越狱、精神起义或者精神犯罪，往别人看不到、想不到的地方去。所以，你怀有何种动机，为何想起来写这部读来似乎很遥远的《乱世》？

黄孝阳：从严格意义上说，作品一旦完成，便是天上的星辰，自有其意志与命运,作者与读者都是星空下的"渺小的人"。对写作动机的讨论,属于阐释学。它有利于重新建立起作者与作品之间的联系,赋予作者"神之子"的意味。写作动机就跟被刨掉的木头碎片一样,属于广义文本的一部分,是所谓的"因"。"因"与"果"的连接会满足许多廉价的好奇心。事实上,如果把作者比喻成母亲,把作品比喻成孩子,对孩子更可靠的评论往往来源于训练有素的独立评论家。

在母亲的眼里,哪怕是一个瘸腿孩子的那条"瘸腿"都必定具有某种接近自然的神圣属性,比如"上帝让他瘸,就是为了让他能看到一个倾斜的世界"。坦率说,再诚实的作家,关于其写作动机的宣称都是不诚实的,都只能被视之为进入文本的一条路径。因为读者一旦相信了他的写作动机,他所撰写的文本价值必定要大打折扣。

我是一个很复杂的人。我说过一句话:"对传统与现代性的分别阅读,对科学与文学的同时热爱,对儒释道乃至于基督教与伊斯兰教的好奇,这些不同的知识结构都在形成'我',不同的'我'。它们在大多数时候互不兼容,会在我脑海里大打出手。"我的写作动机究竟出自于哪一个"我"的意志,或者是"哪些'我'大打出手后的结果",我不能确信,我不是神,我也不想发出这种确凿无疑的声音——尽管它们能煽情,能在这个消费社会俘虏许多颗迷茫的心灵,犹如口号,但它们是鲁莽与轻率的。我只是言说可能。

为什么书写《乱世》?我在跋里说:"因为痛苦。"这不应该得到百分之百的信赖。跋并不是因,至少,它不应该是全部的因。它只是"那个刚写完《乱世》的'我'在那一刻的情感溢出。那个'我'还沉溺于文本,在难以自拔的伤感与绝望中"。(绝望这种东西人人都会有,迟早要去经历与体验,且难与他人言说的。一个作家要有绝望感,让这种言说成为事实,这是好的,但还不够,他还应该有所希望。希望比绝望更了不起。因为绝望，就把自己弄成蛆，或接受蛆的命运，我以为不妥。）今天，我再回想撰写《乱世》的动机，视角会更加多元。比如，我自认为是一个有文学才能的人。我想证明这一点，所以它显得很奇怪；比如，我渴望得到智性与德性双方面的奖励。智性方面，我试图邀请读者与我对弈，我在文本中留下了足够多的草蛇灰线；而在德性这块，我通过某几个人的价值判断，给出了我对一些问题的理解，就像我在文章中说的"我们可以对一些问题避而不答，但我们必然活在对这些问题的某个回答里"。又比如说，你所讲的这些写作动机在我体内全部存在。因为"我"是人类之子，这人世的所有，千万年的光阴，一起凝聚了这个"我"，有最世俗的渴求，也有最形而上的追求。

陶林：在我看来，《乱世》里故事的结构其实也很简单，一个想法很多的编辑，与一个眼光毒辣的朋友碰头。老编辑提供给他一个自杀女人的小说作品，在这个作品里，一个叫无果的抗日英雄，在苦苦探寻自己兄长无因的死，结果他将把自己也搭进去。这太像一个有趣的寓言，又像是一个循环反复的童谣，从前有座山，山上有座庙。关于小说的具体情节，我不想剧透太多。在文本之外，我的几个疑惑如下，作为记录虚构事件的证人，你能回忆一下那位自杀的女作者姓甚名谁，何方人士，芳龄几许，胖瘦高矮，已婚否，嗜好吃辣还是酸，几个闺蜜，职业简历，是否是谁的情人、小三之类，等等？她为何必须用死来成全她的作品？

黄孝阳：我很喜欢你说的这个"循环往复的童谣"。从童谣这个角度来观察这个文本，会让那段历史有着异样的洁净度。它残忍、天真、血腥，犹如老虎在光阴的悬崖峻岭间跃出。在上帝眼里，人类几千年的文明史，可能就是一曲"循环往复的童谣"。

童谣是血腥的。前些年有本书，桐生操的《令人战栗的格林童话》，那只是对血腥一种哗众取宠的叙事。真的血腥，在"杨花落，李花开，十八子，坐王台"这样的童谣里。古往今来，社会崩坏、王朝更替时，必有这样的童谣先提前登台表演。它们拥有种种令人叹为观止的形式，是谶兆、谶书、谶言。童话也是天真的。它不掩饰自己的本能，渴了就想喝，困了就得眠。今天我们已经有了手机、互联网、GPS，但对名利的冲动与几千年前毫无区别。

应该说《乱世》相对于我近期的其他作品，尤其是《旅人书》，结构要简单。对我来说，每个小说都是一幢建筑。我喜欢去尝试各种不同风格的建筑，中国古典园林风格，西方哥特式教堂，国际上现在相对流行的概念式建筑。我喜欢星空。每颗星星都应该有不一样的形态。"我"内心深处自有星空与浩瀚。为什么它是简单的？因为人要能做加法，也要能做减法。小说也是这样。《旅人书》已经足够复杂，我得退回来。退一步，或许就看见自己的一只脚原本已踏出悬崖——不是恐惧从悬崖上摔得粉碎，而是意识到自己站在悬崖边，自可以"荡胸生层云，决眦入归鸟"。

至于这个自杀的女作者是谁。我想说它是所有文艺青年魂灵中的一个"我"。人都有她的挫败，也都有她的骄傲。这个女作者即是"挫败感与骄傲"的总和。而对于写作者来说，自杀是一个很严肃的无法逃避的哲学命题，这就像人世一样，无谁可以置身其外。一旦一个写作者登上层楼，能够看见"这楼之高不知几万里，以及楼之底部无数众生如蚁"，那么他必定要去克服从楼上一跃而下的冲动。

人有两个本能，一是求生，二是趋死。我们一般不讨论第二种本能，是因为恐惧。写作者，比普通人更能觉察到这种恐惧感与无能为力感，更能觉察到"死不仅是一种必然，更是一种意外"。死，潜伏在人的体内,随时跳出来,把鲜嫩可口的我们一口吃掉。坦率说,相对于继续登上层楼的难度,或者就在这三层楼上作布朗运动所诱发的无聊与虚无感,做出肉体清零的选择是理性的。只是这理性大多数时候会被世俗伦理击退。

我可以用 100 万字来回答你关于这个女作者芳龄几许等问题,这就是另一个小说。我对写这个小说也没有兴趣。我知道把它写出来也会不错,还能赢得更多的青睐与掌声,但这是没有难度的。因为难,才好玩。四处拜师偷艺渴望某日能向一个高手挑战,总比仗着自己多吃了几碗饭去殴打一个小孩,会更有意思一点。

这里再讲件事。大约八年前,我在南通市文联做临时工。一个炎热的中午,一个老人推开我的办公室的门,戴着草帽,腰间扎着草绳。他递上一部书稿,又从拎着的蛇皮袋里捧出一只瓜。他说他是如东的,在外面卖瓜,看这里是文联,就来请教专家他的这部书稿有无变成铅字的可能性。他说他写了一辈子,床铺底下都堆满了。我看了半个小时,给了自认为诚实与负责的回答。我让他把瓜带回去。他很茫然地看着我。他脸上的皱纹就跟罗立中那张著名的《父亲》一样多。他把瓜带回去了。我在办公室又坐了一会儿觉得气闷,便出去散步。文联的对面是公园,公园中间是条小河。在不远处的一块柳荫下我又看见了他。他不是卖瓜的。他是专程来文联的。他背着对我,坐在土坡上哭。哭声不大,就跟刀子一样在我心里来回捅着。

那时,我就反复在想:我与他有什么样的区别?换句话说:我与那个跳轨自杀的女作者又有什么样的区别?

我们都是一样的。或许有一天,我也会得这个奖那个奖,人模狗样地坐在台上发言。但我知道,我与他们都是一根藤萝上结出的果。

陶林：黄兄所讲述的故事很令人深省，但另一种可能，是我们写下却沉默的稿子一点不比那位先生少。考虑到诸如曹雪芹、王小波这样的先生都经历过这个阶段，理当泰然处之吧。写作，就像是自我修炼的一个过程，很苦，很熬人，但明心见性。我印象中，这部长篇小说是你第一部写民国时代的作品——当然，它是架空的。号称借着小说中人物之手写出的，也就是那个交了三分之二稿后自杀的女人。你觉得为何非要这样操作，是否有用技巧推卸作者责任之嫌，写不好，是那个虚构中自杀了的女作者的事？——呵呵，我当然知道，不是这样，你干脆直接从刘无果到南坪去破案写起不成么？非要绕这样一个大弯，虚构之虚构，你一定要给我一个解释。解释不了，我就强为你解释了。那样，误读就会产生了。

黄孝阳：这个小说若直接从刘无果到南坪写起，写得再好，再怎么跌宕起伏惊心动魄，无非是《让子弹飞》。那是一个很好的故事模型，可惜别人已经说过太多次。我想做出某种程度的改变，让现代性进入文本。这有双重进入。一是，结构上的改变，让作者与读者都习惯的叙事路径，呈现断裂，犹如量子跃迁，从一个大家耳朵都听起茧的套路中跃出，跃至一个广阔丰饶处；二是，价值观的呈现。尽管时隔百年，但困扰当时人的问题，依然在困扰着今天的我们，只不过是以另一种面貌出现罢了。这种结构是好是坏，不由我说了算。但我想大家多半会认同，这是一个悬崖边起建筑的景观。事实上，它与许多"借着小说中人物之手写出的作品"有很大区别。我在这里重复一下文章里的一段话：

她好像是试图让文本从"人之命运"的维度（而不是蒙太奇、拼贴、元叙事等现代写作技巧），摆脱单纯的线性，形成复杂的漩涡。而要理解这个漩涡的异乎寻常，就需要读者摆脱过去的阅读经验，不仅仅是去理解"它说了什么",还要能调动更多的智力与耐心,更深地进入到漩涡中,去重新连接,乃至于想象人物关系、因果变化,对现有这个叙事过程所拥有的种种维度,再做出只属于"他自己"的呈现与阐释。她所留下的就是一个开放文本。我这个朋友写了她的第 21 节,其他读者也照样可以勾勒其他可能,所谓"艺术品是一种根本上含混的信息,即多种所指共处于一种能指之中"。

我是江西人。江西龙虎山有一个悬棺。我曾在百仞绝壁下的竹筏上眺望墓葬群。我不知道古越人为什么要费这么大的力气安葬先人。这是一条最难的路。但他们选择了,而我也得以在 2500 年后看见了这样的风景。

陶林:非常想和黄兄一起面壁百仞之上的古棺,那真是古人跨越死亡的行为艺术。我突然觉得这个莫名自杀的女人,或许象征着我们谋杀掉的历史本身。你写作的时候不知有无意识到,这个自杀的女人有可能活进小说里,活成了周怜花,有可能是那个隐形的主角刘无因。但我还是觉得黄兄在这个虚构的"原作者"身上费力太少了,只是想把她当成你个人意见的传声筒,我觉得这对她而言是不公平的。若问她如何死的,如果你不给我一个过硬的说法,我觉得,从某种意义上说,就是被你谋杀死了。这是一个很有趣的环,那么,她在自己写的小说里,也有可能深怀蓄谋地杀死了刘无因,局中局,谜中谜,案中案,这是这部小说有趣的一个环。我想听你自己就小说本身谈论谈论它的结构。

黄孝阳:你这个连环谋杀的提法很有意思。为什么会是这样一个结构?这应该属于潜意识的范畴,理性对此无能为力。曾有人批判我的小说设计感太强。我在一个访谈中有过反驳,说:这人眼所望处,无一不是设计之美。即使是那自然，也是因为人的眼，具有了神圣属性，成为风景。但有些东西不可以设计，比如元素。我也没法子一个猛子扎入潜意识的深渊，去捕获几只深海怪物展览在公众眼前。那是上帝干的事。事实上，这里还有一个测不准原理。就算我机缘凑巧瞥见其中一只怪物的片甲只鳞，但当我试图测量其体型时，它已经发生改变，不再是原来那只。这是极细微处的图景，难以言说。如果我能说清楚，我也就能解释人脑、思维的起源、彼岸，以及关于人与上帝的一切。

前些日子看了一本书，《光荣与梦想》，是关于20世纪六七十年代美国历史的一张恢宏画卷。掩卷后想起一个问题，若罗斯福没有成功就任美国总统（他第一次当选的过程可参考《无间道》里的黑金政治；第二次连任要感谢朗格这个总统宝座强有力的争夺者被人暗杀——罗斯福有嫌疑），美国与世界的历史会怎样？再举个例子。医圣张仲景，名何其显，位何其高，所谓"道经千载更光辉"。但若无王叔和对断简残章的搜集整理，以及王洙对一本"蠹简"的发现，恐怕他早已湮没无闻。这又意味着什么？

我读过的书，应该算是车载斗量。

有一个句式属于特别反感的："历史已经证明……"历史能证明什么？谁的身上藏着掖着一个关于历史的绝对客观的形式？人文学科，不是科学，并不服从"1＋1＝2"。我们说以史为鉴，那是把历史当成经验。但在一个加速膨胀的宇宙里，在一个随机性不断增加的现代性的开放社会里，经验往往就是陷阱。许多学者的史观，总被一个所谓的历史必然性束缚着，或者是蹲在一个经验理性的窠臼里。我更愿意把历史看作一个量子态，是概率在起作用。这种量子观——不仅是方法论，也还是价值观。

人的历史，在骰子上滚动。又换句话说，人即一种量子态。怎么来解释这种量子态呢？

我曾经做过一个梦。梦见自己要请几千人吃饭，郁闷，跋山涉水去借锅，其间种种犹如《夺宝奇兵》。就来到传说中埋有这样一口锅的山谷，突然意识到自己是在做梦。考虑了一下，决定不醒来，还是把这个锅挖出来。然后我就看着"我"抡着锄头吭哧吭哧干活——居然还想着上前去帮手。然后我意识到一个问题，自己这该有多傻啊。然后就醒了，醒来后怅然若失。

说句实话，我至今也没搞明白我为什么是今天这个鸟样。

陶林：我注意到黄兄近几年来的长篇写作，是一个非常典型的创作折腾史。从《遗失在光阴外》《阿槑历险记》《人间世》到《旅人书》，直到眼下的《乱世》，一部跟一部不相同，每一部都折腾些新空间出来。这其中，有成功之作，如《人间世》，我觉得简直就是我心目中经典的反官场小说，我觉得所有抱着自得写官场的人，都可以看看。不过，有效果并不理想的作品，如《阿槑历险记》；也有跳出三纲五常、无可置言的，如《旅人书》（我一直想，探索性强得非同寻常，若非黄孝阳已然很著名，这部书如何能出版）。《乱世》是我很欣赏的一本书，与格非的《人面桃花》不一样的是，它有一股野劲，一股生气勃勃的劲头，符合民国的文化气象，同时，它还试图踩踩脚下的泥土，煞有其事地开始一个"从前的故事"。你觉得你心目中的民国时代是怎样的，是恰如书中那般，还是你看来应如书中那般？

黄孝阳：这两年很流行民国范。我有没有受这种风潮的影响？我也想标榜自己是"一头特立独行的猪"（因为王小波，这头猪是具有商业价值的），撰写《乱世》纯粹是因为一个人忧国忧民、深思熟虑后的结果，但我脸皮薄，还做不到大言不惭。时代给了人一身血肉，有谁能挣脱得了这个皮囊？再怎样一个入鏖垂手，度化众生，那也得先用这具皮囊"露胸跣足入鏖来，抹土涂灰笑满腮"。

我心目中的民国时代应该是一个什么样的？

最近大家都很喜欢套用狄更斯《双城记》开篇的话："那是一个最好的时代，也是一个最坏的时代；那是一个智慧的时代，也是一个愚昧的时代……"这些话等于没说，它适用于任何一个时代，是在抒情。但我想说，民国确实是一个"大时代"，那时候的人，哪怕是一介武夫、一名小吏、一位乡绅，也常有大气魄、大胸怀、大信仰，是愿意牺牲、敢以苍生为己任的。

今天的人活得太"小"了。我写《乱世》，有点浇自己块垒的意思。这本小说，本来叫《民国》，后来出版社的编辑认为不妥，那就改吧，我理解。

陶林：哈哈，编辑们都很聪明，甚至太多过于聪明。我非常喜欢黄兄的言论之文，乐见黄兄在文章中天上地下无所不包地侃侃而谈，读起来妙趣横生，是非常精彩的随笔，独一无二。这样的文本其实在《乱世》的前后都有。这种无关真理如何而纵论直观与领悟行文态度，可能你没有意识到这是玄谈或者"清谈"，是一种非常典型的魏晋风度。在这样的"清谈"中，黄兄能表达出的个人思想与趣味，丰沛异常。你有一种特别的本事，就是能把不同领域、不同专业的术语汇合在一起，言论之丰富，常常盖过本身意义。你觉得，这主要取决于你高超的语言能力，还是你的思想能力？

黄孝阳：我厌恶八股，渴望坦率行文。我一直觉得以小说家自命的人，要有能力为当代汉语去注入一种活力。好的书面汉语，应该同时包括理性之美与感性之魅。词语犹如细胞，使文本生长如虎。感性之魅，大家都清楚，从小都受着这方面的教育，如"床前明月光，疑是地上霜"，但这还只是一个古代文人的格局；我们的小说创作要有现代性。语言的现代性在哪？在工具理性。今天的人，不管他是谁，他的思维都或多或少被工具理性改造过。要正视这个"人"的转变。今天的说人话，就是要说这个"人"的话。要懂得唐诗宋词元曲等人文学科，也要对物理学等自然科学、社会科学略有所知。科学术语有其特定内涵，一说，全世界人民都懂，它不会在"能指与所指"间不断滑动，构成虚无的环。把传统与现代性打通，把抽象的"痛苦"与具象的"刀刺入腹中三厘米"打通，让汉语呈现出一种精确感，同时也使原来被禁锢的术语能够有所溢出。

更重要的是：我们已经置身于一个开放社会，是一个价值多元的时代。价值理性已经是一个众声喧哗的事实，人都在说他的公平、正义，叫喊着他的良心与道德。在现实语境里，我们经常遇到"给我钱就是正义，否则就是不义"的尴尬命题。在很大程度上，我们只能在工具理性上取得一致。也只有先在技术层面达成一致，我们才可能在某些价值层面达成共识——有点遗憾这不是《乱世》所探讨的主题之一。

我不认为我有多么高超的语言能力。我有恐高症。对"高超"之类的词语，总是情不自禁地充满警惕。但我必须说，一个作家连文采都没有，就别当作家了，当思想家、教育家都行。所谓文采，说的是对语言的革新与集大成，不是说汉辞骈赋对仗工整。作家要为孕育他的这个文明提供最好的书面表达，探求其可能性。

世界是属于语言的。语言不是纯粹的文笔，更不是所谓的堆积辞藻。它是对世界的言说方式，就像白话文运动，所承载的是思想，是情怀，是另一种思维方式。要理解世界的意志及其表象，语言是渡江之筏。尤其是在当下，在这个语言被暴力与金钱渗透的当下，我们更有必要探索一种白话的书面之美。

至于思想这个词，我只能苦笑了。

大家都听说过果戈理的《死魂灵》，知道这是作家为"揭露俄国专制统治和农奴制度的吃人本质"写的一本书，又有几人知道果戈理后期的《与友人书简》——他转而认为农奴制是上帝的意志。一个人的思想为什么会发生这种根本性的改变，甚至认为年轻时的所著，不过是鲁莽与轻率的热情？

又比如刘小枫近期的"国父论"，这究竟是现实投机还是思想衍变之结果？前者好理解，后者让人狐疑。我的一个老师说，要鉴别，有一个法子，这种思想上的180度转向，在逻辑上要求对自我进行清算，转向者要给出具体嬗变过程，不能宣称顿悟，因为这不是在讨论宗教情感。但我也还有疑惑：同一个人的不同阶段是否也能成为孤岛，犹如毁坏的立交桥墩，彼此相望，又无从言说？

我只能这样说：一个思想家很难同时成为一个口齿伶俐的演说家。他深知一旦这样说话了，自己就是一个骗子。但一个思想家，若他掌握了叙事技巧及小说的语言后，他会成为一个伟大的小说家。

陶林：非常赞同，这就有如伟大的陀思妥耶夫斯基。你可能没想到，你这样严格地写一个民国案子，拿了民国时代确凿的法律、制度、规则、潜规则、宗法、江湖帮规、党派斗争等来推敲一个悬案，这件事，的确没有小说家做过。我们当代作家，除了搞报告文学的，少有对法体制度存有这么浓厚兴趣的。一开始，他们喜欢历史规律（阶级斗争之类），后来就是人性，后来就是抽象的文化。包括民国时代的作家，都不会从最细微的公文状态去看待历史本身。当你在小说里确确凿凿地谈论某一年"民国"公务员考试题目时，我觉得老兄你很可爱。你觉得自己是一个先锋小说家吗？

黄孝阳：关于先锋这个问题，我回答过太多次，都快把这个问题折出 108 种图案了。我又是一个不大喜欢重复的人。你这是给我出难题。或许也应该是我问你：传统（先锋）在哪里？传统（先锋）是什么？

去年，我写的《旅人书》入围 2012 年《南方周末》年度致敬图书提名（文学），李敬泽先生点评，写了一段话，这让我一个后生晚辈受宠若惊。就好像一个人在暗处独自行走惯了，突然有位素来尊敬的前辈投来视线与笑容，说"小伙子，干得不赖"。我很感激李敬泽先生的鼓励提携，这是实话。只是，在他眼里，我恐怕也就是一个所谓的先锋小说家。我不知道这是我的幸还是不幸。又或者说，"先锋"这个词汇是必要的，否则无以区分。至于它在公众语境里的词性变化，这是上帝管的事。

我在想，为什么在众人皆以"先锋"视我时，我反而会对此嘀咕起来？

是怕自己成为一只怪物么？有可能是。我说过一句话：我觉得写作者在面对抽象的"读者"时，要有这样一种心态："不读是你们的损失，不是我的。"但体内的另一个"我"也深知：人是需要掌声的，小说家也不例外。

陶林：正是，我个人看来，黄兄绝非一个"先锋小说家"，又或者说，我觉得兄是一个真正的先锋小说家。考察早一波以"先锋"出道的小说家，先锋对大多数人而言，只是一个策略，无论马原、余华、莫言、洪峰、苏童、格非，还是扎西达娃、残雪、孙甘露、吕新、李锐……乃至贾平凹、王安忆，等等（排名不分先后），先锋就是一招鲜或者两把刷子。那时代，不玩些新的，你出不来。那是一个短暂的好时代，充满好奇的时代，先锋有利可图的时代。"先锋"虚构了各种思想，杜撰了莫须有的诸多潮流，也充满功利主义和实用主义。黄兄作为70后，前有诸如号称"美女作家"的卫慧、棉棉大出风头，后面又在写作惯性和固有文艺趣味中滑行的世情小说家，加之80后大打青春牌，江河日下。先锋作为姿态，已经毫无实用意义可言。评论家们会说，我承认你牛，但与我何干，先锋已死——的确，"先锋"还就真死了。现在，我们折腾点啥，跟老先锋一点关系都没有。在这种状况下，还喜欢折腾，一点要有非折腾不可的理由，那么大的阅读市场和畅销版税不去占领，你这几年突然变得这么喜欢折腾干吗？难道说，你失去了写畅销小说的信心和勇气？

黄孝阳：我不是这几年突然变得这么喜欢折腾，而是一直在折腾，只是你前几年没看到我罢了。为什么要折腾？因为人是"一团无用的激情"。

这些年，市面上有许多成功学，其中被视为箴言的，比如"做这件事前，先问下自己值不值"。我从来就不反对边沁的功利主义，世界会因为"值与不值"更有秩序。只是，总有些事情是人要去做的，不因为预见其结果就不去做了。历史可以成王败寇，那是叙事的需要。作为个体，一个人的意义，很可能是由一个头破血流的自我认知的旅程所发现。

为什么太史公把项羽列入帝王传记的专用名词"本纪"中？失败者自有他的尊严。

我一直觉得我是一个失败的人，种种挫折与焦虑充斥内心。在与这些负面情绪打交道的过程中，我学会了耐心、宽容，对他人的苦与难处，感同身受。

至于畅销小说，类型文学，我对它们有过长篇论述。相对于原来封闭的权力话语体系，资本正在全球范围内重新定义文学。这不是坏事。文学并不只是案头上摆着的那几本经典。我本人也很爱读类型文学，"金梁古温黄"，这是一个接头暗号。《乱世》就有对侦探小说、绿林小说的借鉴。我没投身进去，不是没有信心与勇气，而是没有必要。

另外，我要在这里纠正一个概念。严肃小说也可以是畅销的。畅销小说不能完全等同于类型（通俗）文学。从这个意义上说，我希望《乱世》畅销。

陶林：一定，呵呵，《乱世》很好看，更多的人去阅读不会失望的。黄兄一直说，王小波先生影响了你。诚如兄言，我也受了王先生的极大影响。王先生的优秀被我们的文化界极大低估了。你知道我如何考虑小波哥的力量？在1949年到王小波作品出现之间，中国文学是罕有作家的。我们有分门别类的写作工作者、诗人、小说家、散文家，但没有"writer"。为何呢，作家起码得有自己全套独立的思想、世界观，自己的一个小宇宙，他所"创"与"作"，或者"抄写"的是自己独立小宇宙的真谛，他写什么体裁和文体，都是一佛之万身而已。王小波做到了一点，他扎扎实实地思想了，脚踏实地地思想了，笃思且笃行，独树中国式的自由主义，或者干脆叫"王小波主义"。老实说，可能措辞不一样，但我相信，我和兄一样，都为这种"王小波主义"折服。

作家么，从某种意义上说和马克思、康德、柏拉图、孔孟老庄，《拿破仑法典》《独立宣言》起草者乃至《圣经》的书写者，都是同行啊。或者是写信劝沙皇、天皇悔改的托尔斯泰、说出"一个作家就是一个政府"的索尔仁尼琴。自王小波开始，我们体味到思想太重要。独立之思想，自由之精神，真是好东西，有了这个，哪怕再粗糙，你就是你，没有这个,你自我感觉再好,也不算。陈寅恪一再告诫后生,得这么着,要独立,要思想。我们在小波先生身上看到了例证。我对经典、不朽和最高褒奖都不感兴趣,唯独欣赏着独　无二的。唯有真有思想,才能做到这一点。所以,我把大浪淘沙后的还坚持用头脑去写作的,称为是"思想"写作的开始。可能当文学给我们眼面前的"好处"降低到最低值,我才觉得自己想到什么,就写点什么是非常自由的事。黄兄能说说,对"思想"你抱有哪些看法?

黄孝阳:影响过我的人很多,王小波是很特殊的一个,并且在外界的解读中被放大。比如我2004年出了一本书,当时王小波大热,出版社就在书的封面上印上了"王小波门徒第一家"。这里其实还是一个资本意志,它渴望盈利。所谓文化,大多数是张贴于商品上的标签。

我们已经置身于消费社会。资本在丈量着社会的结构与空间。图书编辑基本被要求成为"产品设计师加营销高手"。有没有文化不重要,重要的是能做出畅销书。在商品属性这个主旋律下,"文化"两字连背景音都算不上。也正因为此,中国每年出书40万种,在跃居世界第一的同时,所有人都在抱怨没有书读。这里有不少人是矫情分子。40万种图书中,好书的绝对数量并不少。但也能理解这些矫情分子,因为这些好书的相对数量确实太少,好书不被"看见",自然就不存在。

这些不被看见的"好书"的作者若得到足够多的传播与阐释,成为符号,那也就是第二个王小波。(我一直认为,尤其是在这个传媒时代,经典作品形成的两个外部关键因素是:阐释与传播。编辑是书稿的第一个发现者、阐释者,其观念从某种意义上决定书稿的价值。解释趋势的人,必定影响趋势。他是阐释的先觉者,是传播的发起人。一个社会有100个好编辑,每年就会有1000本好书。)

必须说，相对于王小波，许多作家的思想不过是陈词滥调。这几天我看了几本当代中短篇小说年选，真的找不到它们有多少思想的价值。可能是我过于苛刻。我总是觉得，当代小说发展至今，不该再是一个现实的镜像，要有人文精神，要有知识量，要有世界的广度与深度，但这种虚构之力，需要强大的思想体系为支撑，而不能寄希望于传统小说那已然匮乏的叙事方式。对公共话题的介入能为传统作家提供新的思想源泉，帮助他们打开凝视全球各学科的眼界。但我留意过一些作家在微博上介入公共话题时的言论，很多真是逻辑混乱，连起码的常识都不具备，就是高中生的思想水平（不妨对照学者对同一问题的论述），还自以为高明，自以为道德在手。

中国当代作家思想的普遍匮乏，这也没有什么好说的；有思想的作品很难在现行的发表体制下得到鼓励。大多数期刊编辑都习惯了"被感动"，习惯了"不费脑子"的阅读，以为能让自己掉几滴泪就是好作品。至于阉割，不说也罢。

至于"思想"这个违禁品……如果说，有一种能量确实可被称之为"思想"，那么它确实是一个违禁品。思想不同，不一定会成为敌人。存同求异，能有启发愉快。

前不久，我的一个朋友说："读太多书是危险的。"怎么说呢，读书不一定导致危险，但思想一定危险且复杂，它甚至可能让自己成为自己的敌人。就像我在前文中举的几例。以赛亚·柏林说，美不互相兼容。其实，善，乃至于真，也不互相兼容，只有主观的事实，所谓叙事的策略、镜头的选择、修辞的结果。

陶林：黄兄阐述"量子文学观"的诸如《我对天空的感觉》等文章，如高天上似一张旧唱片的云朵，我是反复看，翻来覆去地听。兄下笔恣意汪洋,铺排洋溢,能否告诉我,是否受托马斯·品钦之类作家影响,或者受他们启发,发觉很多的新道理?为啥文学非要引入"量子观",除了这个话语系统能够引入一大堆的新名词之外,兄认为这样一种文学观、世界观,只作用于兄的头脑呢,还是发生在眼下这个世界里的事实?兄一定要说的让我这样愚笨的顽石点头,我对你脑子里有啥、想啥充满了好奇,曾非常希望能做两件事,要么从理论辩驳倒你,要么感同身受一下兄的繁丰异常的文字世界。

黄孝阳:文学观,就是一个人的生命观。人活一世,该怎样来理解自身,了解世界的表象及其意志,以及宇宙之奥?对这些问题若不感兴趣,或者认为经典作家已经给出了最终的完美文本,后来者只要不断向大师致敬就 OK 了,那么就没有必要谈论量子文学观等一切新思维。

大多数人有足够多的日常经验,大多数时候,只是照着大多数人的做法,不假思索地生活着,并表现出同样的悲伤与欢乐。我无意再去呈现这大多数人的日常经验,许多作家在这块做得非常好,是要用心揣摩的范本。我所更感兴趣的是那一小撮,或者说是一个"未来某个阶段的更大多数"。

我们知道,相对于经典力学,相对论与量子力学使事实或客观世界得到了更深刻的呈现。这种呈现常与日常经验相悖。在我看来,现有文学理论也就是一个经典力学框架下的衍射,远远落后于这个以"大数据、小时代"为特征的开放社会,它需要进化与修正,否则它不足以解释这个日趋复杂的世界。

我说过:量子文学观不是对现实主义的否定与推翻,它解释了先锋(一个时间轴上的所指),把现代主义与后现代主义在微观层面上统一起来,与宏观的经典物理下的现实主义相对应,使过去彼此冲突的文学流派出现在同一个坐标体系里。这个坐标体系有点像元素周期表。

更重要的是：量子文学观能打通科学与文学之间的壁垒，使科学的人与文学的人实现有机融合，成为一个更复杂的多维度的现代人。现代社会，任何人皆无法置身其外。任何一个文学工作者，也不可能宣称，他没有受到科技思维的影响与改造，一生只"低头拜阳明"。任何一个科技工作者，也不能说他脑子里只是《黑客帝国》的绿色数据洪流，已经彻头彻尾丧失了作为人的基本情感。从某个角度来说，现代性把人打碎，时间、知识结构、人际关系、对世界的理解方式等。要回到作为人的整体，作为"一"的自洽，只能是求诸上帝（或者说基本情感，即文学），而非是工具理性。

我们也都知道科学语言所要求的精确，以及文学语言所提供的魅惑；我们还知道，科学与文学是理解这个世界的两条根本途径——跋涉在这两条途径上的人，经常互相讥嘲，以为自己所看见的风景即是全部的真理。

我们知道许许多多，它们都是"真"，但是互不兼容。量子文学观，让这些"真"各有其貌，同时出现在山河大地上。所谓山河并大地，共露法王身。至于量子文学观的其他作用，比如使文本丰饶如大地，帮助读者从各个角度去理解，解释了严肃文学写作者的内在驱动力，架构了新的文学评论体系，等等，展开了就都是一篇文章，就不细说。

陶林：黄兄，就思想而言，我学习过现代管理学（管理学其实是做事学，非常有趣）之后，渐渐对"大道至简"这样的哲学判断有了"行道"的应验：就是再复杂的东西其实骨子里都简单的。当你阐述你的量子小说观时，我总是疑疑惑惑的。我表弟就是学理论物理学的，读得太投入了，靠家里的咬牙支持，一口气读到了海外的博士后。而在谈论物理学方面，他说得简单多了。我问他相对论，他说那是教科书级知识。问他研究什么，他说搞凝聚态物理实验。问具体弄什么，他说就是找不同的东西放在一个轧辊子里轧，碾成很薄很薄的薄片，看看在那样状态下，物质会呈现什么新性质、性能。我想，哦，读十来年书，擀饺皮而已，就问他辊得多薄。他说挺薄，几纳米。我有个同事，做临床医生之前，做过基因研究。我想那玩意可太酷了，你可以自己捣鼓一个克隆人出来。他说酷个毛，每天往排得密密麻麻的几百个试管里滴营养液，挨个用显微镜看里头培养的细胞。一整年，每天都干这个，导致看到显微镜状物体就头晕。他们这些人，标准的理工控。但你要跟他们聊科学，他们会说得乏味之极，犹如刷牙洗脸，聊久了还不耐烦。比如我表弟，他能把在一种高分子聚合材料里加入各种不同金属、非金属，并碾压成几纳米的薄片，但却宣称，如果会胡天海地吹牛追妹子，绝不干这个——我表弟是被我弟妹倒追的。扯这么远，就是举例说明，可能兄的思想这一块，还嫌复杂了，复杂得跟智能手机的玩机手册一样了。老兄能否用简洁、单刀直入、下围棋一样的语言，简单介绍你眼中的世界？

黄孝阳：第一，真正的复杂性并不适用于"奥卡姆剃刀"。花在那里，有六瓣。你若说六瓣多余，一瓣即可，这只能说明你缺乏审美能力。

第二，世界的起源（意志）应该是简单的，但它的表象极其复杂，且日趋复杂。我觉得对复杂性的追求是作为人、作为人类社会、作为文学艺术，乃至于宇宙本身最根本的追求。唯有这种渴望，才能解释所有的过往及我们可能拥有的未来。

第三，如果读书只是为了清澈，那不如不读，保持一颗婴儿的赤子之心。生物本能的行为模式，最是简单，可预期。物理学有个名词，叫湍流，是对混乱与秩序的同时概括。这个词是复杂性的最好描述——秩序也是广义复杂性中的一部分。我一再说,人心里要有大江大河。这个大江大河指的就是这种湍流现象,而非仅仅是作为一个风景的"江河"。

第四,我睁开眼,世界便在;我闭上眼,世界依然存在,并将深深地烙印我的呼吸及意志。这里有一个沙漏效应。万千之因(无数小概率事件)形成我,那是来处,构成一个光锥的形状,我在其顶端;万千之果(无数小概率事件)自我手中掷出,那是去处,宇宙中出现另一个因我呈现的光锥。两个光锥连接成一个沙漏的形状。沙漏,计算时间的物。我与时间同在,或者说我就是时间。这就是我写作与生活的动力以及意义所在。而"无数个我"所形成的这锅量子汤,便是智慧地球。我一再说"我与世界的互相生成",便是这个道理。

陶林:说得好,就是兄在道法自然的方向上,充盈着"量子"式的观照。我通读了你的不少作品,常常有这个感觉,老兄的小说写得太像小说,不是语言太像,就是情节太像,或者就是结构太像,用你的话说,我又要跟着人一起批评你设计感太强了——不是的,我不会,因为我也喜欢设计。我要批评你老大不小了,设计得太露,是典型西式设计,应该对你要求更高些,搞中式设计,或者中西合璧,把水设计到水中。你是否想过写那种平静如水的小说,像海明威所做的那样(当然海明威不是唯一的好标准),砍掉枝枝蔓蔓,却在这种平静如水中,包含着波澜万丈,如同海啸掠过的海面下所蕴藉的巨大冲击力?

黄孝阳:这种"把水设计到水里"的小说,是我的渴望。我以为我写过,并且一直在朝着这条路上走着。可能你不觉得。

简单,是复杂性里的一部分。不是说复杂性就是往一块画布上不停地泼颜料,最后把画布也泼没了。一个人越了解复杂性,就愈迷恋简单,就像一个钟表工匠对各种零部件材质的近乎狂热的追求。

陶林：我意在求证，并非下判决。兄提及过你的母亲是一个信奉菩萨的人，而我的母亲是一个虔诚的基督教徒。我从小被母亲带着去教堂、听诗歌、做祈祷，像一个生活在基督教国家清教徒家庭长大的孩子。读书以后，个人对国学保持着浓厚兴趣，随着交友增益，又认识一些虔诚的僧人、儒者等。觉得因为宗教的存在，我对文学保持着不退歇的热情。倒不是说，我倾向于成为某种教徒，而是它们促进着我的思考。在我的世界里，存在不是人与物的尽头，我提出了一个词语，叫做"美在"。在我看来，存在先于本质，而"美在"先于存在——我的思想观点，在积累的思考中不断圆满，力图参破"天地有大美而不言"那种"大美"。如兄的"量子文学观"一样，也是我写作的内核。如此说来一点，就是我显然是做宏观思索，兄从微观而来，我们蛮有因缘。我对当下社会深感乏味，网络的来到，在中国没有造成丰富，却造成严重的文化乏味，让我们这个时代充满了太多无知、其实连常识都很少，却相当多自我感觉良好的人。精英没啥精英样子不论，大众也都不像所谓基本的经济理性人、社会理性人之类，是一团混沌。明知道扯淡，你必须要扯。明知道可以试试一些好办法，非要装睡。说老实话，在混沌中，我七窍不开也好，肯定不会愤世嫉俗，不敢学鲁迅，不好意思绝望。相反，只剩悲天悯人了。很想听兄随便说说当下的宗教、政治、世道、历史之类的，你觉得由"量子文学观"，能否衍生"量子世界观"，看待这个当下，是否有不一样的感觉？或者，你觉得你能用作品影响或者改变你的读者否，缓解他们焦虑，开阔他们心胸，让他们会心地跟你在午夜感受那一刻宁静的幸福？

黄孝阳：《心经》说"观自在菩萨"。

"观"之一字，决定了人生的质量。量子文学观当然能帮助人们更好地理解这个混沌的善恶并存的世界，但这绝不是心灵鸡汤。

至于你说的"缓解他们焦虑，开阔他们心胸，让他们会心地跟你在午夜感受那一刻宁静的幸福"，这个我做不到，也无意如此。读者不是我的衣食父母，我才是我自己的衣食父母。读者不是我的上帝，我才是我自己的上帝。读者挑选作者，这是一个常识；作者也挑选读者，这是一个被忽略掉的常识。而从现代性自我启蒙的角度来说，所有的读者都是作者，他们合为一体，是自己的主。

我重复一段我说过的话。我觉得写作者在面对抽象的"读者"时，要有这样一种心态，"不读是你们的损失，不是我的"。当然，就阐释而言，读者的权力通常要大于作者。它"不断地"赋予作品新的空间，孵化出与读者息息相关的那个时代的新意义。

我们都听过这句话："一百个读者，就有一百个哈姆雷特。"这话不错，但不够。"这个蠢货，连辣椒都不吃。""这个蠢货，连辣椒都吃得这么有劲。"这两个声音，是不是也算是两个哈姆雷特？它们看上去是你死我活、不共戴天，在我看来，其实是从同一个喉管里发出来的。怎么说呢，离这种读者远一些吧。严格意义上说，大多数人是生活在极少数人提供的观念中，是极少数人用来撬动地球的杠杆。他们更需要的是，被告知这是对的，以及相关的理性逻辑、宗教情感的表达、利益等。这世上哪来这么多的哈姆雷特啊。

从技术角度来说，读者又可称为受众，他们的聚集点在不停改变。要成为一个受欢迎的作者，光了解人性普遍的弱点是不够的，更要去了解作为受众的群体心理——比如易于传染，行为向生理层向的退化，被符号唤起的集体幻觉，简单而又夸张的表述，等等。而具有互动性的新技术是及时抵达这些聚集点的强效手段。未来的大师，我是说各行各业的，都要对群体心理与科技发展，有一种本能的操纵力与洞察力。我们在进入一个卡尔·波普尔所预言的开放社会，"一个蜂巢似的有机体"。

陶林：黄兄，两个有无限想法又写东西的人聊起来，一定如电影《战争之王》所说的，如同军火商开战，会有用不完的弹药。最后，我们还回到小说，最后，就说说"最后"的事情吧。我通常花上很长的时间写一部小说，然后让它们沉寂。作为一个写小说的，我挨着最寂静的年头，并渐渐适应它——不知老兄曾怎样度过这种寂静如冰的光阴的？在不写小说或者诗歌、散文之类文学作品的时候，我系统研读过哲学、美学、历史、管理学、心理学、政治学，等等，写点文论、政论，杂七杂八的文字，又被七七八八的人忽悠，编过电视剧、情景剧和电影——以上工作，皆碌碌无成。正应了老兄的话，年岁是用来浪费的。如今又受老兄鞭策，重学英语，背单词，试着搞点翻译。我在一家医院上班，周期性地要值班，或者开早会，看着无数人各式各样的生老病死——这是非常奇特的感受，比我单纯弄文学，或者空对空地谈谈人生、谈谈理想之类更贴切。它也使得我对自己的写作充满了更大的耐心——就这么着吧，写一点是一点。《乱世》中，兄把"死亡"作为一个纠结不清的核心情节——悲壮、多解、剪不断理还乱——太艺术了，在医院这个人间与冥界的战壕里，死亡的发生没有这么轰轰烈烈。兄能随便说说，你怎么看待这个问题，无论借着你的小说，还是借着你的"量子"，随便说，就像太多的人那么随随便便地就死了一样？

黄孝阳：年近四十，感觉日子过得特别快。一眨眼，天黑了；再眨眼，天亮了，跟玩杀人游戏一样，只等着那个斩钉截铁的声音宣布："你死了。"这令我感伤，觉得自己此生无聊且愚蠢。

但我必须说，所有的人，都是随随便便地死掉的。不随随便便地死，那应该怎么死？像老干部那样，身上插满管子，在众多表情的簇拥下，努力地让自己晚死几分钟，就庄严神圣么？庄严神圣，是生者的感受，与死者无关。

死是事实，也是人的欲望，没那么可怕。如果把生视作1，把死视作0；那么任何人的一生都是一串或长或短的计算机语言。上帝在敲打着键盘。人世即为屏幕。有谁会为屏幕上哪串代码的消失而倍感伤心吗？

人有求生之心，亦有趋死之念。生死两端都是谜一样的没有丝毫光亮透出的夜穹（或者深渊）。"我已不再渴望生活"，并不全然因为现实问题。自杀者来到悬崖边，在隔绝一切的暗中，隐隐约约听到悬崖下的潮水。那是哲学的天籁。

再定睛去看，一只断腿的蚂蚁正在桌面上喘息挣扎。在蚁群里，它有名字，张三或李四，有爱人与孩子，有它的伦理与信仰。但现在，它就是作为一只"蚂蚁"存在于我的眼前。我无法了解它的喜怒哀乐，无从得知它的勇敢与怯懦。我只知道它是来寻找食物的。因为无数个这样的"死"，蚂蚁这种形象就始终存在于上帝的脑海。

死在这里就不那么着急了。凡人皆有一死。在生与死之间的缝隙里，看见世界有灵且美。当然，作为一种欲望的死，它不存在一个"到此为止"的刻度，当接近此刻度，它将变异、分裂、繁殖，产生新的欲望，附着于生者之身。

这里的确也还有一个问题。一个人，若出生在《楚门的世界》，在那里泡过最美的妞，喝过最烈的酒，交过最仗义的朋友，握过主宰千万人生死的权力，并在临终咽气前，认为自己一生是自由的、无悔的、光荣灿烂的——然后他合上眼睛，死了，突然看见那500架紧盯着他的摄影机的阴森镜头,他还会认为"人是生而自由的"吗,以及"死还是死"么?

陶林:500架摄像机镜头中,有一架后面不正坐着写小说的人么。我熟知《乱世》的写作过程,从最初的《一个人的战争》到后来的《民国》的发表,临出版又变成了《乱世》。一稿,两稿,三稿,每一次都看了。若你算这部小说的生父的话,我可以算的它的"教父"了。看着它成长,综而述之,我觉得它还算一篇很靠谱的作品,带有传奇色彩的、貌似的民国语言和情景,寓言丰富,并蕴藏着一个很大的隐喻空间。你下一部小说《众生》,准备写点啥?

黄孝阳:《旅人书》已经足够复杂,我得退回来。

这个"退"除了刚才说的在悬崖边眺望风景,还有一层意思,即:把拳收回。拳要能打,更要能收。如此反复,或许某日便可一拳击出水中天。

所以写《乱世》,讲一个民国司法黑幕。《乱世》有点浇自己的块垒。"乌合之众",或者说民众心理,是《乱世》想探讨的话题之一,但不是主要的,至少不是我所认为的"主要"。它想探讨的,这个是读者说了算,我说了不算。

至于《众生》,以后找机会再说。总之,希望众生的脸庞,能被自己的手指敲进一个个汉字和一行行句子。

关于阅读
——与梁雪波先生的聊天

梁雪波　黄孝阳

梁雪波：请您简要回顾一下自己早年的阅读经历。是什么原因促使您对读书产生兴趣的（家庭熏陶、生活经历、个人天性）？哪些书对您的人生成长产生了重要的影响？在您的阅读生活中，有哪些有趣的人和事？请详细谈一谈。

黄孝阳：很小的时候，我就喜欢蹲在父亲的书橱前，里面的书实在少得可怜，除了几本农业栽植手册，就是马恩列斯毛，以及一本赤脚医生手册（我年幼时体弱多病，父亲凭借它往我嘴里塞了不少药丸子。这本小 32 开的手册里面有一张女性外生殖器的剖面图，那是一个火焰的形状，是我所渴望理解的，但到现在也没有真正弄懂。有时想，人与书的关系也大抵如此吧）；再有，就是蹲在邻居家的门边，他家有一套中华书局版的四大名著，很多字不认识，就囫囵吞枣。这或许属于天性里的"热爱阅读",但我觉得这更可能是因为孤僻——从某种意义上说,"基因决定人"。而书里所提供的幻想世界,比现实生活实在有趣得多。因为有趣,便愿意去做一些很傻的事,比如偷母亲的钱、帮同学作弊打架、躲到父亲单位厕所里就着15瓦的小灯泡看通宵的金庸再被父亲暴打。有段时期,书就跟毒品一样诱惑着我。当然,都是闲书,是不正经的书。

你问过我,哪些书对我的人生成长产生了重要影响。这个还真答不出来。矫情点的说法是:不是这一本书,也不是那一本书,是我所有触摸过的、用心阅读过的、走马观花浏览过的图书的总和。书始终是作为一个整体、一间图书馆存在。有些书,我已经想不起其中的一个句子,但它依然在隐秘地滋养着我,使我慢慢成为现在这个模样。这里还有荣格提到的集体无意识。有些书,我没看过,但它也在影响着我,甚至是极重大的影响。如果非要举那么几部,我只能说是《水浒传》《西游记》及《三国演义》。因为小时候没书看,就反复地看,看得滚瓜烂熟。小说人物的性格很大程度上就成了我的性格。

幼时之阅读是有趣的,不掺入功利心;如今的阅读,更强调一个智性。从某种意义上说,图书就是凹凸镜加上显微镜,它使原来熟悉的陌生,使陌生的清晰,使清晰地呈现出无比美妙的斑斓图案,一块有纹理的木头在文字的光辉下,可能会变成一只蝴蝶。

我喜欢蝴蝶这个比喻,我们都知道蝴蝶效应。

梁雪波:很多读书人对书都怀有一种特殊的感情。您对书的理解是怎样的?书(读书)对您来说意味着什么?

黄孝阳:读书对我来说,就是一个发现自我的手段。"我注六经"

是必要的，值得尊重。但我更喜欢"六经注我"。书是通往彼岸的筏，但不能受其囿限，它不是唯一的。若以为世界只有书本这样大小，不妥。书是价值观的载体，书是方法论的说明，书是给人用的，不是奴役人的帝王。许多读书人常为书所累，在针尖上寻找天使的数量（在神学范畴，这是一个严肃话题），还不能认识到书的荒谬与虚无。人要求得自由意志，要往书本里去；更要能出得来，想清楚自己到底是怎么一回事。

梁雪波：您后来从事文学写作与早年的阅读经历有着怎样的关联？聊一聊您的处女作的创作经历。

黄孝阳：我忘掉了后来从事文学写作与早年的阅读经历有着怎样的关联。我总是记住那些应该忘掉的事，而忘掉那些应该记住的事。

水消失于水里，这是博尔赫斯说的；火消失在火里，这是我说的。世界是一场大火，它要将胆敢置身其中的任何事物都化为乌有。我的阅读与写作都不能例外。从某种意义上说，早年那个我，已经是大火中的灰烬；而今天的我，也是正在火焰中燃烧的纸片。

处女作，我自以为的那篇，是在念小学三年级时，我写在黑板上的一首打油诗，语文老师说我讽刺她，拽住衣领子，拖我至讲台，问我是不是在挖苦她的某个我想不起来的缺陷。我已经记不住那些句子，但记得讲台下那50多双眼睛。它们闪闪发光，犹如夜里的星辰。对于现在的我来说，作品不重要，重要的是，我看见的星辰。我喜欢康德那句话：心中的道德律与头顶的星空。

梁雪波：您最喜爱的书（作家、作品）有哪些？为什么呢？（请举例

并说明)

黄孝阳:

1.《哈扎尔辞典》

随便从哪页进入,皆能进入梦境深处。它在一个二维平面构建了此处与彼岸。具有双重属性,即:它既是一个结构严谨的机械表,又是一堆异常凌乱、具有罕见美丽的书页。不能说它是最好的小说,但对于沉溺于现实的人来说,它有一种异乎寻常的祛魅之力。词是诗余,现实也不过是"梦余"。

2.《博尔赫斯全集》

他随手画下的线条正好构成世界的肖像。这些线条随着四季更替,不断变换颜色与属性,仅从光线变化中,已可感受到如同交响乐般的震撼。他是先知。为此,神不得不刺瞎他的双目。先知能够揭示未来,却无力改变。他们最后无一不沉湎于往事与孤独之中。我也很喜欢卡尔维诺的短篇小说,尤其是《宇宙奇趣》等。不仅是一种让人愉悦的文学风格,更是对文学本质的一种微妙把握,就像目光停留在蝴蝶翅翼上,注视着它那神秘的颤动,次数及形式是可以计算的,但是不重要。严格说起来,在他面前,一些文学大师,包括卡佛,都只配给他系鞋带。

3.《论语今读》(李泽厚)

儒家崇拜的是读书人,不是戏子。中国的科举制某种程度上可视为"第五大发明"。或许在当下,用儒家的壳装入"人是生而自由的,但却无所不在枷锁之中",是中国人重建日常伦理的最现实的选择。李泽厚对《论语》的解读,活泼而又节制,准确而又优美,且极富有中国人的性情。另外,我也喜欢李泽厚的《美的历程》,是纸上的博物馆,这是中国人认知世界的心路历程。由于"文革"话语与消费主义的兴起,我们有

辑四 对谈

了太多的权谋之道以及对经世之用之类学问的研究，对"美"多有忽略，而这恰恰是人的根本。我一直觉得人生有三件事挺有意思。一是求真，想清楚底细，把世界像剥一个脐橙一样剥开，哪怕能品尝到一点汁液，舌尖也有了甜。二是审美，懂得万物万有的好，山能养志，水可怡情，丝竹悦耳，美人销魂，与三界众生建立起情感联系。三是发现善，善是从俗，亦有不变恒常，犹如客观之物，比如石头不会因为粉身碎骨了就不是石头。

4.《百年孤独》

人类文明的进化史。怎样解读它并不重要，重要的是，你这一生都在阅读它。要理解那些不断重复的人名，要看到那些错综复杂的人物关系（它们犹如刺藜）下的土。

5.《本雅明文选》

一团不确定性的微弱的火。在现代性的基础上，理解人与街道、城市、建筑、话语……世界的关系。不叙事，不迷恋人与人的关系，及物。他在阐述"技术狂欢"时的暧昧、多变及文体的复杂，奠定了当下社会的美学基础。他是一个真正的知识分子的形象。

6.《自私的基因》

人是自私的，人不仅仅是自私的。契约社会是建立在自私的"理性人"基础上，这是一种危险的假设。但不管怎么说，我们首先得弄懂"为什么人是自私的"。书里有一些明显的错误，但从基因层面来煮"文化这锅汤"，值得重视。人类基因组，正在绘制时。

7."时代三部曲"（王小波）

从叙事美学来说，中国当代文学已经有不少杰作。但从现代性角度来说，它是唯一的。王小波的骨头是西方的，但穿了件唐装。这在中国当代作家里并无第二人。他对权力关系的阐释——而非泛泛而谈的自由与理性,当是王小波小说的核心。

8.《宇宙简史》

准确说,这是一系列的科普书,从《时间简史》开始。科学已经彻底改变了人们的生活,也正在重塑我们的伦理观念,同时更提供了一个审视人类文明史的角度。只有了解科学,人的精神才不会干瘪。必须说明的是:科学并非知识本身,而是获取知识的过程。

9.《新教伦理与资本主义精神》

金钱,是人类最有创造力的发明。它让宇宙具有种种斑斓图景。我倒不在意韦伯是不是一个"用晦涩的学术语言和理性主义来架构诗章的人",而是这本书对中国当下的启示。在"社会主义初级阶段",我们该如何建立起属于中国人的伦理与信仰?

10.《唐诗三百首》

严格意义上说,中国传统文化的最高峰在先秦诸子。秦王扫六合后,就只能货卖帝王家。唐诗发达,关键在于政府以"以诗取仕",有极强的现实功利。但因为它的格律音韵及通俗性等,确实塑造了一代代中国人的心灵。唐诗读通了,也就能大致明白我们2000年帝制下的先人。

梁雪波:您有没有自己独特的阅读习惯或者说癖好?

黄孝阳:我是阅读的饕餮之徒。现在因为工作原因,书读得更多,也更杂了。好像正经书要正襟危坐,才读得明白,读出拈花一笑;而闲书就必须得把身体弄成乱七八糟的样子,才会觉得舒服。

梁雪波:您喜欢藏书吗?收藏了哪些有价值或有意义的图书,比如珍稀版本、签名本等?

辑四 对谈

黄孝阳：我不大喜欢藏书。图书可以收藏，图书不是为了收藏。一些朋友寄赠我的图书，因为扉页上的那几个字，我尽量妥善保存。哪怕是风格不大喜欢的。这是对朋友的尊重，更重要的可能是：这是属于我的光阴。几十年后，我老了，如同动物园里没有了爪牙、连饲养员也忘掉了的老虎，这时我可以翻开它们，打打盹。

梁雪波：每一个作家都想拥有一个独立的书房。请描述一下您目前的书房。您理想中的书房是怎样的？关于您的书房，一定有很多有趣的故事吧。请聊一聊。

黄孝阳：卧室一直就是我的书房。我也渴望有一个李敖那样的大书房，人坐在其中，好像君王。这种幻想永无实现之期，因为我写的字不能有效转化为大量金钱，就是指望它糊口也困难。资本有它自身的意志。换句话来说，我理想中的书房就是现在这个样子，书乱七八糟地堆着，但，我不是它们的一部分。卧室里自然会有很多有趣的故事，有些是少儿不宜，自然就不提。不少儿不宜的有哪些呢？比如我可以专心致志地用一张纸与一只蚂蚁搏斗三个小时，它累了，我还兴致勃勃。

梁雪波：有哪位作家的书，是您格外关注和要寻找的？

黄孝阳：看过邱华栋先生写的一套《静夜高颂》，三卷。我第一天拿到手的时候读了通宵。这套书的视野让我吃惊。作者的笔触亦精准得令人信服。他在一个世界范畴内，绘出了一个当代文学地图。我会尽量把书中提到的六十几位作家的代表作全部找出来，读过的重读；没读过的就好好读一遍。另外，我喜欢一些不能在期刊上发表的小说。它们或许粗糙，但很新鲜。老实说，关注与寻找是每时每刻的。前些天还突然起了一念，如果上帝给了我足够的寿命，那就去把世界上所有的短篇小说都读一遍。

梁雪波：在您个人的文学创作的道路上，对您的文学观念产生特别大的影响有哪些事情？

黄孝阳：一个是王小波的死。我在老家县城的书店看到他的"时代三部曲"，然后我也写了自己的"时代三部曲"，踏上文学之路。一个是莫言的访谈。他说他最早写作就是为了有饭吃，想靠手中的笔改变命运。这种渴望是生命的本能，它让一个人能像战士一样去写作，而非是传统文人那样看着梅花吐两口血。一个是一些作家得诺贝尔文学奖。这让我意识到诺贝尔文学奖与普通人之间的距离，并不像星辰一样遥远。一个是对当代前沿物理与众多人文学科的阅读，这个彻底改变了我对文学的看法。我写的许多文学理论，若把"文学"等关键词替换掉，也就是人生观、世界观、价值观。还有一个是我所经历的生活。它与我的关系，有时是水与鱼的关系，有时是水与火的关系。

梁雪波：最近一阶段有没有什么自己读过的好书，想特别推荐给大家的？（请举例）

黄孝阳：这个就太多了。有位先生说，他把能读的书都读完了。在我看来，一个人手不释卷读了50年书，然后放下书做恍然大悟状，"这世上没有可读的书了"——这是一种由于无知所带来的极度无知。世界比我们所能想象的更辽阔深远，无人可穷尽它的亿万分之一。虽然其源头，可能就是两个阿拉伯数字（0是女性，1就是男人）。

书是读不完的，种种奇思妙想在前头等着我们，就看你有没有这个体力继续"路漫漫吾上下求索"。只能说：书读多了，许多曾让自己心醉神迷的思想与句子或许就不再具有耀眼的光芒，因为看见了它们的局限。又或者说：我老了，已经不再属于未来。这个时代正在一点点抛弃了我。人要有自省的精神。要知道什么时候给后来者让路。

若说最近读的好书。我推荐金雁的《倒转红轮》，还有熊逸的《春秋大义》。前者是一部俄罗斯知识分子的精神史。其梳理澄清了至今仍主宰或困扰着我们生活与大脑的众多思想的根源。现代性的一个重要特征即：祛魅。启蒙不再是少数精英分子居高临下的权力，它变成了个体自我的觉醒。这书帮助我们看清自己的来龙去脉，厘清思想脉络的衍变。

《春秋大义》有两本，一本讲中国传统语境下的皇权与学术，一本隐公元年，熊逸用了50万字来解说《春秋》开篇隐公元年的25个字的记录，历法、"大一统"渊源、今古文之争、媵妾制度、谥号、耦国现象，等等。极大胆地假设，极小心地求证。用大白话，联系当下实际，把那些晦涩难懂的原典脉络与衍变梳理清晰，这是他最大的特色。这让读经这种苦差事变得非常有趣。经典不再是死的。我佩服的人不多，屈指可数，他是其中一个，是一个真正读通了中国传统典籍的人，是一个可以给《百家讲坛》那帮教授上课的人。其人又有魏晋之风，让我看到了一个当代中国文人的极致。最近我作为责编出了他的一本书《治大国：古代中国的正义两难》。推荐大家也一并读读。有多少荒谬早已让我们信以为真理？有多少谎言早已让我们习以为常？熊逸做了很有意思的梳理澄清。我想历史不一定能记得住《百家讲坛》的诸位好汉，但一定会把这个人的名字铭记。

梁雪波：请谈一谈您最近出版的新书。最初创作这部作品是出于什么样的触动和考虑？具体谈一谈您的创作构想、表达意图（题材、思想内涵、表现形式）以及写作中的感受。

黄孝阳：近期出了一本《旅人书》。作品前半部分共记70个城。旅人在其中，或经历，或见证，或思考。它是形而上的，观念之物——观念是区别日常与艺术的关键所在。后半部分为62个小故事，是"旅人"回到世俗生活中对前者的凝眸与补充，试图在千余字的篇幅内完成复调叙述，是对各种故事原型的囊括。它贴着地面，热气腾腾。

很难用传统的小说、散文或诗歌来界定它。一个朋友说："乍眼看上去，它就像是诗与散文；相对完整的故事内容和独立人物形象，又使每小节都可看作一个卡尔维诺式的短篇小说，饱含智性，耐人咀嚼；主题和贯穿始终的旅人，勾勒出长篇小说的框架。"也许它就是所谓的跨文体。并非我刻意之，这是一个量变到质变、不断写的结果，体内奇妙的化学反应的分泌物。也许还可以这样说，我写它，一是想在语言上做些探索；二是想在结构盖一幢属于自己的房子；三是思想层面的一些自问自答。这样说也挺乏味。近年来我写的作品都一直在做着这样的尝试。这些日子，感觉自己脑子里现有的知识与思辨，已经很难维持"我"继续存在下去。我得解决这个问题，当然并不一定能解决得好。

有几个朋友问我，它是不是受了卡尔维诺《看不见的城市》的影响，我觉得不是。它们的图案乍眼望有相近处，但质地、肌理完全是两回事。"这是遗忘之书，谶纬之书，是几条极光滑的泥鳅，一群吃掉自己大脑的海鞘，一只尾衔接环形的蛇，是像浩荡万卷的佛经那样，动用无尽的言说，去阐述一个'沉默与虚空'。"一个朋友如是评价，我把它抄在这里。

《旅人书》这两年的评论较多，南师大有两个教授写的评论我很喜欢。这里就不复制粘贴了。2012 年，一直在写《乱世》(《民国》)。以 1946 年解放战争爆发前夕的一个川西小城为舞台，以民国司法黑幕为背景，各方势力机谋算计的故事。时间压缩至数天，故事的结构犹如俄罗斯套娃。试图把悬疑推理侦破、战争的场面、江湖绿林、民俗风情等放进去，讲一下那个特殊时期的兄弟情、夫妻情、父子情、战友情以及爱情。试图让更多的现代性注入这个古老的故事模型，让读者用他的想象与经验，去绘出人的脸庞、最终的命运。

简单说：我想摆出一盘残局。而在玩这个游戏的同时，读者还能对一些历史问题发生兴趣。

梁雪波：您的阅读、写作生活与南京这座城市息息相关，您眼中的南京是怎样的？

黄孝阳：我喜欢南京，尤其是南京的玄武湖。在湖边，我看见过水在"水面"，看见过"水被水流裹挟"这个简单而又令人着迷的事实。我还在湖边写过一些句子。比如"你是我最好的光阴；你是微凉的晨曦；你是只属于我的珍禽异兽；你是南方天空黄昏时的雨水。时间在轻喊着你的名字。在你的头顶。云层是一张恍若隔世的唱片。我翻来覆去地听"。

"南朝四百八十寺，多少楼台烟雨中。"又或者："无情最是台城柳，依旧烟笼十里堤。"我喜欢这种感觉，举手投足间皆是时间的尘埃。定睛再望去，这尘埃又被钢筋、水泥、灯光搅拌成现代人的意志。

这里有一种异乎寻常的美。这些天一直在想，能否像《柏林：亚历山大广场》那样,以南京的六朝烟云、风土人情为背景,写出一座城与时间、人之心灵以及现代性的关系。

梁雪波:福楼拜曾说,"阅读是为了活着"。读"无用"的书,是一种精神享受。而在当下,阅读的风气发生了转变,功利性阅读和娱乐性阅读成为主流,严肃的阅读渐趋小众化。您如何看待这种现状?

黄孝阳:如果我说"福楼拜曾说,'阅读是为了更好地死去'",这话听起来是不是蛮惊悚、蛮哲学、蛮有那种覆水难收的意味?格言都有前提。小学生可以背格言,但一个成人务必要看见,且理解这些前提。福楼拜那个时代,书相对少,是不多的知识来源之一,也是不多的娱乐休闲方式中的一种。阅读意味着身份地位、知识权力……这是一篇大文章,得打住。就说一句话:

人类已经从一个封闭、可循环的古典家园步入了一个不可逆、不再生、开放的现代性社会,它追求世俗乐趣,奉行工具理性。人杀死了神,又杀死了人自己。在这种背景下,功利性阅读和娱乐性阅读必然是主流;严肃阅读也必然小众化,不断式微。这没有什么好抱怨的。这是人类选择的一个进化方向。

老实说,严肃两字更与读者心态有关。一是,在文学史上,休闲读物因为时间的机缘、历史的误会,登堂入室成为严肃作品。这样的例子很多;二是,庄子说得好,"道在瓦砾,道在屎溺"。我也总觉得,若一个社会的大多数人整天一本正经地端着一张脸,这没意思。

我很不喜欢成功学那套(对大多数人来说,100%的公平未必就是他们想要的。最公平的竞争是体育竞赛,但多少运动员一身伤病含恨离场?而每个人都难免有成为弱者的时刻,哪怕是奥运冠军。把人生只理解成竞争，是成功学对人的戕害。人是一个自我认知、自我觉醒、自我溢出的过程，各有各活法，失败者自有其尊严）。我写过一篇《文学有什么用？》，尝试界定严肃作品的基本特征，有兴趣的朋友可找来看。

最近倒是在想一个问题：移动阅读，又或者基于云计算所将重新建立的人际交流方式，会给文学带来什么改变？这种科技进步与资本意志的结合，将如何塑造文学在未来百年的骨骼？

其实对于更多普通人来说，阅读这件事，就是随喜随缘。一个人懂得越多，就越痛苦。痛苦能让人蜕变为狮子，也会把一个人吃掉，连渣都不剩。求知是有风险的，把阅读当成纯粹的娱乐，然后敬惜眼前人，做好手边事，就很好了。